Robert Pucher

Katerfrühstück

Kriminalroman

Prolibris Verlag

Handlung und Figuren entspringen der Phantasie. Darum sind eventuelle Übereinstimmungen mit lebenden oder verstorbenen Personen zufällig und nicht beabsichtigt.

Originalausgabe 1. Auflage 2006

Alle Rechte vorbehalten,
auch die des auszugsweisen Nachdrucks
und der fotomechanischen Wiedergabe,
sowie der Einspeicherung und Verarbeitung
in elektronischen Systemen.
© Prolibris Verlag Rolf Wagner, Kassel
Tel.: 0561/602 70 71, Fax: 0561/666 45

Lektorat: Anette Kleszcz-Wagner
Titelfoto: Andreas Kinter, Herdecke
Druck: Fuldaer Verlagsanstalt
ISBN: 3-935263-39-2

www.prolibris-verlag.de

Für Andrea.
Vielen Dank für deinen Input und erste Korrekturen!

1

Der Schlag traf die Taube im Flug. Völlig überraschend, trotz ihres Alters. Erfreute sie sich doch bislang bester Gesundheit und nichts, aber auch gar nichts hatte auf ihr nahes Ende hingewiesen.
Wie jeden Tag kam sie gerade von einer größeren Versammlung am Aumannplatz, hatte fein gespeist (Erdnusslocken, Reste eines Cheeseburgers und kleine Stücke eines Reiskeks', die einer sehr dünnen Frau aus der Hand gefallen waren), soziale Kontakte gepflegt und war unerwartet von einem ebenso jungen wie attraktiven Täuberich mit strahlend weißer Brust angebalzt worden. Sie mochte diesen Typ Vogel. Folglich ließ sie sich dazu hinreißen, ein wenig zu turteln und neckisch zu poussieren, was ihre Stimmung in jene luftige Höhen schnellen ließ, in denen sie sich nun befand. Ihrer Euphorie Ausdruck verleihend setzte sie in großer Höhe zu einem gewagten Rollmanöver an, um anschließend in eine lang gezogenen Linkskurve überzugehen, die sie auf direktem Weg zu *ihrer* Aussichtswarte im Türkenschanzpark führen sollte, auf der sie ihre Nachmittagsruhe zu verbringen pflegte.
Da passierte es. Zuerst merkte sie, wie ihr Schnabel grundlos und irreversibel aufklappte, wodurch die Aerodynamik empfindlich gestört wurde, dann erfasste die Lähmung in Sekundenbruchteilen ihre gesamte linke Körperhälfte, inklusive des Flügels, was die Situation 250 Meter über dem Erdboden prekär werden ließ.

*

Es war ein richtig heißer Junitag, den jeder vernünftige Mensch, so er nicht zu arbeiten hatte, auf der Donauinsel oder im Schafbergbad verbrachte. Daniel Reichenbach war erstens nicht das, was man landläufig als vernünftig bezeichnete, zweitens lehnte er es strikt ab, inmitten hunderter halbnackter eingeölter Körper in der Sonne zu schmoren, und drittens hatte er zu arbeiten. In gewissem Sinne ...

Den Türkenschanzpark mochte er. Hierher kam er immer wieder, um zu sinnieren, wenn es ihm wieder einmal schlecht ging, weil ihm das Leben die Dinge beharrlich vorenthielt, die ihm eigentlich zustanden. Ganz hinten, auf seiner Bank, nahe dem Gänseteichs war der ideale Platz dafür. Vor allem, wenn sich alle anderen im Bad oder auf der Donauinsel befanden.

Dieser Ort musste etwas Magisches an sich haben, etwas, das seiner Kreativität Flügel verlieh. Nirgendwo anders gelang es ihm besser, all die Zwänge, die ihn blockierten, abzustreifen und seinen Gedanken freien Lauf zu lassen. Schon als Kind war ihm das aufgefallen. Rein instinktiv. Regelmäßig hatte er sich hierher zurückgezogen, um still und heimlich an seinen Gedichten zu feilen. Unzählige waren im Laufe der Jahre entstanden. Ganze Schulhefte voll, dicht beschrieben. Damals hatte es begonnen und es hatte ihn nie wieder losgelassen. Daniel war ein Berufener.

Mein Gott, was hätte aus ihm werden können, wäre sein Talent frühzeitig erkannt und gefördert worden, hätten ihm seine Eltern und Lehrer ein Mindestmaß an Unterstützung angedeihen lassen ... Ein angesehener Autor, ein Fixstern in der Literaturszene ... Mindestens.

Hätte, wäre ... Nichts dergleichen war passiert. Spott und Hohn hatte er geerntet, bestenfalls ein mitleidiges Lächeln. *Der arme Kleine, was der sich einbildet ... Na, er wird schon noch draufkommen!*

Früher wie heute. Die Geringschätzigkeit und Ignoranz seiner Mitmenschen zog sich wie ein roter Faden durch sein Leben. Und wenn sich daran nicht bald etwas änderte, in 15 Minuten genau genommen, vorausgesetzt Monika war einigermaßen pünktlich, wäre er auch in Hinkunft gezwungen, wie in den vergangenen zehn Jahren, die Demütigung auf sich zu nehmen, seine Frau für sein Auskommen sorgen zu lassen.

Zwar verdiente Maria genug für zwei, sein Selbstwertgefühl jedoch konnte eine vitalisierende Spritze gut vertragen, denn ganz tief in seinem Inneren hatten leise Zweifel zu nagen begonnen. Die Überzeugung, dass seine Erfolglosigkeit ausschließlich auf die Arroganz und Ahnungslosigkeit der Lektoren und -innen zurückzuführen sei, kam mehr und mehr ins Wanken. Möglicherweise lag es doch an ihm, grübelte er, an seiner Distanz zur Realität, die sich zunehmend vergrößerte.

Wie auch immer. Daniel blieb nichts anderes übrig, als sich mit seinem Schicksal abzufinden, dem typischen Künstlerschicksal eben. Und das Wort Künstlerschicksal klang gar nicht einmal schlecht, fand er.

Seufzend lehnte er sich zurück, verschränkte die Hände hinter dem Kopf und ließ seinen Blick in die Ferne schweifen. Die Wiese vor dem Teich war nahezu menschenleer. Lediglich zwei junge Mütter hatten sich am Rasen niedergelassen und waren in ein angeregtes Gespräch vertieft, während ihre Söhne, zwei Buben mit stacheligen Frisuren und diabolischem Grinsen, großen Gefallen daran fanden, Steine ins Wasser zu werfen, in der Hoffnung, irgendetwas Lebendiges zu treffen.

Daniel beobachtete sie mit Argwohn. Die Gegenwart von Kindern bereitete ihm Unbehagen. Sie hatten etwas Bedrohliches an sich, mit dem er nicht zurechtkam. Übermut, Dreistigkeit und Spontaneität. Attribute, die unweigerlich zu Lärmbelästigung führten. Außerdem wusste man nie, was die kleinen Quälgeister als Nächstes aushecken.

Die Sonnenstrahlen des herrlichen Frühsommertags vermengten sich mit seinem Selbstmitleid zu einem berauschenden Gemisch, das sich durchaus genießen ließ. In Paris hätte er geboren werden sollen, dachte er. Oder in Madrid. Zur Not auch in Rom. Dort hätte er längst seinen Weg gemacht. Dort hegte und pflegte man seine Genies. Man verehrte sie geradezu! Aber hier in Wien ...? Hier war alles anders. In Wien stand man als Kulturschaffender auf verlorenem Posten, war ausnahmslos von Neidern umgeben, die nichts anderes im Sinn hatten, als einem Steine in den Weg zu legen. Ohne Freunde in den richtigen Positionen oder einer unverschämten Portion Glück ging gar nichts. Wie bei der städtischen Müllabfuhr war das. Da kriegte man auch nur mit Beziehungen einen Job.

Daniel hatte keine Freunde. Weder in den richtigen Positionen, noch sonst wo. Und das Glück war ihm sowieso noch nie in den Schoß gefallen. Die Taube hingegen tat es. Wobei sie gurrend dahinschied und am Bauch ein bisschen aufplatzte.

*

Und das war erst der Anfang eines Nachmittags, der immer katastrophalere Ausmaße annahm. Wie vom Donner gerührt saß er da. Angewidert und fassungslos. Der Schock verebbte nur langsam. Noch immer zitternd griff er nach dem eigenartig verrenkten Flügel des Vogels, nahm ihn zwischen Daumen und Zeigefinger und beförderte den Kadaver mit einem ungelenken Wurf in die Büsche hinter sich.

Solche Sachen widerfuhren nur ihm, war er sich sicher. Fast hatte es den Anschein, als machte sich die Vorsehung einen Heidenspaß daraus, ihn ohne Unterlass zu demütigen. Wie hoch standen schon die Chancen, von einer Taube getroffen zu werden? Eins zu einer Milliarde? Eher gewann man einen Solo-Sechser beim Doppeljackpot oder so.

Notdürftig versuchte er, mit Blattwerk seine Hose vom Blut und dem, was sonst aus der grauenvollen Taube gespritzt war, zu reinigen. Der hässliche Fleck blieb siegreich. Er war einfach nicht wegzubekommen. Im Gegenteil. Je länger Daniel schrubbte, desto größer wurde er.

Fünf vor zwei, und er wartete hier bereits seit einer knappen halben Stunde. Wieder einmal war er viel zu früh am vereinbarten Treffpunkt gewesen. Seine Überpünktlichkeit ärgerte ihn. Er war ihr machtlos ausgeliefert. Sie beherrschte ihn und war umso verwunderlicher, als Daniel zu jenen Menschen zählte, die vor dem Verlassen der Wohnung mindestens dreimal kontrollierten, ob alle Lichter abgedreht waren, der Kühlschrank nicht offenstand und die Wasserzufuhr zur Waschmaschine abgesperrt war, was jede Menge wertvoller Zeit kostete. Antrainierte Zwänge, ungeliebte Überbleibsel seiner Kindheit.

Erst die Arbeit, dann das Spiel!, lautete das kleine Einmaleins von Disziplin und Ordnung, das ihm seine Eltern eingetrichtert hatten. Und: *Immer bitte und danke sagen! Und höflich grüßen! In der schönen Stoffhose wird nicht gespielt! Nichts gegen lange Haare, aber gepflegt müssen sie sein.* (Natürlich war es nie wirklich zur Diskussion gestanden, jemals *gepflegte* lange Haare tragen zu dürfen.)

Wenn du nicht aufisst, wird das Wetter schlecht, ganz abgesehen von den Hungernden in Afrika! In der Straßenbahn immer den älteren Menschen den Sitzplatz anbieten! Später, wenn du eine eigene Wohnung hast, kannst du Haustiere halten, soviel du willst. Wer es im Leben leichter haben will, muss etwas Ordentliches lernen! Ein Bub trägt keine Mädchenkleider!

Das alles hatte er ohne Widerspruch geschluckt. Daniel war ein folgsames Kind gewesen. Seinen Eltern musste man schließlich gehorchen. Und seiner großen Schwester, in deren Gewalt er sich wiedergefunden hatte, wenn Mama und Papa einmal alleine ausgingen. Mangels anderer Opfer hatte sie ihre sadistischen Züge gerne an ihm ausgelebt und ihn in völlig neue Formen der Disziplinierung eingeweiht. Fesseln, Stecknadeln und heißes Kerzenwachs waren rasch zur Hand gewesen, wenn er ihrer Meinung nach unartig gewesen war.

Aus Daniel hätte ein fleißiger, arbeitsamer und anständiger Mensch werden sollen. Nun, wenigstens in dieser Hinsicht hatte er seinen Eltern einen Strich durch die Rechnung gemacht. Es stand nur noch eine Million zu eins für seine Familie.

Er sah Monika Strauch bereits von weitem und senkte rasch seinen Blick. Sie sollte nicht wissen, dass er sie bemerkt hatte. Er wollte Gleichgültigkeit vortäuschen, wenn nicht gar Desinteresse, was ihm nicht recht gelang, so aufgeregt, wie er war. Schließlich gab er den hoffnungslosen Versuch auf und blickte ihr entgegen. Er musste einfach. Ihren optischen Reizen konnte selbst er nicht widerstehen. Zum ersten Mal an diesem Tag wogte so etwas wie Frohsinn durch seinen Körper. Wenn auch nur für einen kurzen Moment, dann fiel ihm der Grund ihres Treffens wieder ein und rief eine böse Vorahnung in ihm hervor, ein unheilvolles Gefühl, das schmerzhaft auf seinen Magen drückte.

„Und?", fragte er grußlos, als Monika neben ihm stehengeblieben war, und starrte erneut zu Boden, wobei er die Gelegenheit wahrnahm, auf ihre makellosen Beine zu schielen. Schon während seiner Schulzeit hatte er sich nie an ihnen sattsehen können. Sie waren die schönsten der Klasse gewesen. Und schön waren sie noch immer. Endlos lang und schlank. Daran hatten auch all die Jahre nichts ändern können.

Die Verlagsassistentin musterte ihn skeptisch. Der riesige Fleck auf seiner Hose brachte sie ein wenig aus dem Konzept. Sie fühlte sich elend. Einerseits tat Daniel ihr leid, wenn sie ihm wieder einmal schlechte Nachrichten überbringen musste. Andererseits aber gab es nur wenige Menschen, die ihr das Leben so schwer machten, wie er. Sie ahnte bereits, was ihr bevorstand. Die Szene war ihr vertraut. Und dann musste sie die Drecksarbeit, die eigentlich nicht zu ihrem Aufgabenbereich zählte, auch noch an den dubiosesten Plätzen verrichten, weil sich Daniel beharrlich weigerte, ins Verlagshaus zu kommen, um mit der Lektorin persönlich zu sprechen. Briefe akzeptierte er von vornherein nicht. Ihnen folgte Telefonterror.

Bei der Auswahl der Treffpunkte bewies er zu Monikas Leidwesen ein Übermaß an Fantasie. Am schlimmsten war es vor drei Jahren gewesen. Daniel hatte sich um keinen Preis davon abbringen lassen, das Gespräch in der Geisterbahn im Prater anzusetzen. Sie hasste diese scheußlichen Figuren und widerwärtigen Monster, ganz abgesehen von der furchterregenden Geräuschkulisse, mit denen der leicht gestörte Schausteller seine Kunden malträtierte. Dieses Affentheater machte ihr schlicht Angst. Und zwar panische!

Als Daniel dann noch im tiefsten Schwarz der künstlichen Grotte anfing, seiner Frustration Luft zu machen und wüst zu toben, kam sie einem Nervenzusammenbruch bedenklich nahe. Am Ende der Fahrt, noch bevor der Wagen anhielt, ergriff sie schluchzend und kreidebleich die Flucht. Sie musste dermaßen mitgenommen ausgesehen haben, dass sich die Menschenmenge, die an der Kasse angestellt war, zügig in alle Windrichtungen zerstreute.

„Und?", wiederholte Daniel, der langsam seinen Blick an Monikas Schenkel entlang hob.

„Nun, dieses Manuskript", begann die Verlagsassistentin betont vorsichtig, „es ist ... na ja ... nicht schlecht ..." Sie wand sich hin und her und suchte nach den richtigen Worten.

Die Pause dauerte ihm zu lange. „Aber?", bohrte er.

Monika atmete durch. Sie wollte es einfach hinter sich bringen, um wieder für einige Monate Ruhe zu haben. „Es ist nicht besser als das letzte. Daniel, du schreibst so ... verwirrt. Kein Mensch kann das verstehen!"

„*Ihr* könnt das nicht verstehen", erwiderte Daniel betont gelassen.

Gefährlich gelassen, wie Monika meinte. „Schau ... das ... wie soll ich es ausdrücken? Das liegt doch nicht an uns. Der Verlag ist durchaus nicht abgeneigt, auch literarische ... nun ... äh ... Besonderheiten zu fördern, aber *so* geht das nicht! Die Sprache zu unverständlich, zu verworren. Der Inhalt äußerst fragwürdig. Ich will sagen ... die Handlung, nun ja ... also ehrlich, ein Roman über die Auswirkungen des illegalen Organhandels auf das Fischereiwesen im Kaspischen Meer ist nicht nur schwer nachvollziehbar, das Thema zählt auch nicht zu den vorrangigen Interessen der Leser. Da passt nichts zusammen. Gar nichts! Verstehst du, was ich meine? Du solltest versuchen, wieder zu dir zu finden, klarer zu denken." Sie holte tief Luft. „Weniger zu trinken ...", fügte sie flüsternd hinzu.

Monika hatte all ihren Mut zusammengenommen. Eine Therapie vorzuschlagen lag ihr auf der Zunge und generell auf der Hand. Doch sie wagte nicht, das auszusprechen. Aufgewühlt kramte sie in ihrer Tasche, beförderte das umfangreiche Manuskript, das auf dem Weg hierher nicht nur zu einer seelischen Belastung geworden war, heraus und hielt es Daniel unter die Nase. Jetzt kommt es gleich, dachte sie und presste die Lippen zusammen.

In einem hysterischen Wutanfall schoss Daniel hoch und schlug ihr die Mappe aus der Hand. Die dicht beschriebenen Blätter verteilten sich vor seinen Füßen.

„Sag du mir nicht, was ich machen soll!", kreischte er. „Das weiß ich selbst am besten. Du redest hier nicht mit einem Minderbemittelten."

Der Speichel, der in seinem linken Mundwinkel Bläschen bildete, vermochte Monika nicht zu überzeugen.

„Wenn ihr nur Bücher veröffentlicht, die ein Geschäft versprechen, zeigt das ohnehin deutlich, was von euch zu halten ist. Verkaufen, verkaufen, verkaufen! Das ist das Einzige, das zählt. Zum Außergewöhnlichen fehlt euch der Mut."

Im konkreten Fall die Unvernunft, dachte Monika noch, bevor Daniel sie plötzlich am Arm packte und grob schüttelte.

„Profitgier. Das ist alles, was man von euch erwarten kann!", setzte er nach.

„Lass mich sofort los!", schrie sie und ihr aufkeimendes Selbstbewusstsein wich nackter Angst. „Du suchst die Fehler immer nur bei allen anderen. Das ist ja nichts Neues. Was ist mit *dir*? Bist du vielleicht perfekt?"

Daniel starrte sie wütend an. Dann entspannte er sich etwas und ließ zögernd ihren Arm los.

„Ich suche die Fehler dort, wo sie gemacht werden, Verehrteste", krächzte er mit heiserer Stimme. „Ist das klar? Mir zu unterstellen ..." Erneut stieg der Zorn in ihm hoch, und er wurde lauter. „Meine Arbeit lass ich mir nicht miesmachen. Kapierst du? Sie ist über jede Kritik erhaben. Überhaupt, wenn sie von inkompetenten Idioten kommt. Das wird dir jeder bestätigen, der etwas davon versteht. Ich lass mich nicht als Spinner hinstellen. Glaube mir, irgendwann wird dir das sehr leidtun!"

Daniels Augen funkelten. Schwer atmend verharrte er einen kurzen Moment, dann drehte er sich um und lief stolpernd davon.

Monika stand regungslos da, bemüht die Fassung wiederzuerlangen. Sie schwor sich, diesem Geistesgestörten, der nicht nur jeden Sinn für die Realität, sondern mittlerweile offenkundig auch den letzten Rest seines Verstands verloren hatte, für immer aus dem Weg zu gehen. Und wenn es darauf hinausliefe, ihren Job zu kündigen!

Ohne zu wissen, weshalb sie es tat, sammelte sie die verstreuten Seiten ein und stopfte sie in einen Papierkorb. Dort gehörten sie wohl hin.

*

Als Daniel zum ersten Mal seine Stimme erhoben hatte, waren die Frauen am Seeufer verstummt. Die Sorgen der Hocharistokratie, die achtteilige Fernsehsaga „Adelinde und die Bande des Blutes", der katastrophale Kunstfehler des Friseurs bei der neuen Dauerwelle sowie das erschreckende Ausbleiben der letzten Regelblutung verloren bald an Bedeutung. Keine zwanzig Meter entfernt eskalierte die Situation und bot ihnen eine willkommene Abwechslung. Empörung machte sich in ihnen breit. Empörung liebten sie, denn es war ein wunderbares Gefühl, dem sie sich nötigenfalls stundenlang hingeben konnten.

Das rüde Auftreten dieses abstoßenden Menschen war aber auch ungeheuerlich, befanden sie und sahen sich mit Fortdauer der unschönen Szene immer mehr bestätigt. Dass mit dem Kerl etwas nicht in Ordnung war, hatten sie bereits zuvor geahnt, als er minutenlang an seinem Intimbereich herumgerubbelt hatte und in weiterer Folge ein riesiger Fleck auf seinen hellblauen Jeans hervorgetreten war. Skandalös! Aber schließlich hörte man immer wieder von solchen Unholden, die sich in Parks herumtrieben.

Alleine das Aussehen des seltsamen Vogels sprach Bände. Die strähnigen, ungepflegten mausbraunen Haaren, die am Hinterkopf bis zur Schulter hingen, seine blassgrüne Gesichtsfarbe, die dunklen Ringe unter den rastlosen Augen, das verbeulte, abgetragene schwarze Sakko, das verknitterte Hemd, das wohl noch nie mit einem Bügeleisen Bekanntschaft gemacht hatte, die alten, zerrissenen Sportschuhe ... Und immer wieder war es die versaute Hose, die die Fantasie der Frauen in besonderem Maße beflügelte.

„Das arme Ding", stellte Frau Schrack fest. Nicht zu laut natürlich, um die Aufmerksamkeit des Randalierers nicht auf sich zu ziehen. „An ihrer Stelle würde ich mir das nicht bieten lassen. Richtig entwürdigend, wie er sie behandelt."

„Genau", stimmte ihr Frau Subert empört zu. „Unerhört, dieses Verhalten. Ich hätte dem Grobian längst den Laufpass gegeben. Ich meine, wenn einer *so* mit mir umspringt ..."

„Na, das soll einer wagen! Ein Mistkerl wie der schreit förmlich nach einem Fußtritt. Dorthin, wo es am meisten wehtut."

„Richtig. Warum um Himmels Willen greift denn niemand ein? Da muss man doch etwas unternehmen, gegen solche Gewalttäter. Der hat wohl keine Erziehung genossen."

„Mami, schau einmal!", riefen ihre Söhne im Chor und kamen mit einer Graugans angerannt, der sie im Jagdfieber den Kragen umgedreht hatten.

*

Viel richtete sie im Verlag nicht mehr aus. Die Begegnung mit Daniel hatte sie zu sehr aufgewühlt. Monika Strauch fasste noch ein paar Geschäftsstatistiken zusammen und druckte alle Grafiken aus, die Beinholtz für die Konferenz nächste Woche benötigte. Dann ließ sie die Arbeit Arbeit sein und fuhr früher als geplant hinaus an den Baggersee, nahe bei Mödling. Den Rest könnte sie auch morgen noch erledigen. Bei dem Wetter schien es ihr verrückt zu sein, in der Stadt zu bleiben, wo Asphalt und Beton die Luft zusätzlich aufheizten. Sie mochte den Sommer. Nur die drückende Schwüle, kombiniert mit den Abgasen, machte ihr zu schaffen.

Am See war es feiner. Wie üblich entfernte sie sich ein gutes Stück weiter vom Parkplatz als die anderen, spazierte fünf Minuten zu dem Birkenhain, wo sie ihren geheimen Ort der Ruhe gefunden hatte. Das Wasser war an dieser Stelle ein bisschen schlammig. Wohl deshalb kam sonst keiner bis hierher. Hinter dem Schilf verborgen, fühlte sie sich ungestört, konnte sie für sich sein. Sie breitete ihr Badetuch aus und schlüpfte aus ihren Sachen. Während sie Sonnencreme auftrug, beobachtete sie die beiden Windsurfer, die am See kreuzten. Ein bisschen ungeschickt stellten sie sich an, fand sie. Die Oberfläche des Wassers glitzerte. Monika blinzelte. Sie ließ sich nieder, stöpselte die Kopfhörer ihres MP3-Players in ihre Ohren und lehnte sich zurück. Entspannt schloss sie die Augen. Der Wind strich kühlend über ihre Haut. Robbie Williams sang. Was wollte man mehr? Daniel war längst vergessen.

Die Farbenspiele an der Innenseite ihrer Augenlider wandelten sich in ein hässliches Rostbraun. Jemand war zwischen sie und die Sonne getreten.

*

Daniel beendete diesen unheilvollen Tag im Gasthaus „Zur Auferstehung" in der Alszeile, neben dem Dornbacher Friedhof. Die wenigen Gäste, die hier verkehrten, störten ihn nicht. Er nahm sie kaum wahr, und sie ließen ihn in Frieden. In Gedanken vertieft saß er an der Theke und starrte ins Leere. Immer wieder riefen sich die vorangegangenen Ereignisse in Erinnerung, wenngleich sie mit anhaltendem Alkoholkonsum zunehmend verblassten. Der Wein vertrieb rasch seinen Ärger und schuf Platz für schlimme Schuldgefühle. Monika tat ihm ehrlich leid. Er hatte sie ungerecht behandelt. Sie machte nur ihren Job und trug für sein Dilemma keinerlei Verantwortung. Im Gegenteil, musste er zugeben, sie war es gewesen, die ihn seinerzeit zum Beinholtz-Verlag gebracht hatte.

Davor nur Pleiten und Rückschläge, als er knapp nach dem Schulabschluss sein umfangreiches autobiografisches Werk „Das Paradies im Rahmen des Erlaubten" fertigstellte und nicht zögerte, es an diverse Verlagshäuser zu senden. Aber sogar Daniel erkannte schließlich, dass die über alle Maßen ausschweifende Niederschrift in keinem vernünftigen Verhältnis zu seinem bislang eher ereignislosen Leben stand. Ähnliches, nur höflicher formuliert, teilten ihm jene wenigen Lektoren mit, die es der Mühe wert fanden, auf das Angebot zu reagieren.

Dennoch bestürzt über die unglaubliche Ignoranz und Ahnungslosigkeit zog sich Daniel für ein Jahr von der Kunst zurück, haderte mit seinem Schicksal und reagierte trotzig auf die verzweifelten Versuche seiner Eltern, ihn auf die richtige Bahn zu bringen. Der pubertäre Widerspruchsgeist hatte bei ihm später als üblich eingesetzt.

Als ihn seine frühere Schulkollegin Monika darauf hinwies, dass der Verlag, für den sie arbeitete, Autoren für eine Agentenserie suche, lehnte er voller Entrüstung ab, sperrte sich beleidigt in sein Zimmer und sandte 38 Stunden später die erste Episode von „Mark Spider, Beruf: Spion" an den Beinholtz-Verlag, zu Händen Frau Strauch.

Wahre Befriedigung konnte ihm diese banale Schreibarbeit, die geistiger Kastration glich, nie verschaffen. Jedoch bot sie ihm die Möglichkeit, ein bisschen Geld zu verdienen und eine winzige Wohnung zu mieten, womit er ein für alle Mal dem anhaltenden elterlichen Drängen entkam, endlich vernünftig zu werden und sich eine anständige Arbeit zu suchen. Das ging dann so, bis er Maria kennenlernte.

Irgendwann, war er sicher, fänden seine literarischen Qualitäten Beachtung. Er müsste nur weiterhin geduldig sein. So wie er in den letzten Jahren geduldig gewesen war ... Mehr oder weniger. Gleich morgen würde er Monika anrufen und sich entschuldigen. Vielleicht zeigte sie Verständnis und stimmte einer Aussprache zu. Nichts lag ihm ferner, als die Brücken zum Beinholtz-Verlag niederzubrennen. Man wusste nie, ob man sie nicht noch einmal brauchte!

Die Kundschaft im Gastronomiegewerbe konnte seltsam sein. Weitaus seltsamer, als in anderen Branchen. Leo wusste davon ein Lied zu singen. Zum x-ten Mal stellte er ein Glas Chardonnay vor die Nase des eigenartigen Gasts und lächelte schwach. Was hatte er sich schon alles anhören müssen, wenn die Theke zur Klagemauer vom Alkohol gelöster Zungen wurde. Liebeskummer, berufliche Turbulenzen und das Unverständnis der Ehefrau nahmen die ersten Ränge im Repertoire redseliger Gäste ein. Doch dieser Reichenbach setzte eigene Maßstäbe. Vor allem wenn er guter Laune war, wurde der komische Kauz nicht müde, fragwürdige philosophische Standpunkte zu erörtern und wüste Thesen über Politik und Gesellschaft und ihren erstickenden Einfluss auf das Feuer der Seele zu verbreiten. Oder so ähnlich ... wenn Leo es richtig verstanden hatte. Gottlob hielt sich Daniels gute Laune meist bedeckt, was ihn verstummen, seine Konsumationsfreudigkeit und Leos Einnahmen hingegen wiederum ansteigen ließ. So wie diesmal.

Etwa gegen zwei Uhr morgens, alle anderen Gäste hatten das Lokal bereits verlassen, wankte auch Daniel los, mühevoll bestrebt, sich auf den Beinen zu halten und die Orientierung zu finden. Weit hatte er es ja nicht. Ungefähr 800 Meter die Alszeile stadtauswärts und dann quer durch die Siedlung bis in die Seemüllergasse.

Dennoch verlief der Heimweg nicht ohne Komplikationen. Immer wieder brachten ihn heftige Schwindelattacken vom Kurs ab. Eine davon störte seinen Gleichgewichtssinn so sehr, dass er unkontrolliert gegen ein geparktes Auto taumelte. Einen Augenblick lang stand er da, rieb sich den schmerzenden Ellbogen und betrachtete nachdenklich den abgebrochenen Außenspiegel. War er das etwa gewesen? Besorgt sah er sich um. In der Nachbarschaft blieb es ruhig. Niemand hatte das Malheur bemerkt. Es bestand also kein Grund, sich länger damit aufzuhalten.

Hastig setzte er sich in Bewegung und seinen Weg der Zerstörung fort. Den gewaltigen Haufen Hundekot bemerkte er erst, als er in ihn hineintrat. Daniel rutschte aus, verlor das Gleichgewicht und stürzte in den instabilen Holzzaun eines Anrainers, dessen morsche Latten unter ihm wie Zahnstocher zersplitterten. Am liebsten wäre er einfach liegen geblieben, so müde war er, so deprimiert. Doch aufgeregtes Hundegebell, irgendwo ganz in der Nähe trieb ihn weiter.

Nur noch die Feinarbeit, den Schlüssel in das Schloss zu stecken, trennte ihn von der heiß ersehnten Nachtruhe. Ein Unterfangen, das sich als äußerst schwierig herausstellte, besonders weil seine volle Blase unangenehm zu drücken begann. Schließlich musste er seine Bemühungen unterbrechen, um sich Erleichterung zu verschaffen. Der Teich, den seine Frau mit viel Liebe im Vorgarten angelegt hatte, schien ihm dafür wie geschaffen. Die Blüten der Seerosen gaben hervorragende Zielscheiben ab.

Ihre Idylle in der Stadt, betonte Maria stets. 400 Quadratmeter Grünfläche, vorrangig mit Tagetes, Rosen, Geranien und Thujen bepflanzt. Letztere um die Blicke neugieriger Nachbarn fernzuhalten, die ihrerseits auf Thujen setzten, um ihre heile Welt zu schützen. Die ganze Gegend war eine einzige Thujenorgie. Daniels Vorstellung entsprach das nicht. Er hatte die Vision eines Wildwuchsparadieses, durch das man sich mit der Machete schlagen musste und in dem sich die Natur frei entfalten konnte, ohne menschliche Einflussnahme. Nicht dass er irgendetwas mit stechenden Insekten oder Brennnesseln am Hut gehabt hätte. Es ging ihm lediglich darum, sich von der biederen, kleingeistigen Vorstadtnachbarschaft, die ihre Wochenenden der Gartenpflege weihten, abzuheben, einen eigenen Weg zu gehen. Doch seine Frau hatte deutlich klargestellt, mit wessen Geld das alles finanziert worden war, und seither den Garten picobello in Schuss gehalten.

Als er das Haus betrat, tönte Daniel ein klägliches Miauen entgegen. Vincent kam ihm aufgeregt entgegengetrippelt und bedachte ihn mit einem vorwurfsvollen Blick. Seit seiner letzten Mahlzeit waren über 17 Stunden vergangen, fiel Daniel ein. Und wenn schon! Pech für den Vierbeiner!, entschied er. Er war viel zu erschöpft, um den Kater, den er ehrlich gesagt nicht besonders leiden konnte, um diese Zeit noch zu versorgen. Kurz überlegte er, wie Maria reagieren würde, sollte sie jemals von seiner Nachlässigkeit erfahren. Wenn es um ihren kleinen Liebling ging, verstand sie nämlich keinen Spaß. Dann wurde ihm bewusst, dass Tiere nicht sprechen konnten, und er schob Vincent, der vor seinen Füßen jammernd hin- und hertänzelte, energisch beiseite und fiel, so wie er war, ins Bett.

*

Daniel erwachte aufgrund akuter Atemnot. Seine Zunge fühlte sich pelzig an und war voller Katzenhaare. Die ersten Sonnenstrahlen fielen grell durchs Fenster, direkt auf Vincent, der sich wohlig rekelnd auf seiner Brust breitgemacht hatte und ihm das Hinterteil ins Gesicht stemmte. Angewidert stieß er das Tier von sich. Als er sich mühsam aufrichtete, fuhr ein stechender Schmerz durch seinen Kopf. Vom Genick bis nach vorn ins linke Auge. Daniel stöhnte gequält auf. Mehr als drei oder vier Stunden konnte er nicht geschlafen haben, so benommen, wie er sich fühlte. Angestrengt versuchte er, Erinnerungen an den Vortag abzurufen.

Das Erste, das ihm einfiel, war die schreckliche Szene, die er Monika im Türkenschanzpark gemacht hatte. Schamesröte stieg ihm ins Gesicht. Entsetzlich! Wie ein Vollidiot hatte er sich benommen, wie der letzte Hinterwäldler. Sobald er das dröhnende Pochen in seinem Schädel unter Kontrolle gebracht hatte, würde er sich bei Monika melden, beschloss er. Eine Entschuldigung war angesagt. Irgendwie musste er den Schaden, den er angerichtet hatte, in Grenzen halten. Vielleicht sollte er ihr einen Strauß Blumen zukommen lassen, oder eine Schachtel Schwedenbomben. Die mochte sie besonders gerne ...

Ein Poltern aus dem Vorraum erinnerte ihn an Vincent. Den Kater füttern, fiel ihm ein, und er wollte es lieber gleich hinter sich bringen, bevor der noch das ganze Haus auf den Kopf stellte. Zittrig tastete er sich in die Küche. Allein der Gedanke an den üblen Geruch des Katzenfutters drehte ihm beinahe den Magen um. Wo war das Vieh überhaupt? Eigentlich sollte es ihm nicht von der Seite weichen und nachhaltig die längst überfällige Mahlzeit einfordern. Die Blutspur am Boden nahm Daniel erst auf zweiten Anhieb wahr.

„Er ist verletzt", murmelte er und dachte sofort ans Einschläfern.

Der Gedanke, eine lästige Verpflichtung weniger am Hals zu haben, gefiel ihm. Aber wen Maria zur Verantwortung ziehen würde, stieße ihrem kleinen Schatz etwas zu, wurde ihm eine Sekunde später bewusst und bereitete ihm große Sorgen.

Als er schließlich die Lade öffnete, in der das Katzenfutter tonnenweise gelagert war, kam der Kater sofort in die Küche getrabt, den Schwanz voller Vorfreude kerzengerade aufgestellt. So schlimm war es also doch nicht um ihn bestellt, bemerkte Daniel erleichtert. Er hob das Tier hoch und betrachtete es von allen Seiten. Er konnte keine Verletzung erkennen. Woher kam dann das Blut? Irgendetwas musste passiert sein, während er geschlafen hatte. Soviel stand fest. Und weil Maria wieder einmal nicht da war, würde *er* es in Ordnung bringen müssen, worunter sein geregelter Tagesablauf zweifellos zu leiden hätte.

Daniel konnte Überraschungen nicht ausstehen. Sie machten ihn nervös, da sie, wie er aus Erfahrung sagen konnte, meist böse endeten. Er ließ Vincent auf den Boden plumpsen und drehte sich um. Vorsichtig folgte er den Pfotenabdrücken durch die Küche und den Vorraum. Sie führten geradewegs ins Badezimmer. Die Tür stand einen Spalt offen, bemerkte er, und seine Pulsfrequenz erhöhte sich augenblicklich. Schweiß brach aus sämtlichen Poren seines Körpers.

Vincent huschte an ihm vorbei und verschwand im Bad. Daniel gab sich einen Ruck. Was sollte schon sein?, versuchte er sich aufzumuntern. Vielleicht war das gar kein Blut. Woher sollte es auch stammen? Er stieß die Tür auf und knipste das Licht an, gerade als Vincent hinter dem Duschvorhang in der Badewanne verschwand. Er würde hier gründlich sauber machen müssen, bevor Maria morgen heimkehrte, dachte er noch. Ihr Gezeter, wenn sie die Sauerei sähe, wollte er sich lieber ersparen.

Mit einem Ruck zog er den Duschvorhang beiseite und prallte zurück. Der Anblick der grausam zugerichteten Leiche Monika Strauchs gab seinem ohnedies schwer angeschlagenen Allgemeinzustand den Rest. Während Vincent verzückt über den leblosen Körper kletterte, übergab sich Daniel wieder und wieder.

2

Herr Wosczynski, seines Zeichens Obmann der „Bürgerwehr gegen Drogen, Kriminalität und Kulturschande", geriet in Rage. Seine morgendliche Routine war empfindlich gestört worden. Wie gewohnt hatte er das tägliche Fitnessprogramm, die Körperpflege, das kleine aber deftige Frühstück samt Lektüre der Tageszeitung und das Ankleiden exakt im dafür vorgesehenen Zeitplan bewältigt. Hatte eine leichte beigefarbene Sommerjacke übergeworfen, seinen Hut aufgesetzt und sich auf den Weg zur Arbeit gemacht. Weit war er jedoch nicht gekommen.

„Eine bodenlose Frechheit!", entfuhr es ihm.

Erzürnt stand er vor seinem in Würde gealterten Opel und starrte auf den Rückspiegel, der demoliert neben der Fahrertür lag. Seit

Jahrzehnten wohnte er nun hier in Dornbach, am Fuße des Schafbergs, doch eine so ungeheuerliche Provokation war ihm bislang noch nie untergekommen. Solche Scherze billigte er nicht! Und noch weniger billigte er jene Nachbarn, die sich solche unverschämten Scherze erlaubten! Er hob das Corpus Delicti auf, eilte ins Haus zurück und erbat telefonisch von seinem Vorgesetzten einen Urlaubstag. Als sein Chef erfuhr, dass sein Angestellter Opfer eines Verbrechens geworden war, machte er natürlich keine Schwierigkeiten.

Herr Wosczynski war ein Mann schneller Entscheidungen. Nach einer kurzen, aber intensiven Nachdenkpause stand der Hauptverdächtige fest und er vor dessen Haustüre, gegen die er unaufhörlich hämmerte und trat, nicht ohne dabei lauthals wüste Beschimpfungen auszustoßen. Ewald Kollos wiederum, im Profiboxmilieu besser bekannt unter dem Namen „Roter Koloss", zeigte sich über die freche Ruhestörung, die ihn unsanft aus dem Bett beförderte, wenig erfreut und ließ Herrn Wosczynski mit viel Nachdruck und Schlagfertigkeit an der Richtigkeit seiner Handlungsweise zweifeln.

Nachdem er seine schmerzenden Gliedmaßen zurechtgebogen und den Fehlschlag grollend verdaut hatte, war Herr Wosczynski bereit, seine Untersuchungen fortzusetzen. Entschlossen wandte er sich der Nummer zwei in der Hitliste tatverdächtiger Personen zu. Die geschwätzige Offizierswitwe, die drei Häuser weiter wohnte, war ihm schon lange ein Dorn im Auge. Nicht nur, dass sie es anscheinend zu ihrem Lebensziel gemacht hatte, die unglaublichsten Gerüchte über sämtliche Bewohner der Siedlung in die Welt zu setzen, fand sie es auch völlig in Ordnung, Tag für Tag ihren fetten Pekinesen in seiner Gartenwohneinfahrt die Notdurft verrichten zu lassen.

Doch als er mit Gewalt in ihr Grundstück eindringen wollte – die Witwe hielt ihr Gartentor aus Angst vor Einbrechern, Mördern, Vergewaltigern und den Zeugen Jehovas ständig versperrt – stellte er fest, dass ein Kraftaufwand gar nicht mehr nötig war. Ohne Zweifel war ihr Holzzaun ebenfalls Opfer eines Vandalenakts geworden. Wosczynski musste zugeben, dass diese Tatsache die Offizierswitwe merklich entlastete. So verzichtete er vorerst auf ihre Einvernahme.

Zunehmend desillusioniert machte er sich an die Befragung der übrigen Anrainer, die zu seinem Leidwesen keine, aber auch gar keine brauchbaren Hinweise auf die frevelhafte Schändung seines Wagens brachte. Die Hoffnung, den Täter in einer Blitzaktion aus dem Verkehr ziehen zu können, schwand bereits merklich dahin, als er sich dem letzten Haus in der Seemüllergasse näherte.

*

Monikas nackter Körper, der Daniel unter normalen Umständen aufs Höchste erregt und ihn seiner Sinne beraubt hätte, tat an diesem Morgen lediglich das Zweite. Die Leiche war von unzähligen Stichverletzungen entstellt. Geschockt kniete er neben der Badewanne und beobachtete Vincent, der sich angesichts seiner leeren Futterschüssel widerwillig an dem geronnenen Blut versuchte. Daniel begann zu weinen.

Wer hatte das getan?, schoss es ihm immer wieder durch den Kopf, bevor sich allmählich der Verdacht breitmachte, dass die Frage richtigerweise lauten müsste: Was hatte *er* getan? Verzweifelt presste er die Hände vor sein Gesicht. Verdammt noch einmal, was war am Vortag passiert?

Da war er im Park ... die ekelhafte Taube ... Die beiden Frauen auf der Uferböschung, die lärmenden Kinder ... Dann war Monika gekommen, um ihm die übliche Absage zu erteilen ... Und dann?

Sein unkontrollierter Wutausbruch war das Letzte, das sich in sein Gehirn eingebrannt hatte. Aber was war danach geschehen? Wozu, um Himmels Willen, hatte er sich in seinem Zorn, seiner Ohnmacht hinreißen lassen?

So sehr er sich bemühte, es gelang ihm nicht, das Blackout zu überwinden. Angestrengt suchte er nach einer Erklärung. Vielleicht hatte er mit dem Mord überhaupt nichts zu tun. Wie aber kam die Leiche ausgerechnet in seine Wanne?

Daniel war ratlos. Es gab zu viele Fragen, die unbeantwortet blieben, und Mutmaßungen halfen ihm jetzt nicht weiter. Er beschloss, seinem Selbsterhaltungstrieb zu folgen und die arme Monika irgendwie verschwinden zu lassen. Wie in Trance rappelte er sich auf und stolperte in die Küche. Vorsorglich streifte er Marias Gummihandschuhe über, und kehrte mit fünf großen Plastikmüllsäcken, einer Rolle Schnur und einer Schere ins Bad zurück.

Vincent ließ sich nur widerwillig von seinem neuen Betätigungsfeld vertreiben. Beleidigt bezog er unter dem Waschbecken Stellung und beobachtete das Geschehen.

Fünfzehn Minuten später zerrte Daniel das gut verschnürte Paket in den Vorraum. Wie im Film, dachte er. Nur dass die Szene nicht einem billigen Hollywood-Drehbuch entsprang, sondern schrecklich real in seinem Haus stattfand. Er packte die Leiche und hievte sie über seine linke Schulter. Als er bemerkte, dass Monika doch nicht so leicht war, wie sie ausgesehen hatte, war es bereits zu spät. Daniel geriet ins Taumeln und steuerte unaufhaltsam auf die Kellertreppe zu. Fest entschlossen, die makabere Last nicht fallen zu lassen, blieb ihm keine Hand frei, um sich abzustützen. Er kippte nach vorn und polterte dicht gefolgt von Monikas sterblichen Überresten die Treppe hinunter. Der Kohlehaufen dämpfte zwar seinen Aufprall, doch der Leichnam knallte mit voller Wucht gegen seinen Rücken. Einer seiner Brustwirbel knackste bedenklich.

Das nächste Geräusch war das Läuten der Türglocke. Daniel wagte nicht zu atmen ... Das war's, schoss es ihm durch den Kopf. Die Polizei! Jetzt hatten sie ihn.

Regungslos lag er da. Wenn er keinen Mucks von sich gab, würde der ungebetene Besuch vielleicht von selbst verschwinden ... Er täuschte sich. Das Läuten wurde drängender. Er hätte es wissen müssen. Ein Einsatzkommando gab so schnell nicht auf. Resignierend befreite er sich von der drückenden Last Monikas, und festen Willens, das gleiche für sein Gewissen zu tun, schlich er die Kellerstiege hinauf.

*

Im ersten Augenblick fiel es Herrn Wosczynski schwer, den völlig eingeschwärzten Menschen mit den gelben Gummihandschuhen zu erkennen. Das wirre Gestammel und der geistesabwesende Blick ließen jedoch keine Zweifel aufkommen, dass es sich nur um diesen seltsamen Reichenbach handeln konnte, der wieder weiß Gott was trieb!

Später, als der Obmann der „Bürgerwehr gegen Drogen, Kriminalität und Kulturschande" seine Ermittlungen in der Nachbarschaft rekapitulierte und sich dazu einige Notizen machte, dachte er, wie hilflos und einfältig Reichenbach gewirkt hatte. Er mochte seine dunklen Seiten haben, aber Gewalttaten ... Nein, das traute er diesem Spinner eigentlich nicht zu. Abgesehen davon war Frau Reichenbach eine ausgesprochen angenehme Erscheinung, für die Wosczynski stets ein paar freundliche Worte übrighatte, wenn er sie auf der Straße sah und insgeheim seine ganz eigenen Gedanken hegte, die er selbstverständlich nicht auszusprechen wagte. Nun, zumindest vorerst nicht. Aber wer weiß? Vielleicht würde seine Zeit noch kommen, wenn sie diesen Taugenichts an ihrer Seite endlich satthatte. Frau Reichenbach verdiente, da war sich Wosczynski sicher, etwas Besseres. Jemanden, der ihr ein anständiges Leben bieten konnte und für sie sorgte. Und dann ...

Er wischte den angenehmen Tagtraum beiseite. Zuerst galt es, die Aufklärungsarbeit abzuschließen und mit dem Gesindel, das glaubte die Nachbarschaft terrorisieren zu können, gehörig aufzuräumen. Und er würde einen Besen fressen, wenn dieser brutale Kollos nicht seine Hände im Spiel hatte. So etwas spürte Herr Wosczynski im Urin!

*

Ein paar Häuser weiter atmete Daniel erleichtert auf. Die Polizei war ihm also noch nicht auf der Spur. Aber das Gefasel seines Nachbarn über demolierte Rückspiegel und Gartenzäune hatte ihn mehr verwirrt, als ihm in seiner Lage lieb gewesen war. Kurzerhand hatte er die Haustüre vor Herrn Wosczynski zugeknallt, ohne auf dessen Leid näher einzugehen. Dafür fehlte ihm im Moment die innere Ruhe. Dazu kam, dass er diesen alten reaktionären Saubermann, der Maria bei jeder Gelegenheit mit gekünsteltem Charme zu umgarnen versuchte, nicht ausstehen konnte.

Daniel stieg in den Keller hinab, schaffte die verpackte Leiche in die angrenzende Garage und verstaute sie im Kofferraum von Marias Golf. Danach reinigte er die Fußböden, das Bad, im Besonderen die Badewanne, anschließend sich selbst und letztlich nochmals die Badewanne. Er kleidete sich an, kämmte sein zerzaustes Haar und betrachtete ernst sein Spiegelbild. So sah also ein Mörder aus! Weil er das nun wusste, überkam ihn eine eigenartige Ruhe.

*

Auf der angebissenen Leberkässemmel spazierte eine Fliege nichts ahnend ihrem Tod entgegen. Bezirksinspektor Kurt Doppler beobachtete sie schon seit einer geraumen Weile. Er überlegte, wie er dem Insekt den Garaus machen könnte, ohne dabei seinen Nachmittagsimbiss zu gefährden. Er zog seine Dienstpistole aus dem Schulterhalfter und legte mit beiden Händen an.

Ich muss sie an ihrer einzigen verwundbaren Stelle treffen, dachte er, genau zwischen die Augen. Und ich hab nur einen einzigen Schuss. Entweder sie oder ich. Einer muss dran glauben!

Doppler steckte die Waffe wieder zurück und rief sich die verschiedensten Tötungsarten in Erinnerung, mit denen er es in seiner Polizeilaufbahn bisher zu tun gehabt hatte. Eine davon würde sich bestimmt auf Fliegen anwenden lassen. Doch bevor ihm Mord mit dem bewährten stumpfen Gegenstand, sprich *erschlagen*, in den Sinn kam, entwickelten sich die Dinge anders. Die Fliege, eben noch vergnügt am Werk, begann plötzlich zu taumeln, verdrehte ihre großen Augen, presste die Vorderbeine an ihre Brust und stürzte tot auf den Schreibtisch.

Verblüfft verfolgte Doppler das Geschehen. Was zum Teufel ...? Ein eigenartiges Gefühl machte sich in seinem Magen breit. Rasch stopfte er den Rest der Semmel in ein Plastiksäckchen, das üblicherweise der Spurensicherung diente, und warf sie in den Papierkorb.

Die tickende Wanduhr zog seine Aufmerksamkeit auf sich. Noch eine Stunde! Wie langsam die Zeit verging, wenn es nichts zu tun gab. Seit fast drei Wochen war nichts passiert. Kein einziger Mord, kein Totschlag, nicht einmal ein kläglich gescheiterter Versuch. Vorsommerliche Trägheit schien sich über Wien gebreitet zu haben. Der Tote, der gestern in die Gerichtsmedizin eingeliefert worden war, gab zwar einige Rätsel auf, nach einem Gewaltverbrechen hatte das Ganze aber nicht ausgesehen.

Die Null-Toleranz-Politik der Regierung zeigte Wirkung. Die Verbrechensrate war im letzten Jahr deutlich gesunken. Wenn das so weiterging, würde ihn das noch seinen Job kosten. Ja, natürlich waren da alte Akten aufzuarbeiten, Sachverhaltsdarstellungen an die Staatsanwaltschaft zu schreiben ... Aber diese Tätigkeiten ödeten Doppler an. Für Papierkram war er nicht geschaffen. Protokolletippen schien ihm zu eintönig. Und bevor er das tat, machte er lieber gar nichts.

Die Hitze, die sich in dem südseitig gelegenen Büroraum der Kriminaldirektion 1 am Schottenring bereits Mitte Juni breitmachte, trug das ihrige zu Dopplers Trägheit bei. Er gähnte herzhaft. Noch 59 Minuten. Geringschätzig betrachtete er seine Vorgesetzte, die ihm gegenübersaß und höchst konzentriert auf den PC-Monitor starrte, während ihre Finger ohne Unterlass auf die Tastatur hämmerten. Er schüttelte den Kopf. Beim besten Willen konnte er sich nicht erklären, wo sie soviel Arbeit aufgetrieben hatte.

Dr. Simone Reichenbach, Leiterin des Referats 1, Kapitalverbrechen, wiederum fragte sich, wie ein Mensch stundenlang so tatenlos auf seinem Hintern sitzen konnte. Seit sie von ihrer Mittagspause aus dem „Café-Restaurant Stein" zurückgekehrt war, hatte sich Doppler kaum bewegt. Als sie über den Rand ihrer Brille zu ihm hinüberspähte, wandte er rasch seinen Blick ab und sah aus dem Fenster.

Da gab es nichts zu verhehlen, ihr Mitarbeiter war ihr schlicht unsympathisch. Nicht einfach so, weil sie zu hohe Anforderungen stellte. Es gab mehrere Gründe. Einer davon war seine eigenwillige Auffassung von Reinlichkeit. Tagtäglich präsentierte sich Doppler im selben, vormals braunen, nunmehr grünlich schillernden Anzug. Was er anscheinend für zeitlos hielt, war bereits vor gut 15 Jahren aus der Mode gekommen. Das Hemd, das er darunter trug, hielt in den Wintermonaten oft eine Woche seine Stellung. Im Sommer immerhin bis zu vier Tagen. Daraus resultierte, dass die Luft im Büro rasch das penetrante Aroma fortgeschrittener Verwesung annahm und ein Öffnen der Fenster nur kurzzeitig Abhilfe schaffen konnte.

Simone war darauf vorbereitet gewesen. Seit sie erfahren hatte, dass Doppler in ihr Referat versetzt werden sollte, hatte sie im ganzen Haus Erkundigungen eingezogen. Dabei war ihr mit einem Augenzwinkern zugetragen worden, dass die Hundestaffel, die der Bezirksinspektor früher im Referat 4, Suchtmittelkriminalität, geführt hatte, nach und nach ihren Spürsinn eingebüßt hatte und auf Grund des völligen Verlustes ihres Geruchsinns nicht mehr in der Lage gewesen war, auch nur ein Gramm Kokain aufzustöbern. Mangels anderer Verwendungsmöglichkeiten hatten die armen Kreaturen schließlich eingeschläfert werden müssen. Bei Dopplers Dienstantritt hatte sie sich mit einer Dose Tannennadel-Raumspray bewaffnet und gab damit dem Bezirksinspektor regelmäßig zu verstehen, wann es an der Zeit war, die Wäsche zu wechseln.

Der zweite Schwachpunkt Dopplers war sein antrainiertes Machogehabe, das er bei jeder Gelegenheit zur Schau stellte. Die betonte Männlichkeit, die ihn Frauen grundsätzlich skeptisch gegenüberstehen ließ. Seine Mimik und Körpersprache verrieten ihr, dass er ihre Autorität nicht genügend ernst nahm. Abschätziges Augenrollen, wegwerfende Handbewegungen und dergleichen. Den Mut, seine Geringschätzung offen auszusprechen, hatte Doppler allerdings nie gehabt. Überhaupt verhielt er sich Vorgesetzten gegenüber wider seinen Willen äußerst devot und unkritisch. Die daraus resultierenden Aggressionen baute er hauptsächlich an Verdächtigen ab, zu denen jeder zählte, der die Dienststelle betrat, ohne dort zu arbeiten. Wer das Pech hatte, von ihm, und sei es nur als Zeuge einvernommen zu werden, wusste Schlimmes zu berichten. Sofern er in der Lage war, überhaupt noch etwas zu berichten.

Was Simone aber am meisten störte, war schlicht und einfach seine unglaubliche Dummheit. Sie konnte dumme Menschen nicht leiden und würde es nie können. Punktum. Damit verbannte sie Doppler aus ihren Gedanken und fütterte den Drucker mit einem Stapel Papier. Schließlich hatte sie noch eine Menge zu tun.

Bezirksinspektor Doppler zog einen Kamm aus der Innentasche seines Sakkos und strich seine fettigen Haare straff nach hinten. „Ich frage mich, wo Sie so viel Arbeit hernehmen. In den letzten Wochen ist gar nichts passiert", stellte er in den Raum und deutete auf die Flut von Blättern, die der Drucker ausspuckte.

Dr. Reichenbach hatte zuerst kein Interesse, sich auf eine Diskussion einzulassen, die wie so oft zu nichts führen würde. Schließlich unterbrach sie doch ihre Arbeit.

„Bei mir passiert immer etwas, Doppler", erklärte sie lakonisch. „Sie können sich wahrscheinlich nicht vorstellen, dass es Menschen gibt, die auch privat Studien betreiben."

Das konnte Doppler allerdings nicht. Das einzige, das er in seiner Freizeit studierte, waren Pornomagazine und das Fernsehprogramm. Manchmal fühlte er sich schon damit überfordert, bei den 37 Kanälen, die ihm sein Satellitenreceiver ins Wohnzimmer lieferte.

„Worüber denn?", fragte er. „Verbrechensstatistik?"

„Nein. Ich schreibe über ... Sie." Ja, das war gut! Das würde ihn verwirren.

„Über mich? Was denn? Einen Kriminalroman?" Doppler hoffte inständig, seine Vorgesetzte verfasste keine Dienstbeschreibung.

„Blödsinn! Selbstverständlich nicht. Was Sie hier sehen, ist ein Essay über das Selbstbild der Männer. Über ihre Rolle in unserer

Gesellschaft, im täglichen Leben. Und über ihren Umgang mit anderen, speziell mit Frauen."

Doppler fühlte sich bestätigt. Er war also ein Mann, wie ihn Frauen wollten. Seine Versuche, sich das Auftreten von Superhelden wie Bruce Willis und Arnold Schwarzenegger anzueignen, zeigte endlich Wirkung. Er wurde beachtet. Unwillkürlich musste er an den letzten Nachtfilm denken.

„Ich weiß schon, was für einen Mann Sie meinen. So einen wie gestern im Fernsehen. Hart und durchschlagskräftig." Stolz lächelte er, als würde er von sich sprechen. *„Blutbesudelt und geisteskrank.* Haben Sie den Film gesehen? Er lief auf SCTV."

„SCTV?"

„Sex & Crime-TV."

„Aha. Sie begeistern sich also für brutale Machos", stellte Simone fest. „Wie viele Frauen wurden von ihm missbraucht?"

„Gar keine!", betonte Doppler empört. „Er hat sie ... hm ... umgebracht." Sofort wusste er, dass er das besser nicht erwähnt hätte.

„Und das imponiert Ihnen? Sieht Ihnen ähnlich, Doppler. Aber ich will Ihnen etwas sagen: Als Polizist sollten Sie sich wahrlich zu anderen Idealen bekennen!"

„Ach, es war einfach ein guter Film mit viel Action", rechtfertigte sich der Bezirksinspektor und versuchte, möglichst ungeschoren aus dieser heiklen Situation herauszukommen, in die er sich selbst manövriert hatte. „In Wirklichkeit ist das natürlich anders. So kann man mit Tuss... Frauen nicht umgehen", war er bemüht, seine tatsächliche Meinung abzuschwächen.

Simone lächelte mitleidig. „Ist das alles, was ein Film haben muss? Action und Gewalt? Vielleicht auch barbusige Mädchen?"

„Was sonst?" Doppler zeigte sich erstaunt. „Schnulzenfilme interessieren doch keinen!"

„Und wie steht's mit Gefühlen und Intellekt?", bohrte die Referatsleiterin weiter, die Gefallen daran gefunden hatte, ihren Mitarbeiter in die Enge zu treiben. Das Gespräch würde reichlich Nährstoff für ihre soziologische Arbeit abgeben.

„Gefühle müssen unterdrückt werden", stellte Doppler klar. „Gefühle zeigen, bedeutet Schwäche. Bei Frauen ist das anders.

Die weinen immer gleich. Das ist so. Von der Natur her. Männer dürfen sich nichts anmerken lassen, sonst sind sie unten durch."

Er war überrascht, wie gut er diesmal seiner Vorgesetzten Paroli bieten konnte. Seine Argumente würde sie kaum widerlegen können. Was seine letzte Bemerkung anbelangte, musste ihm Simone sogar Recht geben.

„Dazu bedarf es aber eines ganzen Kerls!", fuhr sie dennoch ironisch fort. Sie überlegte kurz und bat Doppler aus reiner Freude, ihn in der Zwickmühle zu sehen, zu definieren, was einen richtigen Mann ausmachte, so wie er ihn sah.

„Härte. Anderen und sich selbst gegenüber. Geradlinigkeit. Stolz. Man muss etwas darstellen. Dann ist man wer. Dazu braucht man Geld, ein schnelles Auto und ..." Er zögerte. „... Frauen."

„Hart sind Sie. Ein Auto besitzen Sie auch ..." Simone sah ihn auffordernd an.

„Frauen auch!", ergänzte der Bezirksinspektor eifrig und fügte leise hinzu: "Na ja, hin und wieder. Ohne Geld spielt sich leider nichts ab. Wie ich gesagt habe. Man muss etwas darstellen. Mit einem höheren Gehalt wäre es sicher leichter."

Gar kein schlechter Zeitpunkt, dieses Thema anzuschneiden, fand er. Vielleicht ließ sich da was machen. Eine Gehaltserhöhung war längst fällig.

„Zu dem Schluss bin ich auch gekommen", bestätigte Simone. „Viele Männer denken, ausschließlich ihrer finanziellen oder materiellen Mittel wegen geliebt zu werden. Eigentlich ein Zeichen mangelnden Selbstvertrauens. Ist das richtig?"

„Tja, man muss einer Frau schon was bieten können. Sonst ist man uninteressant."

Simone holte zum Todesstoß aus. „Nun, wenn *Mann* nichts *anderes* zu bieten hat ... Allerdings, lieber Doppler, dürfte Ihnen entgangen sein, dass sich in den letzten Jahrzehnten einiges verändert hat. Und ich spreche nicht nur von der Anzugmode. Ein Großteil der Frauen ist durch die Ausübung eines Berufes ökonomisch unabhängig geworden und stellt bei der Wahl ihrer Männchen andere Qualitäten in den Vordergrund."

Fremdwörter konnte Doppler nicht leiden. Kurzerhand wischte er ihre Bemerkung vom Tisch. „Ökonomisch, ha! Was soll der Umweltschutz damit zu tun haben? Das ist ein völlig anderes Thema!"

Sie wusste nicht, ob sie lachen oder weinen sollte. Zeitweise hatte ihr Mitarbeiter durchaus die Fähigkeit, sie zu belustigen. Doch empfand sie es weitgehend als Zumutung, mit einem Menschen, dessen Bildung sich ausschließlich auf halbherziges Bodybuilding im Fitnessstudio beschränkte, auf engstem Raum zusammenarbeiten zu müssen. Konnte gut sein, dass Dopplers Versetzung das Resultat einer Intrige war, die in der Direktion gegen sie gesponnen wurde. Sie hielt es für besser, das vertrottelte Statement zu ignorieren, und setzte seufzend ihre Studien fort.

Der Bezirksinspektor lächelte. Das letzte Wort gehabt zu haben, erfüllte ihn mit Stolz. Oft kam das ja nicht vor. Die Reichenbach würde nun erkennen müssen, dass sie es mit einem ebenbürtigen Gegner zu tun hatte.

*

Der Lift war wieder einmal defekt, und Dr. Fleischmann quälte sich über die Stufen der Bundespolizeidirektion in den dritten Stock. Das fiel ihm, der bei einer Körpergröße von einem Meter fünfundsechzig immerhin das beachtliche Gewicht von 102 Kilo auf die Waage brachte, nicht gerade leicht. An jedem Treppenabsatz musste er kurz innehalten und verschnaufen. Dabei wischte er sich die Schweißperlen weg, die auf seinem kahlen Kopf hervortraten, und putzte seine beschlagene, zwölf Dioptrien starke Brille. Er fluchte. Der ganze Aufwand, nur weil diese wichtigtuerische Reichenbach den Obduktionsbericht unbedingt vor dem Wochenende auf dem Schreibtisch haben wollte. Gott weiß, warum! Dr. Fleischmann war schrecklich mies gelaunt. Hätte er nicht sowieso im Haus zu tun gehabt, extra wegen der Reichenbach wäre er sicher nicht gekommen!

Eigentlich hatte er um 13 Uhr dem gerichtsmedizinischen Institut den Rücken kehren wollen, denn wie jeden Freitag hielt sich sein Arbeitseifer noch mehr bedeckt als sonst. Längst sollte er mit seiner Frau unterwegs zu ihrem kleinen Häuschen in Laxenburg sein. Aber nein, gleich in der Früh war Doppler in der Gerichtsmedizin erschienen und hatte im Auftrag seiner Vorgesetzten den Bericht über den am Vorabend entdeckten Toten angefordert. *Sie* bestünde darauf, ihn noch heute in Händen zu haben, hatte der Bezirksinspektor mit einem vielsagenden Blick gemeint. Empört über diese Unverschämtheit hatte Dr. Fleischmann daraufhin seine Frau angerufen und ihr mitgeteilt, dass er wahrscheinlich erst am späten Nachmittag heimkommen würde. Wie erwartet war sie ziemlich verärgert gewesen und laut geworden. In diesem Fall müsse er wohl mit dem Bus nachreisen, da sie bei diesem herrlichen Wetter nicht im Geringsten daran denke, länger als unbedingt nötig in der Stadt zu sitzen und auf ihn zu warten.

Dr. Fleischmann, der weder Auto noch Führerschein besaß, hatte wütend den Hörer in die Gabel geworfen und bedauert, dermaßen von seiner Frau abhängig zu sein. Es kotzte ihn an, bei der Hitze den öffentlichen Bus zu nehmen. Noch dazu, wenn dieser zum Bersten voll mit Schülern war, die einen unbeschreiblichen Wirbel veranstalteten, alle Sitzplätze belegten und sich über ihn lustig machten, wenn er sich beschwerte, was sein gutes Recht war. Immerhin war die Fahrkarte nicht gerade billig. Aber lange würde er da nicht mehr mitmachen. Noch vier Monate, dann ging er in Pension, und alle könnten ihn am Arsch lecken!

„Hier ist der Obduktionsbericht", brummte er und knallte eine mit Fettflecken übersäte Mappe vor Simone auf den Tisch.

„Danke." Simone legte ihr Männeressay beiseite. „Geben Sie mir doch bitte eine kurze Zusammenfassung!"

Auch das noch! Dr. Fleischmann schnappte nach Luft. Was bildete sich diese überhebliche Schlampe eigentlich ein? Zu faul, um selbst zu lesen, aber andere Menschen aufhalten, die wahrlich wichtigere Dinge zu tun hatten!

Er räusperte sich. „Nun", begann er unwillig, „Karl Hörstl war zum Zeitpunkt seines Todes stark alkoholisiert. Es fanden sich 2,3

Promille Alkohol im Blut und eine beträchtliche Menge Bier in seinem Magen."

Die Gedanken des Gerichtsmediziners schweiften rasch wieder ab. Sehnsüchtig blickte er aus dem Fenster. Wie gerne würde er jetzt auf der Liege im Garten seinen Bauch der Sonne entgegenstrecken und den Duft der Insektizide genießen, mit denen seine Frau hingebungsvoll die Rosen besprühte. Aber stattdessen ...

„Weiter", forderte ihn Simone auf.

„Ja, ähm ..."

„Bier im Magen ...", half sie ihm weiter.

„Genau. Hörstl hatte eine beträchtliche Menge Bier in seinem Magen. Obwohl er noch kurz vor seinem Tod erbrochen haben muss. Halbverdaute Speisereste fanden sich im Nasen- und Rachenraum. Burenwurst übrigens. Falls es Sie interessiert."

„Tut es. In erster Linie interessiert mich jedoch die Todesursache." Simone sah zu Doppler, der frech grinste.

„Herzversagen. Offensichtlich hat Hörstl von der Schmelzbrücke, auf der man ihn gefunden hat, äh ... uriniert."

„Und?", fragte Doppler voller Vorfreude auf das, was jetzt kommen würde. Seine Fantasie schlug Purzelbäume.

„Er dürfte wohl die Oberleitung der Westbahn getroffen haben."

Der Bezirksinspektor jauchzte auf. Seine Vermutung hatte sich bestätigt. „Das erklärt seinen verkohlten ...", prustete er los und fühlte sofort den strengen Blick seiner Vorgesetzten, mit dem sie ihn durchbohrte. „... Penis", setzte er ernst fort.

„So ist es", bestätigte Dr. Fleischmann. „Ein Fremdverschulden liegt mit Sicherheit nicht vor. Genaueres entnehmen Sie bitte meinem Bericht. Wenn Sie mich jetzt entschuldigen wollen ..."

Mit einem Ruck setzte er seine 102 Kilo in Bewegung, drehte sich zur Tür und hastete, so schnell es ihm möglich war, die Treppe hinunter. Der Autobus würde nicht auf ihn warten.

Doppler stand auf und schnappte gierig nach der Akte, noch ehe Simone sie ablegen konnte. Eifrig blätterte er darin, in der Hoffnung, weitere pikante Details zu entdecken, die Dr. Fleischmann nicht erwähnt hatte.

„Unglaublich, welches Pech manche Leute haben", täuschte er Mitgefühl vor, scheiterte allerdings kläglich bei dem Versuch, sein Entzücken zu verbergen.

„Ihre Betroffenheit ist nicht zu übersehen", spottete Simone. „Nicht minder erschreckend ist übrigens auch, wie viele Menschen – in erster Linie handelt es sich dabei um Männer, lieber Doppler, – denken, ihre Probleme lösen zu können, indem sie sich bis zur Besinnungslosigkeit besaufen. Gehört das auch zu den Eigenschaften eines ganzen Kerls?"

„Hörstls Pech ist unser Glück. Keine Überstunden", wich der Bezirksinspektor aus. Das Geschlechterthema hatte er bereits als beendet betrachtet.

„Watson, Ihre logischen Schlussfolgerungen faszinieren mich. Nur weiter so!", lächelte Simone. Mit einem hatte Doppler allerdings Recht. Es gab nichts, das ihre Anwesenheit im Büro noch notwendig machte. Sie erhob sich und räumte ihre Unterlagen zusammen.

„Sie gehen schon?", zeigte sich Doppler erstaunt. „Es ist erst drei vor halb vier."

„Oh, Verzeihung, Herr Bezirksinspektor. Haben Sie noch etwas für mich zu erledigen?"

Doppler ärgerte sich über seinen Fehler. „Ich meine ... ich wollte doch nur ..." Und ohne zu realisieren, was er da von sich gab, sagte er: „Ich wollte nur fragen, ob Sie Lust hätten, mit mir eine Pizza essen zu gehen. Ich kenne da ein nettes Restaurant."

„Gar keine Hamburger?", zeigte sich Simone überrascht. „Doppler, Sie bekommen Stil ... Nein. Sicher nicht. Wie Sie wissen, bin ich jeden Freitag bei meinem Bruder. Ich wünsche ein schönes Wochenende!"

Nachdem seine Vorgesetzte verschwunden war, hätte sich Doppler ohrfeigen können. Was um alles in der Welt hatte ihn dazu gebracht, sie zum Essen einzuladen? Die Frau war gut zehn Jahre älter als er und nicht einmal besonders attraktiv. Er hoffte inständig, dass die Sache nach dem Wochenende vergessen war und die Reichenbach nicht auf sein Angebot zurückkommen würde.

*

Simone verschlug es den Atem. Ein Schweißausbruch folgte. Ihr Wagen war den ganzen Tag in der prallen Sonne gestanden. Die Innentemperatur lag jenseits der Schmerzgrenze. Sie öffnete alle Fenster und wartete, bis sich das Klima normalisierte, ehe sie vom Parkplatz fuhr und sich in den Wochenendstau am Schottenring einreihte.

Was war *das* eben gewesen?, wunderte sie sich, als sie nach zehn Metern wieder zum Stillstand kam. Doppler hatte sie zum Essen eingeladen? Unglaublich! Was bildete sich der Idiot eigentlich ein? Dachte er wirklich, eine Frau wie sie würde sich mit einem solchen Kretin abgeben? Wie kam er bloß auf eine solch absurde Idee? Hatte er möglicherweise etwas für sie übrig? Nun, das wäre natürlich keine große Überraschung gewesen, denn sie sah ohne Zweifel hervorragend aus. Und eben dieses Aussehen, gepaart mit ihrem beachtlichen Intellekt weckte erfahrungsgemäß das Interesse der Männer.

Gut, musste sie zugeben, in letzter Zeit hatte die Nachfrage etwas nachgelassen, was aber selbstverständlich nur an ihrem abweisenden Auftreten lag. Sie hatte nämlich gar keine Lust auf intensivere Affären, und Beziehungen waren sowieso kein Thema! Schließlich gab es Wichtigeres zu tun. Ihre Karriere genoss absoluten Vorrang, und in der Freizeit beschäftigte sie sich mit ihren Studien. Wo sollte sie da noch Zeit und Muße für eine Partnerschaft hernehmen? Die Männer merkten so etwas und hielten sich notgedrungen zurück.

Früher war das anders gewesen. Einige hatten es wirklich ernst gemeint, sogar ans Heiraten gedacht. Doch dieser Vorstellung konnte Simone seit jeher nichts abgewinnen. Längerfristige Bindungen schreckten sie ab, und so hatte sie stets genügend Gründe gefunden, ihre Partner zu vergraulen. Nur einmal, vor zwei Jahren, genau zu ihrem vierzigsten Geburtstag, hatte ihr ein Mann den Laufpass gegeben. Er wolle seine Identität finden, sich selbst verwirklichen, hatte er erklärt. Was er bereits eine Woche später mit einem zwanzigjährigen Flittchen auch getan hatte.

Seit damals war ihr kein Mann mehr ins Haus gekommen. Und dabei würde es vorerst auch bleiben. Für gelegentliche Abenteuer reichten ihr obskure Stundenhotels, Swingerclubs und dergleichen, die den enormen Vorteil besaßen, dass man seine Anonymität wahrte und gehen konnte, wann immer man wollte, nachdem man sich das geholt hatte, wonach einem gewesen war. Sex nämlich. Ohne Tabus. Wild. Hemmungslos. Intensiv. Immer wieder. Bis hin zur Ekstase.

Das Hupkonzert hinter ihr riss sie aus ihren anregenden Gedanken. Sie zog die Hand zwischen ihren Beinen hervor, legte den Gang ein und schloss in der Kolonne auf.

*

Rund 20 Kilometer war Daniel mit einer Leiche im Auto und wilden Ängsten im Kopf unterwegs gewesen, ehe er den von dichten Hecken umwachsenen Waldrand zwischen Gablitz und Mauerbach entdeckt hatte.

Die Räder des Wagens knirschten auf dem Schotterweg, als er sich langsam seinem Ziel näherte. Seit er die Hauptstraße verlassen hatte, war er keiner Menschenseele begegnet. Hier würde ihn niemand stören. Entschlossen hielt er an und sah sich ein letztes Mal um. Jetzt oder nie!, dachte er. Die Luft war rein. Daniel stieg aus, zog die Gummihandschuhe über, hob Monikas sterbliche Überreste aus dem Kofferraum und zerrte sie unter dem Aufgebot seiner letzten Kräfte zum Wegrand. Nur noch ein paar Meter!, motivierte er sich, dann hätte er es geschafft.

Sein Herz klopfte wie wild, als er die Leiche mit Händen und Füßen unter ein Gebüsch schob und trat, bis kaum mehr etwas von ihr hervorschaute. Den Rest verdeckte er mit Blattwerk, das er eilig zusammentrug. Perfekt!, dachte er zufrieden. Es war absolut nichts zu sehen.

Daniels Mundwinkel zuckten, und er begann lauthals zu lachen. Er konnte nicht anders. Die Situation erheiterte ihn. Einige Minuten stand er so da, laut gackernd, dann kam der Zusammenbruch. Von einem Moment auf den anderen. Sein Kinn bebte, seine Augen füllten sich mit Tränen. Kraftlos sackte er zusammen, vergrub das Gesicht in seinen Händen und begann, hemmungslos zu schluchzen.

Daniel verlor jedes Zeitgefühl. Er konnte nicht sagen, wie lange er hier gehockt war. Ein kühler Wind frischte auf, als er von den Bissen entrüsteter Ameisen, deren Heimweg er mit seinem Hintern blockierte, in die Realität zurückgeholt wurde. Hysterisch sprang er auf und versuchte, sich der hartnäckigen Tiere zu entledigen, die ihre Attacken an den unzugänglichsten Stellen seines Körpers ritten.

Nur nach Hause!, beschloss er und wünschte, den ganzen Horror ein für alle Mal hinter sich zu lassen.

Die Stoßdämpfer von Marias Wagen ächzten, als er zurück Richtung Hauptstraße holperte. Ein furchtbarer Drehschwindel ergriff ihn. Er fürchtete, allmählich die Besinnung zu verlieren. Oder den Verstand. Oder was immer davon noch übrig geblieben war. Viel konnte es nicht sein.

*

Simone Reichenbach erschrak, als ihr Bruder öffnete. Sie erkannte ihn fast nicht wieder. Sein bleiches Antlitz war mit einem grünlichen Schimmer überzogen. Wie Dopplers Anzug, stellte sie erschüttert fest. Tiefschwarze Ringe unter seinen blutunterlaufenen Augen bildeten einen Furcht erregenden Kontrast zu seiner Gesichtsfarbe. Im ersten Moment schien Daniel sie überhaupt nicht wahrzunehmen. Es kam ihr vor, als starrte er geradewegs durch sie hindurch.

„Hallo Daniel, gut siehst du aus!", grüßte sie in der Hoffnung, er würde endlich eine Reaktion zeigen.

Schon im Vorraum stieg ihr ein unangenehmer Geruch in die Nase. Eine Mischung aus menschlichem Schweiß und verpisstem Katzenklo. Offensichtlich hatte er andere Sorgen als hygienische Maßnahmen zu treffen. Simone ahnte Böses.

Zögernd folgte sie ihrem Bruder ins Wohnzimmer und nahm neben ihm Platz. Sofort sprang Vincent auf ihren Schoß und begann wie ein Elektromotor zu schnurren. Geistesabwesend streichelte sie das Tier. Wie jedes Mal, wenn sie hier war, wunderte sie sich auch diesmal über Marias fragwürdigen Geschmack bei der Wohnraumgestaltung. Einbauschrank, Nuss furniert. Weiße Polstermöbellandschaft, Rindsleder. Hellblauer Vorhang, geblümt. Spannteppich, beige und Falten werfend. Halogenspots an der Decke. Ein hässlicher chinesischer Lampenschirm sowie ein billiger Nachdruck von Klimts „Der Kuss" an der Wand ...

Den absoluten Höhepunkt an Geschmacklosigkeit stellte zweifellos der Couchtisch dar. Eine Glasplatte, die auf zwei metallenen Delfinen ruhte. Einfallslos, konservativ und langweilig fand sie das ganze Ambiente. Doch Daniel schien es nicht zu stören, was sie überraschte, denn sie wusste, wie sehr er diesen spießbürgerlichen Versandhauskatalogstil verabscheute.

„Was macht die Arbeit?", erkundigte sie sich vorsichtig. „Kann ich bald wieder etwas von dir lesen?"

Daniel zeigte keine Reaktion. Regungslos starrte er auf den Wodka in seiner Hand. Sie wollte gerade ihre Frage wiederholen, als er sich etwas aufrichtete.

„Ja ... vielleicht", sagte er heiser und nahm einen großen Schluck.

Er hatte überhaupt nicht daran gedacht, dass heute seine Schwester hier aufkreuzen würde. Sie war wirklich die Letzte, die er um sich haben wollte. Inständig hoffte er, sie würde das erkennen und bald wieder abhauen. Er wollte alleine sein, verdammt noch einmal! Er wollte seine Situation von A bis Z überdenken. Nur das könnte ihm die Ruhe verschaffen, die er so dringend benötigte.

Gleich wird sie fragen, ob es mit dem Verlag Schwierigkeiten gibt, dachte er.

„Hast du Schwierigkeiten mit dem Verlag?", fragte Simone und versuchte, besonders mitfühlend zu klingen.

Sie sah es als ihre selbst auferlegte Pflicht an, sich um Daniel zu kümmern. Gern tat sie es ehrlich gestanden nicht. Aber immerhin war er ihr kleiner Bruder. Und als solcher drohte er zu ihrer großen Belastung zu werden. Hinter seinen Mauern aus Selbstmitleid konnte er einem ganz schön auf die Nerven gehen.

Daniel lächelte bitter. Er kannte sie in- und auswendig. Trotz ihres intellektuellen Gehabes war sie ein enttäuschend einfacher Mensch. „Ich will jetzt darüber nicht reden", murmelte er. Dann schenkte er sich Wodka nach, bis die Flasche leer war. Vincent schnurrte immer noch.

„Ich sage dir, bei uns ist im Moment überhaupt nichts los", erzählte Simone, um das unangenehme Schweigen zu brechen. „Seit drei Wochen schon. Kein einziger Mordfall. Nichts. Lediglich einen seltsamen Unfall hat es gestern gegeben. Du wirst lachen, ein Mann ..."

„Möchtest du was trinken?", unterbrach er sie. Und nein, er würde bestimmt nicht lachen. Zum ersten Mal an diesem Abend sah er seine Schwester an. Ungeklärte Todesfälle waren mit Sicherheit nicht das Thema, das ihn im Augenblick aufzuheitern vermochte.

„Hast du Portwein?", fragte sie.

Daniel nickte. Wenigstens Alkohol war für ihn stets ein Thema. Wortlos stand er auf und machte sich an der Bar zu schaffen.

Sein Zustand bereitete ihr ernsthafte Sorgen. Er sah so schrecklich gedankenverloren aus! Ob er alleine zurechtkäme? Sie hegte ernsthafte Zweifel daran. Wohl oder übel würde sie sich um ihn kümmern müssen, befürchtete sie. Zumindest so lange, bis Maria wieder zurückkehrte. Somit drohte das halbe Wochenende seinen Befindlichkeiten zum Opfer zu fallen. Kurz überlegte sie, wie sie der Verantwortung entgehen könnte. Sollte sie einfach aufstehen und verschwinden, irgendeine fadenscheinige Ausrede zum Besten geben? Letztlich setzte sich doch ihr schwesterliches Pflichtbewusstsein durch.

„Jetzt sag schon, was ist los mit dir? Es ist nicht zu übersehen, dass es dir schlecht geht."

„Ich denke nur nach", wich Daniel aus.

„Und ... darf ich erfahren worüber?"

„Nein." Er stellte ihr ein Glas hin.

Auch recht, dachte sie und beschloss, das Thema zu wechseln.

„Ich hab dir doch von Doppler, meinem idiotischen Kollegen erzählt. Du kannst dir nicht vorstellen, welche altertümlichen Ansichten der hat!", erzählte sie und kostete den Portwein.

Daniel konnte es nicht. Und wollte es auch nicht. Gepeinigt stöhnte er auf.

„Bist du krank?" Simone konnte es einfach nicht lassen, ihre Hand auf seine Stirn zu drücken und seine Temperatur zu fühlen.

Unwirsch schob er ihren Arm beiseite. „Nein, mir geht es nur nicht besonders gut."

„Ist es etwas Ernstes? Vielleicht solltest du dich niederlegen ... und vor allem solltest du aufhören, so viel zu trinken!"

„Und vielleicht solltest du endlich gehen und mich nicht länger nerven!", erwiderte er barsch. „Ich sag doch, es ist alles in Ordnung. Ich möchte heute nur alleine sein. Kannst du das bitte akzeptieren?" Er hatte es satt, sich ständig von irgendwelchen Leuten anhören zu müssen, was er tun sollte und was nicht.

Das war ihr Startsignal. Simone leerte ihr Glas und erhob sich. In gewisser Weise war sie erleichtert, dass er sie nicht dahaben wollte.

„Gut, Daniel. Dann werde ich mich auf den Weg machen. Geh ins Bett und ruh dich aus! Morgen sieht die Welt bestimmt anders aus."

Aber sicher!, dachte er verbittert und hielt die Luft an, bis er die Haustüre ins Schloss fallen hörte.

Vielleicht sollte er diesen traditionellen Zusammenkünften am Freitag ein Ende setzen, grübelte er, waren sie doch nicht mehr als der Versuch, die nach dem Tod ihrer Eltern lose gewordenen Familienbande künstlich zusammenzuhalten. Viel zu sagen hatte er seiner Schwester ohnehin seit seinen Jugendjahren nicht mehr, als ihm bewusst geworden war, dass ihr Verlangen, ihn unaufhörlich seelisch wie körperlich zu quälen, nicht zu den üblichen Verhaltensmustern großer Schwestern zählte.

Nachdenklich fuhr Simone durch die Seemüllergasse, in der sich Garten an Garten reihte. Sie überlegte, ob es nicht besser wäre, ihren Bruder ungehindert seinen Weg gehen zu lassen. Sie sollte darauf verzichten, sich weiterhin einzumischen und den Kontakt zu ihm einfach abbrechen. Vorübergehend wenigstens. Sein Leid, das langsam zu einem Dauerzustand zu werden drohte, lag auch ihr im Magen. Längerfristig würde sie das nicht unbeschadet überstehen.

Unbeschadet überstand auch ein geparktes Auto ihre kurze Konzentrationsschwäche nicht, als sie es in zu geringem Abstand passierte. Mit einem lauten Knacks brach ein Außenspiegel weg. Der Letzte, der dem alten Opel geblieben war. Simone hielt einen Moment an, stellte sicher, dass niemand den Vorfall beobachtet hatte, und setzte ihre Heimfahrt mit leicht überhöhter Geschwindigkeit fort.

3

Mit dem ersten Zwitschern der Vögel sprang Herr Wosczynski aus dem Bett und widmete sich wie gewohnt erst mal der körperlichen Ertüchtigung. Auch wenn die Schändung seines Wagens noch lange nicht vergessen sein würde, die Missstimmung, die ihm der Vandalenakt beschert hatte, war verflogen. Der gestrige Vereinsabend der „Bürgerwehr gegen Drogen, Kriminalität und Kulturschande" hatte deutlich bewiesen, dass es noch Menschen gab, die ihr Herz am rechten Fleck trugen und auf die man sich bedingungslos verlassen konnte. Der Zuspruch, mit dem er überschüttet worden war, hatte ihn in seinem Glauben an die Menschheit bestärkt.

Wie üblich trafen sie sich im Hinterzimmer des Gasthauses „Zum Röhrenden Hirschen" beim Viktor-Adler-Markt. 27 Personen, die an einem Strang zogen. Fleißige Männer und Frauen allesamt in Wosczynskis Alter und größtenteils in kleidsamer Tracht. Die tiefen Furchen in ihren Gesichtern zeugten von einem entbehrungsreichen Leben, ausgefüllt mit harter und ehrlicher Arbeit.

Sein mitreißendes Referat hatte allergrößte Zustimmung gefunden. Wortgewandt hatte er mit allem abgerechnet, das die Erhaltung des Rechtsstaats bedrohte, in dem sie Gottlob immer noch lebten – auch wenn er stellenweise hässliche Kratzer aufwies. Und schonungslos hatte er Asylanten attackiert, die wie Parasiten über das Land herfielen, Drogendealer, arbeitsscheue Randalierer, progressive Künstler – das Wort Künstler setzte er zum Gaudium seiner Zuhörer betont unter Anführungszeichen – und Emanzen, die augenscheinlich eine nicht zu unterschätzende Gefahr für einen funktionierenden Staat darstellten.

Als Wosczynski mit geschwellter Brust vom Podium zu seinem Platz zurückschritt, kannte die Begeisterung der Vereinsmitglieder keine Grenzen. Immerfort ließen sie ihn hochleben und grölten nach einer Zugabe. Zweifellos war er der starke Führer, der ihnen das gab, wonach sie suchten. Denn er sprach aus, was das Volk dachte.

Der Abend war noch lange nicht zu Ende. Bis in die Nacht saß man bei guter Laune und unzähligen Flaschen Bier gemütlich beisammen, diskutierte und schmiedete Pläne. Ein sympathisches Volksmusiktrio, junge, engagierte Leute, sorgte mit flotten Polkas und zotigen Versen für überschäumende Stimmung. Später, als nur die treuesten Kameraden geblieben waren, stimmte man gute alte Lieder an, aus einer Zeit, als die Welt noch heil war.

Noch ganz in Gedanken versunken erhob sich Herr Woszcynski vom Frühstückstisch. Guter Dinge streifte er die roten Wollkniestrümpfe über seine knorrigen Waden, schlüpfte in sein rotweiß kariertes Hemd und stieg schließlich in die speckige knielange Lederhose, die seit vier Generationen in seiner Familie dem jeweils erstgeborenen Sohn weitervererbt worden war. Es machte ihn traurig, dass er der letzte dieser Reihe rechtschaffener Wosczynskis sein würde, sollte nicht noch ein Wunder geschehen.

Vor 23 Jahren, als seine Frau bei der Geburt ihres Sohnes verstarb, schien die Welt noch in Ordnung zu sein. Ein männlicher Nachkomme war sichergestellt. Doch wie sich Wosczynski Junior trotz der strengen, aber gerechten Erziehung seines Vaters entwickelte, bereitete dem Senior größte Sorgen. Weder Stockhiebe noch das bewährte Knien auf einem Holzscheit zeigten Wirkung. Selbst tagelanges Einsperren im finsteren Keller blieb ohne Erfolg. Das missratene Kind wurde von Tag zu Tag renitenter, lehnte sich bei jeder Gelegenheit gegen den Vater auf und zog die ihm vermittelten Werte bewusst durch den Schmutz. Ungeachtet drakonischer Strafandrohungen ließ der missratene Knabe seine Haare wachsen und trug aus reiner Provokation T-Shirts, die in fetten Aufdrucken den Weltfrieden oder ähnlich subversive Dinge forderten.

Mit 17 Jahren schließlich kehrte er dem väterlichen Haus den Rücken. Seit damals herrschte Funkstille. Herr Wosczynski hatte seinen Sohn nie wieder gesehen. Nicht dass er das bedauerte, doch er bezweifelte stark, dass ein Mann in den Fünfzigern – und das war er, obwohl man es ihm natürlich nicht anmerkte – nochmals zu einer Frau, geschweige denn zu einem neuen Erstgeborenen kam, der die Lederhose in Ehren halten würde.

Der Obmann der „Bürgerwehr gegen Drogen, Kriminalität und Kulturschande" trat vor das Haus und atmete genüsslich die klare Luft ein. Welch herrlicher Tag! Er wollte ihn für eine lange Wanderung nutzen. Hinaus nach Neuwaldegg sollte sie ihn führen, am Stadtwanderweg 3 durch den Schwarzenbergpark und hinauf aufs Hameau.

Er kam jedoch nur bis zu seinem Opel, der direkt vor dem Garten parkte. Fassungslos erkannte er den neuerlichen Akt roher Gewalt. Seine blendende Laune verflog mit einem Schlag. Da gab es also jemanden, der es um jeden Preis mit ihm aufnehmen wollte! Wosczynski ballte seine Hände zu Fäusten. Er wusste genau, wer dieser jemand war. Langsam drehte er sich um und sah zum Haus seines Nachbarn. In seinen Augen blitzte der pure Hass. Dieser Anschlag schrie förmlich nach Rache. Schrecklicher Rache! Schon bald würde Ewald Kollos bereuen, jemals in diese Gegend gezogen zu sein. Mit dem Obmann der „Bürgerwehr gegen Drogen, Kriminalität und Kulturschande" legte man sich nicht an!

Die Adern auf Wosczynskis Schläfen pulsierten bedenklich. Bemüht, nicht die Beherrschung zu verlieren, nahm er den Rückspiegel an sich, trug ihn feierlich ins Haus und bahrte ihn neben seinem Zwilling vor den Kegelpokalen auf. Er wollte nichts überstürzen. Wie er am Vortag hatte erfahren müssen, war vorschnelles Handeln kein Garant für Erfolg. Zu seiner Beruhigung legte er Wagners Götterdämmerung auf den Plattenspieler und drehte den Lautstärkeregler bis zum Anschlag. Schon bald reifte ein teuflischer Plan in seinem Gehirn.

*

Obwohl oder gerade weil Daniel am Vorabend, nachdem ihm der Wodka ausgegangen war, noch eine Flasche Chardonnay geöffnet und zur Gänze geleert hatte, war ihm ruhiger Schlaf versagt geblieben. Mehrmals hatten ihn grauenvolle Träume aus seiner Nachtruhe gerissen. Bleierne Müdigkeit lag ihm nun in den Gliedern. Die erste feste Nahrung seit 48 Stunden verhalf ihm schließlich etwas zu Kräften. Er saß in der Küche, trank eine Tasse Kaffee, schwarz, mit reichlich Zucker, und verzehrte ein Schinken-Käse-Brot.

Vincent verfolgte jede seiner Bewegungen mit höchster Konzentration. Der Kater kannte seine Chance. Sobald Daniel Unaufmerksamkeit erkennen ließ, würde er zuschlagen und sich des Schinkens, zumindest aber des Käses bemächtigen.

Schon elf! Ein Blick auf die Uhr riss Daniel aus seiner Lethargie. In einer halben Stunde würde Maria am Westbahnhof ankommen und er hatte versprochen, sie abzuholen. Rasch entriss er Vincent den traurigen Rest seines Brotes und machte sich auf den Weg.

Zwanzig Minuten später stand er in der Ankunftshalle und überlegte, ob er Blumen kaufen sollte. Eine schlechte Idee, entschied er. Abgesehen von kleinen Aufmerksamkeiten in den Anfangsjahren ihrer Beziehung hatte er seiner Frau noch nie etwas geschenkt. Somit würde er nur ihren Verdacht erregen.

Stattdessen beschloss er, sich noch einen Kaffee zu genehmigen. Nur um das Warten abzukürzen und seiner lähmenden Ermattung Herr zu werden. Er betrat die überfüllte Bahnhofsgaststätte, wo er im letzten Eck einen Platz zwischen zwei schwer alkoholisierten und übel riechenden Obdachlosen fand.

*

Langsam fuhr der Zug aus Salzburg am Bahnsteig 9 ein. Maria Reichenbach verstaute das Buch, in dem sie während der Fahrt gelesen hatte, in ihrer Reisetasche und bereitete sich aufs Aussteigen vor. Das bedeutete, ihr Haar zu bürsten, verschwenderisch viel Rouge und Lippenstift aufzutragen und das Ergebnis mit Befriedigung im Spiegel ihres Puderdöschens zu betrachten.

Maria war nicht besonders hübsch anzusehen. Mit ihren viel zu kurzen, aber dafür dicken Beinen, dem ausladenden Hinterteil, dem schwabbeligen Bauch und ihren Brüsten, die so klein waren, dass sie sich im umliegenden Fettgewebe hoffnungslos verloren, galt sie nicht gerade als Blickfang. Sie wusste das und hatte im Laufe der Zeit damit zu leben gelernt. Nur zu gut erinnerte sie sich, wie sehr sie ihr unförmiger Körper früher belastet hatte. Und nicht nur sie. Offenkundig auch jene Männer, auf die sie ein Auge geworfen hatte.

Maria, die väterlicherseits aus der berühmten Sportreporterdynastie Hampelmann und mütterlicherseits aus der Industriellenfamilie Dornhof stammte und somit wider ihren Willen seit ihrer Jugend im öffentlichen Interesse stand, versuchte stets, das Tageslicht zu meiden, um andere nicht mit ihrem Aussehen zu belästigen. Bei den Cocktailpartys ihrer Eltern verschanzte sie sich in ihrem Zimmer, verkroch sich unter der Bettdecke und zählte die Sekunden, bis der letzte Gast gegangen war.

Erst als sie Jahre später Daniel kennenlernte und erfuhr, auch mit Ausstrahlung und Intelligenz punkten zu können, reifte ihr Selbstvertrauen. Auf den Gedanken, dass der junge Autor, der sie umgarnte, mehr von dem im Übermaß vorhandenen Vermögen angetan war, als von ihren inneren Werten, kam sie bis heute nicht, obwohl ihr Mann, kaum war die Eheschließung vollzogen, den Kommerzschund, den er bis dahin geschrieben hatte, ad acta legte und sich darauf spezialisierte, in rauen Mengen Literatur zu produzieren, die keinen Menschen interessierte.

Mit Industriemanagement hatte Maria nichts am Hut. So war sie in die journalistischen Fußstapfen ihres Vaters getreten.

Schließlich war der Name Hampelmann über Jahrzehnte hinweg nicht aus den Sportteilen der Zeitungen beziehungsweise den Direktübertragungen im Fernsehen wegzudenken. Noch heute legendär und immer wieder gerne gesehen war die Übertragung jenes Hawaii-Triathlons, bei dem das Teilnehmerfeld gleich zu Beginn von einem Rudel hungriger Haie um die Hälfte reduziert worden war. Der mitreißende Kommentar ihres Vaters hatte sich sowohl durch klug aufgebaute Dramatik, als auch durch fast glaubwürdige Betroffenheit ausgezeichnet und ihm Ruhm und Ansehen eingebracht.

Maria, zu deren Interessen Sport nur peripher zählte, hatte sich dem Kulturbereich verschrieben. Durchaus mit Erfolg, wie sie meinte. Ihr Chefredakteur wusste vor allem ihre guten Kontakte sowie ihren Blick fürs Wesentliche zu schätzen. Auch diesmal hatte sie ein großartiges Interview mit dem berühmten Bildhauer Gregor Mansfeld in der Tasche, in dem sich dieser ausführlich mit seiner künstlerischen Arbeit und der weltpolitischen Lage ganz allgemein auseinandersetzte. Maria dachte an seine beeindruckende Replik auf die Frage, welche Botschaft er der Öffentlichkeit mit seinen Skulpturen übermitteln wollte.

„Sehen Sie, meine Liebe", hatte er gemeint und sich bequem zurückgelehnt, „die Botschaft der Künstler ... und -innen ist stets die gleiche. Sieht man von einigen Ausnahmen ab. Extremisten, wenn Sie wissen, was ich meine. Extremisten im Geiste ... und in der Tat. Auch das darf man natürlich nicht vergessen. Durch ihr kompliziertes Denken sehen sie gewisse Dinge anders als herkömmliche Menschen. Reiner. Durchdachter. Jedoch, und das verdrängt man leider gerne, auch verfälscht. Optisch. Wenn Sie wissen, was ich meine. Das Falsche ist nicht falsch im künstlerischen Sinne, oder im Sinne der Denker. Ganz im Gegenteil. Sehr oft kann es auf dieser Basis richtig sein. Uneingeschränkt richtig. Sie werden vielleicht verstehen, was ich meine. Was ich sagen will, ist: Der Mensch als Individuum, als Träger von Wissen über Recht und Unrecht, kann gewisse Probleme, Situationen, Zustände als Einzelner wohl beurteilen, sofern es sein Intellekt zulässt, in der Masse allerdings – und damit kommen wir zum springenden Punkt –

in der Masse allerdings ... nicht. Sie sehen schon, wo der Hund begraben liegt: Die Masse setzt sich aus einzelnen Individuen zusammen. Es entsteht ein Schmelztiegel, ein Aneinanderprallen, ... Machtkämpfe. Seien wir doch ehrlich, meine Liebe! Sie werden schon wissen, was ich gleich sagen will. So viele unterschiedliche Meinungen und Ansichten existieren global, innerhalb eines Staates, von mir aus innerhalb einer Gemeinschaft. Bedenken Sie nur die nicht unwesentlichen Nationalitätenkonflikte! Tagtäglich liest man in der Zeitung, aber das ist Ihnen ja bekannt, als Reporterin, ha, ha, welche Kräfte freigesetzt werden, wenn Sie wissen, was ich meine, und ... äh ... Um Ihre Frage zu beantworten ... Alles und auch wieder nichts! Im übertragenen Sinn."

Welch beeindruckend intelligenter Mann, dachte Maria schwärmerisch und kletterte aus dem Wagon. Sie ließ sich von der Menschenmenge in die Bahnhofshalle treiben und blickte sich suchend um. Seltsam, Daniel war noch nie unpünktlich gewesen. Ob ihm etwas zugestoßen war?

Vor der Wechselstube stellte sie ihre Tasche ab und beschloss, ein paar Minuten zu warten. Interessiert beobachtete sie zwei Mitarbeiter des Bahnhofssicherheitsdiensts, die drei Obdachlose aus der Gaststätte scheuchten und abführten. Während zwei der Trunkenbolde teilnahmslos neben den Aufsichtsorganen einhertrotteten, gab der dritte immer wieder lautstark seinen Unmut kund und versuchte zu entkommen.

Maria stutzte. Dann schnappte sie blitzartig ihre Tasche und watschelte, so schnell sie ihre kurzen Beine trugen, quer durch die Halle auf das Sicherheitspersonal zu, das begonnen hatte, mit Gummiknüppeln auf den Randalierer einzudreschen.

„Du siehst aber wirklich heruntergekommen aus!", tadelte sie ihren Mann auf der Heimfahrt und rümpfte die Nase. „Außerdem würde dir eine Dusche nicht schaden. Du riechst nicht gerade nach Lavendel!"

Daniel errötete. So deutlich hätte sie das nicht sagen müssen. Die beschlagenen Wagenfenster waren ihm peinlich genug.

„Ich bin beeindruckt! Du hast tatsächlich das Bad gereinigt!", stellte Maria zu Hause fest, nachdem sie sich ein wenig frischgemacht hatte. „Und die Böden im Vorzimmer und hier in der Küche glänzen direkt vor Sauberkeit! So emsig kenne ich dich gar nicht. Hatte dieser Anfall von Arbeitswut einen besonderen Grund?"

Allerdings, dachte Daniel, der sich mangels Wodka einen Whisky genehmigte. Unmengen von Blut, Erbrochenem, eine verstümmelte Leiche ...

„Es war ziemlich schmutzig", meinte er kurz und, um nicht zu viel zu verraten, schob er das ganze auf den Kater. Was ja auch stimmte. Irgendwie.

„Hast du Vincent regelmäßig gefüttert?", erkundigte sich Maria misstrauisch. Liebevoll hob sie das Tier hoch, das seit ihrem Eintreffen nicht mehr von ihrer Seite gewichen war.

„Sieht er unterernährt aus?"

„Nein, das tut er nicht. Gell, mein Schnurlibuh?", säuselte sie, wobei sie Vincents Bauch kraulte, was ihn zum Schnurren brachte. „Alles ist in bester Ordnung! Gut geht es ihm, dem Kuschelfratz! Ist ja auch mein kleiner Liebling! Ja, wo ist er denn, der süße Pelz? Ja, wo ist er denn?" Ihr Tonfall wurde wieder sachlich, als sie den Kater absetzte und sich ihrem Mann zuwandte. „*Du* siehst unterernährt aus, Dani. Ich werde uns gleich etwas Feines kochen!"

Maria kramte eine Pizza aus dem Tiefkühlschrank und schob sie in die Mikrowelle. Das verstand sie unter kochen. Für raffinierte Speisen war Daniel zuständig. Natürlich nur, wenn er in der richtigen Stimmung war. Und das war er offenbar nicht, wie sie unschwer erkannte, als er bereits den zweiten Whisky in sich hineinschüttete.

„Dani, du solltest wirklich nicht solche Mengen trinken", riet sie ihm, wobei sie fast jenen Ton anschlug, mit dem sie zuvor auf den Kater eingeredet hatte. „Ist eigentlich schon eine Nachricht vom Verlag gekommen?"

Daniels Verzweiflung wuchs ins Unermessliche. Wenn er ein Thema zur Zeit nicht ausstehen konnte, dann war es dieses. „Lass mich in Ruhe", brummte er abweisend.

„Also doch. Und wie war die Antwort?", forschte Maria unbekümmert weiter.

„Wie üblich."

Da war wieder dieser Schwindel. Daniel musste sich an den Türstock klammern, um nicht umzukippen. Die ständigen Erinnerungen an die Geschehnisse der letzten zwei Tage nagten an seiner Standfestigkeit. Die einzige Möglichkeit, die Sache durchzustehen, war wohl, sein schreckliches Geheimnis jemandem anzuvertrauen. Jemandem, von dem er Unterstützung und Rückhalt erwarten durfte.

Er überlegte angestrengt, ob seine Frau die Richtige wäre, wie sie reagieren würde und vor allem ob sie bereit wäre, die Geschichte für sich zu behalten. Ja, sie war immer loyal auf seiner Seite gestanden, befand er, und es gab keinen anderen Menschen auf dieser Welt, dem er im selben Maße vertraute.

„Hör zu, ich muss dir etwas erzählen", begann er stockend. „Es ist etwas passiert ..."

„So?"

Daniel gab sich einen Ruck. Je schneller er es hinter sich brachte, desto besser. Punkt für Punkt schilderte er die Ereignisse, in allen Einzelheiten, so weit sie ihm erinnerlich waren. Von jenem unangenehmen Treffen im Park, bis hin zur Entsorgung von Monika Strauchs Leiche. Die Worte sprudelten förmlich aus seinem Mund.

Maria verzog keine Miene. Sie schnitt die Pizza in vier Teile und stellte sie auf den Küchentisch.

„Guten Appetit!", wünschte sie lächelnd.

Daniel glotzte sie entgeistert an. „Hast du mir eigentlich zugehört?", krächzte er.

„Aber sicher!" Maria schüttelte verwundert den Kopf. „Woher du nur solche Geschichten nimmst? Deine Fantasie möchte ich haben!"

„Aber ... *aber es stimmt!*", schrie er aufgebracht. „Ich habe das nicht erfunden!"

„Daniel, bitte! Rede keinen Unsinn!"

Händeringend sprang er auf. „Um Himmels Willen!", flehte er sie unter Tränen an und nahm einen neuen, verzweifelten Anlauf. Sie müsse ihm glauben! Ja, er gäbe schon zu, er habe getrunken und nicht gerade wenig, aber die Leiche sei wirklich da gewesen, hier in der Badewanne! Er habe sich das nicht eingebildet! Schließlich leide er nicht unter Halluzinationen! Und wenn sie schon *ihm* nicht vertraue, dann wenigstens Vincent ... Dieser sei sein Zeuge!

„Gut", unterbrach Maria seinen Redefluss entschlossen. Verärgert funkelte sie ihn an. „Gott sei Dank lässt sich das nachprüfen. Du wirst mich morgen zu dem Versteck führen, dann werden wir sehen, ob da eine Tote liegt, oder nicht!"

„Spinnst du?", entfuhr es ihm. „Ich kann unmöglich nochmals dorthin fahren. Verstehst du das denn nicht? Ich will die Sache endlich vergessen."

„Du wirst mir die Stelle zeigen!", entschied sie. „Und jetzt will ich kein Wort mehr davon hören, Dani! Ich bin mir sicher, diese Monika Strauch ist wohlauf."

Jeder weitere Versuch, sie umzustimmen, wäre sinnlos gewesen. Das wusste er. Marias Wille geschehe. Seit ihrer Hochzeit hatte sie ihm das klargemacht.

*

Bezirksinspektor Kurt Doppler legte das japanische Hardcore-Magazin beiseite. Er atmete schwer. Der Anblick der nackten Mädchen, die hilflos in Ketten gelegt die schmutzigsten Perversionen vermummter Männer ertragen mussten, hatte ihn schrecklich erregt. Was hatte ihm die Reichenbach weismachen wollen? Frauen wären unabhängig? Er lachte heiser. In diesen Heften sah das aber ganz anders aus! Da taten sie das, wozu sie sich am besten eigneten. Sie unterwarfen sich und begnügten sich mit der Rolle der Lustsklavin. Wehrlos und in Demut dienten sie ihrem Herrn, oder wie im vorliegenden Fall gleich mehreren.

Schön, Doppler lebte nicht hinter dem Mond. Auch ihm war klar, dass die Fotos gestellt waren. Aber wer sagte denn, dass es in der wirklichen Welt nicht ebenso zugehen könnte? Er wusste, dass es Menschen gab, die ihre sexuellen Fantasien auslebten. Weshalb sollte also gerade ihm die Erfüllung seiner Träume versagt bleiben?

Wenn es stimmte, dass für Frauen die finanziellen Verhältnisse eines Mannes zweitrangig wären, so wie es seine Vorgesetzte behauptet hatte, stünde einer ekstatischen Nacht nichts im Wege. Er war schließlich nicht irgendjemand. Im Gegenteil, er nahm eine Machtposition ein, er war *Beamter*! Er müsste nur in die Nacht hinaustreten und seinem Jagdinstinkt folgen. Was dann alles geschehen könnte, hatte die Lektüre detailliert gezeigt.

Motiviert von erfreulichen Aussichten nahm er eine Dusche (die erste dieser Woche) und gönnte sich zur Feier des Tages frische Wäsche sowie ein sauberes Hemd. Zufrieden betrachtete er sich im Spiegel. So sah er also aus, der Schwarm aller Frauen. Sie würden ihm zu Füßen liegen!

Wie oft hatte er sich die Situation vorgestellt? In allen Details. In einer Bar ein Mädchen anzusprechen, sie zu einem Getränk einzuladen, ein wenig zu tanzen, denn das mochten sie, und schließlich ... Hm, und das mochte *er*! Die Zeiten, in denen er illegale Prostituierte mittels Polizeimarke zum Beischlaf zwingen musste, gehörten endgültig der Vergangenheit an! Druckmittel hatte der neue Doppler nicht nötig!

Bevor der neue Doppler die Wohnung verließ, trug er noch verschwenderisch Old Spice auf und probierte einige Varianten, sein Haar zu tragen, ehe er es wie gewohnt straff nach hinten kämmte.

Es sah nach Regen aus. Endlos kurvte Doppler durch die schmalen Gassen der Innenstadt. Schließlich stellte er seinen Wagen im Halteverbot ab. Er hatte keine Lust, die halbe Nacht mit der Parkplatzsuche zu vergeuden. Ihm konnte es egal sein. Eine Anzeige wegen Falschparkens würde auf Grund seiner Position unverzüglich in den Mühlen der Bürokratie versanden. Da hatte er die richtigen Beziehungen!

Voller Optimismus schlenderte er auf den Eingang der neuen In-Disco „Beat Pot" am Morzinplatz zu. Über das Lokal war ihm einiges zu Ohren gekommen, das ihn zuversichtlich stimmte, hier eine Menge junger und williger Mädchen anzutreffen, die allesamt nur auf ihn warteten.

„Wir sind voll!", bellte ein hünenhafter Mensch und baute sich bedrohlich vor ihm auf.

Doppler blinzelte ihn verwirrt an. Mit einer solchen Hürde gleich zu Beginn hatte er nicht gerechnet. „Hören Sie, ich muss unbedingt da hinein", versuchte er den Türsteher zu überzeugen. „Es ist wichtig!" Es klang ein wenig naiv und zeigte nicht die erhoffte Wirkung.

„Sterben musst du! Sonst nichts!", polterte der Riese und schien noch ein Stück zu wachsen. Geringschätzig musterte er die hoffnungslos unmodische Kreatur, die Einlass begehrte. Sein Chef hatte sich klar ausgedrückt. Der gute Ruf des Lokals wäre rasch dahin, hielte man den Pöbel nicht konsequent auf Distanz.

„Nein, Sie verstehen mich nicht! Ich werde hier erwartet."

„Wer sollte ausgerechnet *hier* auf *dich* warten?" Der Türsteher fletschte die Zähne und grinste breit. „Mach einen Abgang, bevor ich handgreiflich werde!"

Doppler kramte in seiner Geldbörse. „Wenn Sie wollen ..."

„Lass dein Geld stecken! Ich sag es dir zum letzten Mal, du sollst verschwinden! Bei uns ist kein Platz für Witzfiguren wie dich." Der Riese hob drohend seinen Zeigefinger, erblickte jedoch wenige Augenblicke später einen Ausweis der Bundespolizeidirektion und trat zähneknirschend beiseite. Auch er kannte seine Grenzen.

In der Diskothek tummelte sich gerade eine Handvoll Leute. Von wegen *„Wir sind voll"*!, wunderte sich Doppler. Warum hatte ihm dieser Wichtigtuer einen solchen Bären aufbinden wollen? Er setzte sich an die Bar und studierte mit wachsendem Entsetzen die Getränkepreise. Schließlich entschied er sich für ein Bier und vertrieb sich die Zeit damit, ein einzelnes Paar zu beobachten, das auf der Tanzfläche gewagte Verrenkungen vollführte. Ohrenbetäubende Musik dröhnte aus den Lautsprechern. Zu laut, wie er fand, und absolut nicht nach seinem Geschmack. Dieses hämmernde Unz-Unz-Unz-Unz tötete ihm den letzten Nerv. Doppler stellte durchaus höhere Ansprüche. Flotte Schlagermelodien mochte er. Roy Black oder Karel Gott zum Beispiel. Die gingen gut ins Ohr.

Allmählich füllte sich das Lokal, und Enttäuschung machte sich in ihm breit. Die eintreffenden Gäste wirkten arrogant und unnahbar. Junge Schnösel aus gutem Haus. Kaum jemand in seiner Altersklasse. Vor allem die bis ins Letzte durchgestylten Weiber mit ihren großkotzigen Gesten und überheblichen Blicken entmutigten ihn. Sie entsprachen keineswegs seinen Vorstellungen von devoten Lustsklavinnen. Vielleicht sollte er es doch woanders versuchen, überlegte er verunsichert. Bei der Singleparty im Tanzcafé empfinge man eine attraktive Erscheinung wie ihn bestimmt mit offenen Armen. Nein, besann er sich dann doch anders, so rasch würde er nicht aufgeben. Nicht er! Irgendwann würde die Richtige schon aufkreuzen.

Eine Stunde und drei Gläser Bier später zwang ihn ein innerer Drang, seinen Beobachtungsposten aufzugeben. Das WC war nahezu so groß wie seine Wohnung, stellte er mit Erstaunen fest, und es überraschte ihn des Weiteren, dass die meisten Männer nicht wie er zum Pinkeln hierher kamen, sondern vor dem riesigen Spiegel minutenlang ihre Kleidung zurechtrückten, ihre Frisuren in Ordnung brachten und Aftershaves austauschten. Doppler fühlte sich in ihrer Gesellschaft äußerst unwohl. Eitle Schwuchteln!, dachte er und erledigte in aller Eile sein Geschäft. Je schneller er wieder wegkäme, desto besser!

Den Schönling, der sich fasziniert erkundigte, wo er diesen irren Anzug herhabe, ließ er einfach stehen. Er hätte ihm gar keine Auskunft geben können. Der Anzug war ein Geschenk seiner Mutter gewesen. Anlässlich seines 17. Geburtstags.

Schon aus der Ferne erkannte Doppler, dass sein Barhocker besetzt war. Erbost drängte er sich durch die tanzende Menge. Hatte die Tussi nicht gesehen, dass sein Glas noch auf der Theke stand?

„Entschuldigen Sie!", herrschte er sie schroff an. „Was fällt Ihnen ..."

Seine Stimme versagte. Lange schlanke Beine, die von einem aufregend kurzen Minirock so gut wie gar nicht bedeckt wurden, zogen seine Aufmerksamkeit auf sich. Kurz blieb sein Blick an jener Stelle hängen, wo zwischen den makellosen Schenkeln der dünne weiße Stoff eines Spitzenhöschens hervorblitzte, dann wanderte er langsam weiter aufwärts, streifte Konturen des wohlgeformten Busens, der sich unter der hautengen Bluse mehr oder weniger verbarg, und erfasste letztlich zwei riesengroße dunkle Augen, die betörend das Licht der Lasershow reflektierten. Dopplers Mund klappte auf. Ein leises Quieken entkam ihm.

„Verzeihung", flötete das Mädchen und schenkte ihm ein umwerfendes Lächeln. „Ist das dein Platz?"

*

Während sich die Lokale am Morzinplatz und im angrenzenden Bermudadreieck bis zum letzten Platz füllten, waren in Wosczynskis Nachbarschaft, draußen in Dornbach, längst alle Lichter erloschen.

Der immer heftiger werdende Regen konnte den Obmann der „Bürgerwehr gegen Drogen, Kriminalität und Kulturschande" nicht davon abhalten, seinen gefinkelten Racheplan in die Tat umzusetzen. Verbissen werkte er seit Einbruch der Dunkelheit im Garten seines verhassten Nachbarn. Siegessicher hatte Ewald Kollos am frühen Abend mit seinem Manager und umringt von Journalisten und Kamerateams das Haus verlassen, um zum Europameisterschaftskampf im Schwergewicht gegen Norman „Killer" Anderson nach London zu reisen. Vor Montag würde er nicht heimkehren.

Herr Wosczynski wischte sich mit einem Taschentuch das Regenwasser vom Gesicht. Die Grube, die er am Kiesweg, der zur Haustür führte, ausgehoben hatte, war nun etwa eineinhalb Meter tief. Das würde genügen. Er kletterte aus dem Loch, packte seine Spitzhacke und den Spaten und eilte nach Hause.

Irgendwo muss sie doch sein!, dachte er, während er den Keller durchstöberte. Hinter einigen Waffen- und Munitionskisten, die er sich als Sammler von Kriegsmaterial aus den Beständen des Bundesheers hatte organisieren lassen, wurde er endlich fündig. Wie gut, dass er nicht zu jenen Menschen zählte, die Dinge leichtfertig wegwarfen. Man konnte nie wissen, wozu sie noch zu gebrauchen waren. Er blies den Staub von der alten Wasserpumpe und schloss probeweise die dazugehörigen Schläuche an. Obwohl einige Jahre vergangen waren, seit er sie in Verwendung gehabt hatte, sah sie immer noch tadellos aus! Ob sie noch funktionierte? Probieren geht über Studieren, entschied er.

Wosczynski lud das Gerät auf die Schubkarre, packte zwei Plastikplanen dazu und kehrte damit in Ewald Kollos' Vorgarten zurück. Nachdem er seine Fracht entladen hatte, breitete er eine der Planen sorgfältig in der Grube aus. Damit war der komplizierte Teil seiner Arbeit erledigt. Was folgte, würde ein Kinderspiel werden! Er musste nur einen der Schläuche in das ausgehobene Loch und den anderen in die im hinteren Teil des Grundstücks liegende Senkgrube hängen, in der sich die Exkremente des elenden Gewalttäters sammelten. Erleichtert stellte Wosczynski fest, dass das Stromkabel bis zur Steckdose beim Kellereingang reichte. Jetzt konnte nichts mehr schiefgehen! Er drückte auf den Knopf und wartete ab.

Die aufsteigenden Luftblasen, die der Jauchengrube das Aussehen eines an Diarrhö leidenden Geysirs gaben, verrieten ihm, dass er die Schläuche dummerweise vertauscht hatte. So würde er keinen Erfolg landen, gestand er sich ein und machte sich sofort daran, seinen Fehler zu korrigieren. Zweiter Versuch. Erwartungsvoll platzierte er sich neben der Fallgrube, um nichts von dem übel riechenden Schauspiel zu verpassen. Einige Sekunden lang tat sich nichts. Dann hob sich das Schlauchende mit einem hallenden Röcheln und Blubbern majestätisch in die Höhe und spie die erste Ladung Scheiße geradewegs in Wosczynskis Gesicht, bevor es zurück in die Grube plumpste und diese zu füllen begann.

Zwanzig Minuten später stellte ein frisch geduschter Wosczynski die Pumpe ab und rollte die Schläuche zusammen. Er legte das morsche Holzgitter, an dem sich bis heute Nachmittag seine Heckenrosen hochgerankt hatten, über das randvolle Loch, spannte die zweite Plastikplane darüber und bedeckte sie feinsäuberlich mit Kies. Das ausgehobene Erdreich fuhr er mit der

Schubkarre in seinen Garten und deponierte es ganz hinten, neben dem Komposthaufen, wo es keinem auffallen würde.

    Der perfekte Gegenschlag, dachte er zufrieden, als er alle Spuren seines Besuchs im Territorium des Feindes beseitigt hatte. Mission beendet! Vom prasselnden Regen bis auf die Knochen durchnässt, betrachtete er stolz sein Werk. Jetzt gab es nur noch eines zu tun. Er musste die Videokamera an seinem Schlafzimmerfenster so positionieren, dass er die Rückkehr seines Nachbarn in allen Einzelheiten aufzeichnen und den Kameraden bei der Bürgerwehr ein erstklassiges Beispiel an Selbstverteidigung vorführen konnte.

*

Kurt Doppler zitterte vor Erregung. Das Herz schlug ihm bis zum Hals und das machte ihn schwindlig. Immer wieder schielte er auf die endlos langen Beine am Beifahrersitz. Er konnte es immer noch nicht glauben! Er hatte es tatsächlich geschafft, sie abzuschleppen! Und das ohne jegliche Mühe, denn eigentlich war sie es gewesen, die zu seiner Überraschung den Vorschlag unterbreitet hatte, noch anderswo hinzufahren. Ihm war es nur recht gewesen. Nur raus aus dem Gedränge der lauten Diskothek, das keine Intimitäten erlaubte!

    Während er seinen Wagen über den Ring und durch die Lerchenfelder Straße hinaus nach Ottakring lenkte, versuchte er, sich die schnellste Route zu jenem versteckten Waldweg nahe der Jubiläumswarte in Erinnerung zu rufen, wo er vor Jahren exzessive 15 Minuten mit einer Nutte verbracht hatte. Er wollte keine Zeit verlieren. Sylvias Anwesenheit und ihre Aufmachung waren ein deutliches Signal für ihre Bereitschaft.

Geringschätzig betrachtete sie ihren Chauffeur. Was für eine Witzfigur!, dachte sie. Eigentlich peinlich, sich mit einem solchen Tölpel abzugeben. Aber sie war froh, einen Idioten gefunden zu haben, der ihre Getränke finanzierte und sie umherkutschierte. Die Nacht war noch jung und in irgendeinem Lokal würde sie schon eine aufregende Bekanntschaft machen, war sie sicher.

Sie sah aus dem Fenster und genoss die Lichter der Stadt, die an ihr vorbeiflitzten. Zu diesem Zeitpunkt war sie noch der Meinung, dass sie am Gürtel landen würden, im „Rhiz", im „B72", in irgendeiner dieser ultracoolen Bars, die in den letzten Jahren dort in den Stadtbahnbögen entstanden waren. Zur Not tat es auch das „Chelsea". Das war zwar nicht so hip, dafür standen die Chancen gut, Felix wiederzusehen, den süßen Kellner, den sie dort vor zwei Wochen kennengelernt hatte.

„Wohin fahren wir eigentlich?", erkundigte sie sich, als Doppler das erhoffte Ziel hinter sich ließ und über die Thaliastraße brauste. „Hier draußen ist doch nichts los!" Sie befürchtete ernsthaft, in irgendeinem heruntergekommenen Proletenbeisel zu landen, was angesichts ihres Begleiters wenig verwunderlich gewesen wäre.

„Lass dich überraschen!", grinste Doppler. Und es klang, wie er meinte, verführerisch und unwiderstehlich.

Die Überraschung war letztlich groß, als sie die letzten Zeichen der Zivilisation hinter sich ließen und die Dunkelheit überhand nahm. Sylvia befiel ein mulmiges Gefühl. So hatte sie sich den Abend nicht vorgestellt! Was wollte dieser Trottel hier im Wald? Was glaubte er denn, was sie hier tun würden?

Sie erfuhr es schneller, als ihr lieb war. Kurz vor der Jubiläumswarte bog Doppler von der Johann-Staud-Straße ab und brachte den Wagen auf einem schmalen Forstweg zum Stillstand.

„Da wären wir schon", verkündete er und stellte den Motor ab. „Hier sind wir ungestört. Einen besseren Platz gibt es nicht!"

„Einen besseren Platz wofür?", fragte sie unwirsch.

Als er sich grinsend zu ihr hinüberbeugte und seinen Arm um ihre Schultern legte, wusste sie es. Was bildete sich der Vollidiot eigentlich ein? Wütend versuchte sie, ihn wegzudrängen, doch er ließ nicht locker. Aus ihrem Zorn wurde Angst.

Doppler lachte heiser. Ihre Gegenwehr machte ihn rasend, steigerte sein Verlangen ins Unermessliche. Er packte sie am Oberarm und zog sie an sich heran. Ungeschickt riss er ihre Bluse auf und umfasste hart ihre Brüste. Sie machte ein Riesentheater, brüllte, er solle sofort damit aufhören, doch er wusste, dass sie es nicht so meinte. Und je mehr sie schrie, desto fester wurde sein Griff und desto hemmungsloser seine Begierde. Wenn sie gerne Spielchen trieb, konnte sie das haben!

Sylvia schlug auf ihn ein. „Lass mich los, du Arschloch!", kreischte sie.

Doch er war nicht zu bremsen. Das Fieber, das sich in ihm ausbreitete, benebelte ihn. Keuchend schob er ihren Rock hoch. Ihre Schenkel waren jugendlich glatt und straff. Er wollte sie spüren, er wollte sich in sie verkrallen, er wollte ...

Wuchtig traf ihn ihr Knie im Magen. Doppler krümmte sich zusammen. Für einen Augenblick ließ er von ihr ab. Sylvia nutzte die Chance. Sie riss die Tür auf und sprang aus dem Auto. Sie hatte Angst, panische Angst. Mit ihren hohen Absätzen stolperte sie davon. Hinein in den Wald. Blindlings in die Finsternis. Nur weg von diesem Wahnsinnigen!

Schwere Feuchtigkeit hing in der Luft. Ihr Puls raste. Ihr Atem ging rasselnd. Sie hörte die Schritte hinter sich. Sie hörte, wie sie näher und näher kamen.

„Nein!", kreischte sie, als zwei kräftige Hände sie packten und herumwirbelten. Hart prallte sie am Boden auf. Ein Schlag ins Gesicht. Und noch einer. Mit einem Handgriff zerfetzte er ihren Slip. Dann fühlte sie sein Gewicht, das sie niederdrückte, den eisernen Griff um ihre Handgelenke, den Schmerz zwischen ihren Beinen, die kalte Nässe unter sich.

Ihre Schreie verhallten im Wald. Sie roch die feuchte Erde und sie roch seinen säuerlichen Atem. In diesem Moment fiel ihr ein, dass sie vergessen hatte, das Herzmedikament für ihre Großmutter zu besorgen.

Doppler stellte den Wagen in der Herbststraße ab und betrachtete seine verschmutze Kleidung. Etwas war da gehörig schiefgelaufen, dämmerte ihm. Ihr Gebrüll, ihre Gegenwehr, die Angst in ihren Augen ... Das alles war echt gewesen, sie hatte ihm nichts vorgespielt.

Nachdenklich stieg er die Treppe zu seiner Wohnung hinauf. Seine Hände zitterten, als er die Tür aufschloss. Er hatte einen schwerwiegenden Fehler begangen, wurde ihm plötzlich klar. Einen Fehler, der ihn Kopf und Kragen kosten konnte. Da gab es nichts zu beschönigen. Er hatte Sylvia geschlagen, er hatte sich auf sie gestürzt und brutal vergewaltigt. Auf abscheulichste Art und Weise. Und als ob das nicht schlimm genug gewesen wäre, hatte er sie dann einfach im Wald zurückgelassen, war ohne sich umzusehen weggefahren. Mitten in der Nacht. Nicht auszudenken, was ihr dort alles zustoßen könnte!

*

Die Temperatur war empfindlich gesunken. Es sah wieder nach Regen aus. Daniel schlüpfte in die Jacke, die ihm Maria reichte.

„Müssen wir wirklich ...", startete er einen letzten Versuch. Er quengelte wie ein kleines Kind und trat dabei von einem Fuß auf den anderen.

„Allerdings!" Ihre Entscheidung war endgültig. „Ich mache das nur für dich", betonte sie und nahm seine Hand. „Dani, du bist kein Mörder. Ich kenne dich viel zu gut! Du kannst keiner Fliege etwas zu Leide tun!"

Aber nur deshalb, weil ihm vor Insekten grauste, setzte er gedanklich fort.

Gischt spritzte auf, als der Golf durch die tiefen Wasserlacken brauste. Sie fuhren auf eine unfreundliche, graue, von dunklen Wolken verhangene Landschaft zu. Trist wie Daniels Befinden. Mit tonloser Stimme beschrieb er die Strecke, die er vor zwei Tagen zurückgelegt hatte. Neuwaldegger Straße, Amundsenstraße, Hüttelbergstraße und weiter Richtung Gablitz. Dazwischen nagte er an seinen Fingernägeln. Seit sie weggefahren waren, hatten sich rote Flecken in seinem Gesicht gebildet. Er spürte ein unangenehmes Kratzen in seinem Hals. Seine Nase lief und ihm war kalt.

Als sie in den Feldweg bogen und das Auto unaufhaltsam dem schrecklichen Ort entgegenholperte, schloss er seine Augen und hoffte inständig, weit weg, irgendwo an einem warmen Sonnenplatz wieder aufzuwachen.

„Ist es hier?", frage Maria. Sie stellte den Motor ab und griff nach dem Regenschirm.

Daniel atmete tief durch. Er fühlte sich ausgelaugt und krank.

„Dort vorne, unter dem Gebüsch", krächzte er. „Bitte, geh da nicht hin!"

Doch sie war bereits ausgestiegen und marschierte geradewegs auf das Versteck zu. Gleich würde sie Monika finden und eingestehen müssen, dass ihr Mann ein Mörder war! Daniel wandte sich ab. Das war das Ende. Er hätte sich ihr nie anvertrauen dürfen. Wozu auch? Was hatte er erwartet? Dass sie über ein Verbrechen hinwegsah, tat, als ob nichts geschehen wäre, und sie ihr Leben weiterführten, wie bisher? Das würde ihnen nicht gelingen. Seine Schuld saß zu tief. Sie ließ sich nicht auslöschen. Am liebsten wäre er tot gewesen. Jetzt eine Pistole im Handschuhfach finden und alles wäre überstanden. Doch da war keine Waffe und selbst wenn ... wahrscheinlich hätte er es nicht fertiggebracht.

Er hörte Maria rufen, verstand aber nicht, was sie sagte. Es war ja auch ganz egal! Sobald sie wieder zurück in Wien wären, würde er sich der Polizei stellen. Damit der Albtraum ein Ende hatte.

Ihre Rufe wurden lauter. Sie kam zurückgelaufen und riss die Beifahrertür auf.

„Steig aus!", befahl sie.

Daniel dachte nicht daran. Wie versteinert saß er da und betrachtete die Regentropfen auf der Windschutzscheibe.

„Lass mich zufrieden!", flüsterte er. „Ich will nicht mehr."

„Steig endlich aus! Da ist nichts. Keine Tote weit und breit."

Daniel kapierte nicht. Was wollte sie ihm weismachen?

Maria verlor die Geduld. Sie packte ihn am Arm und zerrte ihn aus dem Wagen. Entschlossen trieb sie ihn vor sich her. Demonstrativ knickte sie die vorderen Zweige der Hecke um und sah ihn erwartungsvoll an. Als er nicht reagierte, trampelte sie den Rest des Gewächses nieder.

„Und wo bitte schön ist da eine Leiche?"

4

Leopoldine Machek trat an ihr Hoffenster im Erdgeschoss, um nach dem Rechten zu sehen. Das zählte schließlich zu ihren Aufgaben. Sofort fiel ihr das große Paket neben den Mülltonnen auf. Wie oft hatte sie den Hausparteien schon erklärt, dass es strengstens verboten sei, Sperrgut im Hof zu deponieren? Der Hinweis klebte sogar am schwarzen Brett! Schließlich war sie als Hausmeisterin für den reibungslosen Abtransport des Abfalls verantwortlich, und die Burschen von der Müllabfuhr ließen nicht mit sich verhandeln. Ihr Verdacht fiel sofort auf Güneyalp vom zweiten Stock. Jede Wette ginge sie ein, dass er es gewesen war, der wie so oft ihre Anordnungen missachtet hatte. Ihm fehlte es an dem notwendigen Respekt. Ja, manchmal hatte sie sogar den Eindruck, er lege es bewusst darauf an, sie zu provozieren. Tat immer recht freundlich, wenn er sie im Stiegenhaus sah, aber dann, hinter ihrem Rücken ... Der unverschämte Kerl!

Frau Machek schäumte vor Wut. So etwas konnte er sich daheim, in der Türkei erlauben, aber nicht hier, in *ihrem* ordentlich geführten Wohnhaus. Diesmal würde sie keine Nachsicht walten lassen und eine saftige Beschwerde an die Hausverwaltung schreiben. Das Maß war voll! Eigentlich schon seit geraumer Zeit.

Damals, als Güneyalp in seinem sechs Quadratmeter großen Kellerabteil eine befreundete fünfköpfige Familie einquartierte, erklärte sich Frau Machek als humane Person ausnahmsweise bereit, ein Auge zuzudrücken, zumal er ihr in weiterer Folge einen nicht geringen Prozentsatz der illegalen Mieteinnahmen zukommen ließ. Als Wiedergutmachung für die Umstände, sozusagen. Dann folgte die Geschichte mit dem Schaf, das er – als wäre es die normalste Sache der Welt – mitten in der Waschküche eigenhändig schlachtete und ausnahm. Frau Machek fiel angesichts der Sauerei aus allen Wolken, fast in Ohnmacht und brauchte einen halben Tag, um sich zu beruhigen. Danach zitierte sie den Türken umgehend zum Rapport, um ihm eine Standpauke zu halten, die sich gewaschen hatte. Nur einer saftigen Lammkeule, die daraufhin den Besitzer wechselte, war es zu verdanken, dass sie schweren Herzens von ihrem Entschluss abkam, gegen den Störenfried Strafanzeige zu erstatten. Ein Fehler, wie sich nun herausstellte. Längst hätte sie entschlossener durchgreifen müssen!

Diesmal würde es Güneyalp nicht gelingen, sich ohne Konsequenzen aus der Affäre zu ziehen, schwor sie sich. Er sollte lernen, was man hierzulande unter Recht und Ordnung verstand. Gastarbeiter waren eben, wie der Name schon sagte, Gäste und hatten sich dementsprechend zu benehmen. Wenn sie es vorzogen, in diesem großzügigen Staat zu leben, mussten sie sich an die hiesigen Sitten und Gebräuche anpassen. Ob sie wollten oder nicht. Und wenn nicht, wäre es besser, sie kehrten dorthin zurück, wo sie hergekommen waren. Frau Machek war es ohnehin leid, dass das Gesindel immer mehr überhand nahm. In Hernals sah es aus wie zu Zeiten der Türkenbelagerung. Am Elterleinplatz, zum Beispiel, vor der Einkaufspassage, lungerten ständig Horden von Ausländern herum. Tagein, tagaus. Man traute sich schon gar nicht mehr auf die Straße.

Die Hausmeisterin erinnerte sich nur zu gut an die Worte des Funktionärs der „Neuen Nationalen Sauberkeitspartei", der einen mitreißenden Vortrag zum Thema Umvolkung bei der „Bürgerwehr gegen Drogen, Kriminalität und Kulturschande" gehalten und hierzu einen klaren Standpunkt vertreten hatte.

Fest entschlossen, endlich mit dem Ausländerpack in ihrem Umfeld aufzuräumen, schlüpfte sie in den lilafarbenen Morgenmantel und eilte ungeachtet ihrer unvorteilhaften Lockenwickler in den Hof, um das mysteriöse Paket zu inspizieren. Die Tatsache, dass es sich sehr kompakt anfühlte und zu schwer war, um es hochzuheben, entfachte ihre Neugier. Vielleicht verbarg sich unter dem Verpackungsmaterial etwas Wertvolles oder zumindest etwas Brauchbares. Sie dachte dabei an einen edlen Orientteppich, eine Stehlampe oder sonst etwas, das schon bald ihre Wohnung verschönern würde. Hoffnungsvoll machte sie sich daran, die festen Knoten zu lösen. Ihre Vorfreude wuchs zusehends. Sie entfernte die Schnur und zerrte kräftig an der Plastikplane. Die Idee, es könnte sich um eine übel zugerichtete Frauenleiche handeln, kam ihr erst, nachdem sie einen bleichen, blutverschmierten Fuß freigelegt hatte. Entsetzt wich sie zurück.

„Er ist ein Mörder!", stammelte sie. „Güneyalp ist ein Mörder!"

Frau Machek war erschüttert. Nun war der Türke entschieden zu weit gegangen. Ein Mordopfer in ihrem Wohnhaus hatte es unter ihrer Leitung noch nie gegeben. So etwas gehörte sich nicht!

*

Bezirksinspektor Doppler stand am Fenster seines Büros. Ein schlichtes weißes T-Shirt und die alten ausgewaschenen Karottenjeans aus seiner Jugend, die um die Hüfte ein wenig eng saßen, ersetzten den völlig verdreckten Anzug, den er gestern bei seiner Mutter zur Reinigung abgeliefert hatte. Teilnahmslos beobachtete er das Treiben am Schottenring und war zuversichtlich gestimmt. Von Sylvia hatte er nichts mehr gehört. Was ihn nicht verwunderte. Trotz seiner Aufregung war er geistesgegenwärtig genug gewesen, nichts von sich zu verraten. Okay, seinen Vornamen vielleicht, aber das war schon alles. Und dem Kennzeichen seines Wagens hatte sie wohl kaum Beachtung geschenkt. Sie hatte also keinen Schimmer, wer er war und würde es auch nie herausfinden! Er brauchte sich demnach keine Sorgen zu machen. Die Angelegenheit war Schnee von gestern, gegessen, abgehakt! Wahrscheinlich war sie ihm längst nicht mehr böse!

Doppler ließ sich auf seinen Sessel plumpsen und betrachtete die Reichenbach, die wieder einmal in ihrer Arbeit aufzugehen schien. Wenn er ihr so zusah, wie sie konzentriert in ihren Notizen blätterte, Vermerke hinzufügte und in irgendwelchen Büchern irgendwelche Dinge nachschlug, kam er sich ziemlich unnütz vor. Weshalb nahm er sich nicht ein paar Tage frei, statt sinnlos im Büro zu hocken?

„Wie war Ihr Wochenende?", fragte er, um der Langeweile entgegenzuwirken.

„Danke. Und Ihres?"

„Auch. Was haben Sie unternommen?"

Simone sah ihn fragend an, wandte sich jedoch rasch wieder ihren Aufzeichnungen zu.

„Ich war unterwegs", begann er. „Hab mich ein bisschen ins Nachtleben gestürzt. Und so."

Das *und so* sollte verraten, dass er Sex gehabt hatte, blieb aber ohne Reaktion.

„Und gestern war ich im Kino", fuhr er fort. „Ein toller Film. *Die Axt des Berserkers*. Haben Sie den gesehen? ... Spielt in einem kleinen Ort in Finnland. Völlig abgeschieden. Richtig unheimlich! Der erste Mord passiert in einer eiskalten Nacht. Minus 44 Grad. Keine Seltenheit, in dieser Gegend", betonte er klug.

„Sie könnten endlich das Protokoll zum Fall Jandl ausbessern", knurrte Simone. Ihr war im Moment nicht nach Konversation. „Soweit ich mich erinnere, liegt es nun seit zwei Monaten auf Ihrem Schreibtisch und wartet darauf, richtiggestellt zu werden."

Da war sie wieder! Sie hatte es genau gesehen! Eine von diesen unwilligen Handbewegungen, die andeuten sollten, wie wenig ihn das kümmerte, was sie ihm auftrug. Böse funkelte sie ihn an.

„Das hat Zeit", wehrte Doppler ab. „Also, die Frau des Bäckers war auf dem Heimweg vom Bürgermeister. Der Letzte, der sie sah, war der ortsbekannte Säufer. Sie nahm die Abkürzung durch den Wald. Wegen der Kälte."

„Die Orthographie ist eine Katastrophe."

„Was?"

„Ich spreche von den Rechtschreibfehlern im Protokoll. In *Ihrem* Protokoll!"

„Ach so." Doppler überging den Hinweis. „Am nächsten Tag war sie verschwunden. Sie war nie nach Hause gekommen. Jeder im Ort half bei der Suche. Und der Pfarrer fand dann eine riesige gefrorene Blutlacke im weißen Schnee."

„Sehr romantisch, Doppler! Hören Sie, ich versuche, hier zu arbeiten!"

„Das zweite Opfer ...", setzte er unbeirrt nach. Diesmal unterbrach ihn das Läuten des Telefons.

„Reichenbach?", meldete sich Simone. „Aha, ja ... Wann? ... Und wo? Gut, ich werde das sofort in die Wege leiten. Danke." Sie legte auf.

Doppler startete einen neuen Versuch. „Das zweite Opfer ..."

„Nein, Doppler. Das *erste* Opfer", korrigierte sie ihn.

Der Bezirksinspektor war verwirrt. „Nein. Das erste Opfer war die Bäckersfrau. Das zweite Opfer war ..."

„Hören Sie schon auf!", brüllte Simone plötzlich. „Ich spreche von der Realität! Ihre Horrorgeschichten interessieren mich nicht! Wir haben ein Mordopfer! Es wurde eine Leiche gefunden! Im 17. Bezirk, in der Rötzergasse 32."

Doppler wurde hellhörig! Es gab etwas zu tun! Mit der Langeweile war nun Schluss!

Seine Geschichte wollte er trotzdem noch zu Ende bringen. „Um es kurz zu machen: Insgesamt wurden vier Frauen umgebracht und der Mörder war ..."

„Doppler, halten Sie den Mund!" Simone schlug wütend auf den Tisch. „Wieso zum Teufel sind Sie noch hier?"

Der Bezirksinspektor sah sie fragend an. Wo sollte er sonst sein?

„Ja, soll *ich* vielleicht zum Fundort fahren?", schrie seine Vorgesetzte.

Er kapierte. „Ach so. Nein, nein, ich bin schon unterwegs", murmelte er kleinlaut und schlurfte aus dem Zimmer.

Simone schüttelte den Kopf. Mit dem Idioten wurde es von Tag zu Tag mühsamer. Eigentlich eine Zumutung, ihr einen solchen Kretin zuzuteilen. Das musste sie sich nicht bieten lassen! Früher, vor Jahren, als sie seine Position bekleidet hatte, war es noch üblich gewesen, seiner Arbeit unaufgefordert und selbständig nachzugehen und den Vorgesetzen mit Respekt zu begegnen. Doch das war einmal! Die Zeiten hatten sich geändert. Leider! Heutzutage schien es unmöglich, engagierte Mitarbeiter zu finden. Die jungen Leute dachten nur daran, Spaß zu haben, und scherten sich einen Dreck um ihre Aufgaben! Alles musste man selbst machen!

Es klopfte. Dopplers Kopf tauchte zögernd im Türspalt auf. „Ähm ... *wo* wurde die Leiche gefunden?"

*

„Pass bitte gut auf dich auf, Dani!" Maria sprach langsam und blickte ihn eindringlich an. „Wenn irgend etwas schiefläuft, ruf mich sofort an und versuche nicht, allein damit zurechtzukommen!"

„Ja."

„Nütze die Zeit, um dich zu entspannen, mach dir ein paar gemütliche Tage. Geh früh ins Bett ..."

„... und zieh dich warm an", setzte Daniel fort, der neuerdings etwas Humor aufbringen konnte.

„Genau." Maria lächelte. „Und das Wichtigste: Kümmere dich um Vincent, sei lieb zu ihm! Ich möchte keine Klagen hören!"

„Ja, natürlich ... Vincent. Wie könnte ich ihn vergessen?"

„Dann bis bald. Ich hab dich lieb!" Maria drückte seine Hand.

Langsam setzte sich der Zug in Bewegung. Daniel stand am Bahnsteig und sah seiner Frau nach, die in ihrem Abteil am Fenster lehnte und winkte. Als der Wagon außer Sichtweite war, schlenderte er zurück in die Bahnhofshalle. Um die Gaststätte scharten sich wie gewöhnlich einige Obdachlose. Er vermied es, in ihre Nähe zu kommen.

Auch wenn er traurig war, dass Maria wieder wegmusste, hatte sich sein Zustand seit gestern deutlich verbessert. Sie hatte Recht behalten. Alles war nur Einbildung gewesen. Keine Leiche, kein Mord! Und trotzdem ... Seltsam war das schon, denn er sah den blutüberströmten, nackten Körper noch immer deutlich vor sich! Entsetzlich, was Alkohol anrichten konnte! Er würde das Trinken in Zukunft ein wenig einschränken müssen, wollte er weitere Wahnvorstellungen vermeiden!

Daniel beschloss, Monika anzurufen. Er wollte es gleich hinter sich bringen. Seine Entschuldigung war noch ausständig. Doch vor den Telefonzellen standen bereits einige Leute Schlange, und so verließ er den Westbahnhof und spazierte die Mariahilfer Straße hinunter. Die Regenwolken hatten sich verzogen.

*

„Wo finde ich Oberstleutnant Reichenbach?", fragte Leopoldine Machek. Forsch trat sie in Simones Büro. „Sind Sie seine Sekretärin?"

Hinter ihr wurde ein verängstig aussehender Mann von zwei uniformierten Beamten ins Zimmer geschoben.

„*Ich* bin Dr. Reichenbach. Oberstleutnant*in*!", stellte Simone klar und legte das Buch beiseite, in dem sie gerade gelesen hatte.

Frau Machek zeigte sich erstaunt. Es war ihr neu, dass Frauen bei der Polizei mit der Leitung von Ermittlungen betraut wurden. Ihr Vertrauen in die Arbeit der Exekutive sank rapide. Wo, bitte schön, sollte das noch enden?

„Nehmen Sie Platz!", forderte Simone die Zeugin auf und schickte die Polizisten weg.

„Sie wollen uns doch hier mit dem Mörder nicht alleine lassen?", protestierte Frau Machek und deutete auf den Mann, der etwas verloren im Raum stand und offensichtlich keine Ahnung hatte, was er hier eigentlich sollte.

„Mörder? Welcher Mörder? Wer sind Sie eigentlich?", forschte die Referatsleiterin streng.

„Leopoldine Machek. Ich bin Hausbesorgerin in der Rötzergasse 32", erklärte sie beleidigt. Sie sah nicht ein, weshalb sie sich vor dieser überheblichen Person rechtfertigen musste, während Güneyalp unbehelligt blieb.

„Und Sie sind?"

„Mehmet Güneyalp. Wohnen auch in Rötzergasse. Aber nix Mörder, wie Frau immer sagen!"

„Und Sie fanden die Tote?", setzte Simone die Befragung der Hausmeisterin fort, während sie von Dopplers Platz einen zweiten Besuchersessel holte.

„Jawohl! Heute Morgen, neben den Mülltonnen, bei einer routinemäßigen Prüfung des Hofs. Wissen Sie, ich bin da sehr gründlich! Mir kann man nicht vorhalten, dass ich meine Arbeit nicht ordentlich erledige. Bei Herrschaften, wie dem hier, ist das auch notwendig!"

„Wann genau?"

„So gegen neun. Ich habe gedacht, jemand hätte verbotenerweise Sperrgut im Hof gelagert. Und da bin ich nachsehen gegangen."

„Sieht eine Leiche wie Sperrgut aus?", wunderte sich Simone.

„Sie war ja verpackt, wissen Sie! So in Plastikmüllsäcken. Und verschnürt. Da kann man nicht gleich erkennen, was es ist."

„Gestern ist Ihnen der *Sperrmüll* noch nicht aufgefallen?"

„Nein. Bei meinem Abendrundgang war noch alles in Ordnung. Das weiß ich mit Sicherheit!"

Simone wandte sich an Güneyalp. „Haben Sie die Tote auch gesehen?"

„Nein. Gar nix gesehen. Geschlafen, bis Polizei geläutet."

„Warum sind Sie dann hier?"

„Frau mich verhaften lassen. Nicht wissen, warum."

„Das wissen Sie genau!", mischte sich die Hausbesorgerin ein. „Sie haben die Leiche dort deponiert. So war es doch, gestehen Sie!"

„Also, zum einen ist niemand verhaftet", beruhigte Simone Güneyalp. „Und zum zweiten, Frau Machek, dürfen Sie die Vernehmung getrost mir überlassen."

„Ich haben Frau, Kinder. Guter Mann. Nie Gefängnis!"

„Herr Güneyalp, niemand verdächtigt Sie."

„Doch ich! *Ich* verdächtige ihn!" Frau Machek verlor ihre Beherrschung.

„Dann begründen Sie bitte Ihren Verdacht."

„Das mache ich gerne! Es ist ja nicht das erste Mal, dass er gegen Recht und Ordnung verstoßen hat. Ständig gibt es Schwierigkeiten mit ihm. Einmal hat er ein Schaf geschlachtet. In der Waschküche! Stellen Sie sich das vor! Unerhört! Und sein Kellerabteil illegal vermietet hat er auch."

Simone wurde ungeduldig. „Frau Machek, wenn jeder, der ein Tier schlachtet, auch Menschen tötete, wären in einer Großaktion sämtliche Fleischhauer hinter Gitter zu bringen. Sahen Sie Herrn Güneyalp, wie er die Leiche in den Hof brachte?"

„Nein, das nicht ...", gestand die Hausbesorgerin mürrisch ein. „Aber ich bitte Sie, das liegt doch auf der Hand ..."

Mit einer abwehrenden Geste brachte die Referatsleiterin sie zum Schweigen. „Machten *Sie* eine Beobachtung, die mit dem Verbrechen in Zusammenhang stehen könnte, Herr Güneyalp?"

„Ich nix verstehen."

„Ich meine, fielen Ihnen mysteriöse Machenschaften auf, die für die Ermittlungen von Bedeutung sein könnten?"

„Frau sprechen komisch. Nix verstehen", verzweifelte Güneyalp.

„Haben – Sie – den – Mörder – gesehen?", versuchte es Simone ein letztes Mal.

„Nein. Nix gesehen."

„Der lügt doch wie gedruckt!", empörte sich Frau Machek händeringend.

„Nein. Nix lügen. Das wahr! Warum nicht glauben? Immer stänkern."

„Schauen Sie sich den Kerl doch an! Der stellt sich einfach dumm. Macht auf harmlos und in Wirklichkeit …"

„Schluss jetzt!", entschied Simone. „Sie können beide gehen. Wenn wir noch Fragen haben, werden wir uns bei Ihnen melden. Und sollte Ihnen etwas einfallen, Sie wissen, wo Sie mich erreichen …"

„Was?" Frau Machek war entsetzt. „Wird er nicht verhaftet?"

„Nein, das wird er nicht!" Simones Stimme schwoll an. Ihr war danach, der herrischen Person eine Lehre zu erteilen. „Aber wenn Sie noch lange haltlose Verdächtigungen aussprechen, werde ich mir überlegen, *Sie* hier zu behalten!"

*

Wie besessen raste Kurt Doppler durch die Stadt. Der Eifer hatte ihn gepackt. Motiviert durch die lang ersehnte neue Aufgabe steckte er voller Tatendrang. In nur kurzer Zeit war es ihm gelungen, maßgebliche Informationen zu ermitteln. Gut gelaunt kurbelte er das Seitenfenster seines Wagens herunter und ließ den Fahrtwind in seinem fettigen Haar spielen. Er leistete hervorragende Arbeit! Das wusste er und die Reichenbach würde es ebenfalls zugeben müssen.

Kurz nachdem er in der Rötzergasse eingetroffen war und die splitternackte Leiche inspiziert hatte, kontaktierte er über Funk die Zentrale und bat, ihm die in Frage kommenden Abgängigkeitsanzeigen durchzugeben. Mit einem Polaroidfoto der Toten machte er sich sofort daran, die Angehörigen vermisster Frauen zwischen 30 und 40 Jahren aufzusuchen. Als er in der Anton-Krieger-Gasse vor Hermine Strauch stand und ihr das Bild unter die Nase hielt, wusste er sofort, an der richtigen Adresse zu sein. Die geschockte Frau brach kreischend zusammen.

Doppler war mit solchen Situationen vertraut und ließ sich nicht aus dem Konzept bringen. Ungerührt stellte er sämtliche Routinefragen, die sein Beruf im Laufe der Zeit hervorgebracht hatte. Er kannte sie längst auswendig, sodass er sie nicht mehr vom Zettel ablesen musste. Frau Strauch krümmte sich unterdessen zwischen Tür und Angel. Kein einziges Wort brachte sie hervor. Schließlich zeigte der Bezirksinspektor Mitgefühl. Er verzichtete auf die Androhung einer Anzeige wegen Behinderung der polizeilichen Ermittlungen und versuchte, beruhigend auf sie einzureden, was nicht unbedingt zu seinen Stärken zählte. Letzten Endes gelang es ihm, wenigstens Monikas Arbeitsplatz in Erfahrung zu bringen. Mit dem Hinweis, wegen einer ausführlichen Vernehmung nochmals vorbeizuschauen, verabschiedete er sich rasch und überließ Frau Strauch ihrem Schmerz.

Doppler stellte seinen Wagen wie gewöhnlich im Halteverbot ab. In der Taborstraße auf Parkplatzsuche zu gehen, erschien ihm hoffnungslos. Respektvoll betrachtete er das moderne Bürogebäude am Donaukanal, in dem der Beinholtz-Verlag untergebracht war. Majestätisch ragte es in den Himmel und vermittelte den Eindruck von Würde, Geld und Macht. Seine Vorgesetzte hätte es wahrscheinlich als gläsernen Phallus bezeichnet, aber sie wollte einfach nicht verstehen, worauf es im Leben ankam.

Obwohl Doppler seinen Job mochte und er sich im Grunde keinen anderen Beruf vorstellen konnte, wäre er gerne einer dieser Wirtschaftsbosse gewesen, die in solchen Wolkenkratzern an den

Schalthebeln saßen. Die Möglichkeiten, die einem in einer solchen Funktion offenstanden, erschienen ihm geradezu grenzenlos.

Ein honorig aussehender Portier, der den Anschein erweckte, der Generaldirektor persönlich zu sein, fragte Doppler nach dessen Begehr und griff anschließend zum Telefon.

„Sie werden erwartet", sagte er nach einem kurzen Gespräch und deutete zum Aufzug. „Zwölfter Stock."

So hoch war Doppler noch nie hinausgekommen. Zwölfter Stock! Verzagt stand er vor der noblen, dunkel gebeizten Eingangstür, auf der ein Marmorschild mit goldenen Buchstaben „Beinholtz-Verlag. Benutzen Sie bitte den Fußabstreifer!" verkündete. Der Bezirksinspektor tat, wie ihm geheißen.

Direktor Rudolf M. Beinholtz hatte ihn bereits erwartet. Er öffnete persönlich. Angesichts der stattlichen Erscheinung im dezenten Nadelstreif, der wohl ein Vermögen gekostet hatte, verschlug es Doppler die Sprache. Als es ihm schließlich gelang, seinen Dienstausweis aus der engen Gesäßtasche zu fischen, saß er bereits in einem der ledernen Besucherfauteuils im mahagonigetäfelten Chefzimmer. Endlich durfte er den Duft der Reichen schnuppern. Kein Vergleich zu dem spartanisch eingerichteten Amtsraum, in dem er üblicherweise sein Tagwerk verrichtete.

„Was kann ich für Sie tun?", erkundigte sich Rudolf M. Beinholtz und blickte den Polizisten prüfend über den goldenen Rand seiner Brille an.

„Nun ja, es geht um Ihre Angestellte Monika Strauch ... Hm, Ihre ehemalige Angestellte", stellte Doppler richtig.

Unsicher wetzte er auf dem luxuriösen Sitz umher, um in eine bequeme Position zu gelangen. Für seinen Geschmack saß er ein wenig zu tief, was dazu führte, dass er zu Beinholtz aufblicken musste.

„Ehemalige?", zeigte sich der Verlagschef erstaunt. „Wollen Sie mir das bitte näher erklären?"

„Tja, sie wurde heute morgen tot aufgefunden ..." Zur Veranschaulichung kramte Doppler das Polaroid hervor. „Hier, sehen Sie."

„Um Gottes Willen! Das sieht ja entsetzlich aus!" Beinholtz wirkte betroffen. „Wie konnte das passieren?"

„Wir sind bemüht, die Umstände so rasch wie möglich aufzuklären", kam die Standardantwort. „Wir dürfen doch auf Ihre Mithilfe zählen?"

Doppler war stolz auf seine gepflegte Wortwahl. Er sah sich seinem Gesprächspartner ebenbürtig.

Rudolf M. Beinholtz lächelte. „Bitte. Ich werde mir gerne die Zeit nehmen. Schließlich war Frau Strauch eine sehr verlässliche Arbeitskraft." Er drückte auf den Knopf seiner Sprechanlage und orderte bei seiner Sekretärin zwei Tassen Kaffee. „Sie mögen doch Kaffee, oder?"

Doppler nickte eifrig. Dann begann er mit der Befragung, die keine wesentlichen Erkenntnisse bringen sollte.

Nein, er könne sich nicht vorstellen, wer zu einer solchen Tat fähig sei, erklärte Beinholtz. Von Feinden der Ermordeten wisse er nichts. Über ihr Privatleben sei allerdings kaum gesprochen worden. In der Arbeit habe es jedenfalls nie Probleme gegeben ...

„Ah, da kommt schon der Kaffee", unterbrach er sich. „Darf ich vorstellen, das ist meine Sekretärin, Frau Engert. Und das ist Bezirksinspektor Doppler. Er hat mir eben eine äußerst betrübliche Nachricht überbracht. Frau Strauch wurde ermordet. Einfach schockierend!"

Als sich Doppler umdrehte, um den Kaffee entgegenzunehmen, blieb ihm fast das Herz stehen. Sylvia! Die Tasse fiel zu Boden, der Kaffee ergoss sich über den wertvollen, von zarten afghanischen Kinderhänden geknüpften Teppich. Doppler glotzte die Verlagssekretärin entsetzt an. Jetzt war alles aus! Wahrscheinlich würde sie in einen Schreikrampf ausbrechen und das ganze Haus zusammentrommeln, um sein Schicksal zu besiegeln. Er wagte nicht, sich zu regen. Sein Mund stand in Erwartung des unvermeidlichen Tumults weit offen. Doch außer, dass ihr Lächeln kurz verebbte und sie ihre tiefe Erschütterung über den Tod ihrer Kollegin ausdrückte, zeigte Sylvia keine Reaktion.

„Machen Sie sich keine Sorgen. Die Putzfrau bringt das wieder in Ordnung", sagte Beinholtz. Eine leichte Verärgerung schwang dennoch in seiner Stimme mit. „Frau Engert, wären Sie bitte so nett ..."

„Aber gerne", flötete sie und huschte aus dem Zimmer.

„So, wo waren wir stehengeblieben?", setzte der Verlagschef das unterbrochene Gespräch fort.

Vielleicht hat sie mich nicht erkannt, hoffte Doppler. Seine Fingernägel bohrten sich in seine Oberschenkel. Könnte ja sein. Bei dem Licht in der Diskothek und dann im Wald ... man hatte die eigene Hand nicht vor seinen Augen sehen können.

„Herr Bezirksinspektor, ist alles in Ordnung? Machen Sie sich keine Gedanken wegen des Flecks. Unsere Putzfrau ist sehr geschickt. Sie kriegt das wieder hin. Gibt es noch weitere Fragen?"

Mit letzter Kraft überwand Doppler seinen Schwächezustand. „Erinnern Sie sich, wie Frau Strauch gekleidet war, als Sie sie am Donnerstag zum letzten Mal gesehen haben?"

„Nun sie war stets eine ausgesprochen elegante Erscheinung. Was genau sie am fraglichen Tag trug, ist mir leider nicht bekannt. Ich war außer Haus. Meine Sekretärin kann Ihnen sicherlich Genaueres sagen. Sie sieht und hört *alles*! ... Jedoch, vielleicht hilft Ihnen ja das weiter, Frau Strauch trug gerne eine goldene Brosche in Halbmondform, besetzt mit einem kleinen Diamanten. Es handelte sich dabei um ein Geschenk zu ihrer zehnjährigen Firmenzugehörigkeit. Sie hielt es stets in Ehren. Es war offensichtlich, dass wir ihr damit eine riesengroße Freude bereitet haben." Beinholtz sah auf seine funkelnde Rolex. „Wenn sonst nichts mehr ansteht, darf ich Sie bitten, mich zu entschuldigen. Meine Zeit ist knapp. Termine, Termine. Sie wissen ja, wie das ist!"

Doppler wusste das nicht, doch er ließ sich widerspruchslos aus dem Büro geleiten. Es hätte noch viele Fragen gegeben. Wer Monika Strauch als letztes gesehen hatte, mit wem sie das Wochenende verbringen wollte. Aber sein Kopf war voller Sorge um seine eigene Zukunft.

„Falls Sie sich noch an irgendetwas Interessantes erinnern ... Ich lasse Ihnen meine Karte da", stammelte er.

„Danke. Frau Engert wird sie übernehmen. Wir werden uns sicher bei Ihnen melden, sollte uns etwas Wichtiges einfallen." Und schon eilte Rudolf M. Beinholtz zurück in sein Büro. Termine, Termine ...

„*Ich* werde mich sicher bei dir melden!" Sylvia sprach leise, als sie die Visitenkarte in ihrer Handtasche verschwinden ließ, doch der drohende Unterton entging Doppler nicht.

Benommen und aufgewühlt wankte er aus dem Aufzug. Vorbei an dem Portier, der ihn skeptisch musterte, lief er aus dem Bürogebäude. Es hatte all seine Reize verloren. Doppler wollte nur weg und in Ruhe seine Gedanken ordnen, überlegen, wie er aus der Sache herauskäme. Seine Begeisterung für die Mächtigen dieser Welt war ebenso spurlos verschwunden, wie sein Auto, das er zwanzig Minuten suchte, ehe er in der zuständigen Polizeidienststelle erfuhr, dass es gebührenpflichtig abgeschleppt worden war.

*

Die Sonne stand bereits sehr tief. Ihre letzten Strahlen überzogen die Siedlung in Dornbach mit einem weichen orange-rosa Glanz. Ewald Kollos war spät dran. Nervös trommelte Herr Wosczynski gegen die Scheibe seines Schlafzimmerfensters. Wie lange hatte er auf diesen Moment gewartet? Wenn der Mistkerl nicht bald auftauchte, drohte sein Plan wie eine Seifenblase zu zerplatzen! All seine Mühen wären völlig umsonst gewesen, sollte es so weit kommen, dass die einbrechende Dämmerung eine halbwegs brauchbare Videoaufnahme vereitelte. Das Tüpfelchen auf dem I, sozusagen.

Als endlich die schwarze Limousine in die Siedlung bog, atmete der Obmann der „Bürgerwehr gegen Drogen, Kriminalität und Kulturschande" erleichtert auf. Nochmals überprüfte er die Einstellungen der Kamera und setzte sie in Betrieb.

„Dass deine Karriere im Arsch ist, wird dir wohl klar sein", knurrte Charlie Wimbacher und spielte verärgert mit seinem dicken Brillantring. Ein goldener Vorderzahn blitzte Ewald Kollos entgegen, als sein Manager grob hinzufügte: „Und jetzt verschwinde mir aus den Augen, du Idiot! Ein für alle Mal! Unsere Zusammenarbeit ist beendet! Ich hab Wichtigeres zu tun, als mich um arbeitslose Versager zu kümmern, das kannst du mir glauben!"

Kaum war Kollos aus dem Wagen gestiegen, gab er seinem Chauffeur ein Zeichen, und der Wagen brauste davon. Der Boxmanager zählte nicht zu jenen Menschen, die gerne in der Vergangenheit schwelgten. Er zog es vor, in die Zukunft zu blicken, denn dort wartete das Geld und ein junger vielversprechender Amateurboxer, den er noch heute unter die Lupe nehmen wollte.

Trotz der stattlichen 192 Zentimeter, die der „Rote Koloss" von den Fußsohlen bis zum Scheitel maß, wirkte er wie ein Häufchen Elend, als er seinen Garten betrat. Die Heimkehr aus London hatte er sich anders vorgestellt. Triumphaler. Mit einem großen Empfang am Flughafen und so ... Doch alles, was er sich über Jahre mit hartem Training und eisernem Willen aufgebaut hatte, war unwiederbringlich dahin! Kollos wusste nicht, welcher Teufel ihn geritten hatte. Er war einfach ausgerastet!

Dabei hatte alles so perfekt begonnen! Er ging gut vorbereitet, motiviert und siegessicher in den Europameisterschaftskampf und hielt zur Überraschung vieler Experten in den ersten beiden Runden tapfer mit seinem favorisierten Gegner mit. Doch Norman „Killer" Anderson wurde mit Fortdauer des Fights immer stärker, deckte ihn mit einem wahren Trommelfeuer an rechten Geraden und linken Haken ein, dass ihm Hören und Sehen verging. Und dann kam es zu jener unschönen Szene, die das Ende von Kollos' Laufbahn besiegelte. Natürlich war es eine Gemeinheit des Ringrichters, den Kampf einfach abzubrechen, nachdem er erst zum fünften Mal auf die Bretter gekracht war. Reine Willkür! Kollos sah sich aller fairen Chancen beraubt und dachte sofort an Schiebung. Außer Rand und Band stürzte er sich auf den Referee und beförderte ihn in hohem Bogen und äußerst unsanft aus dem Ring. In dem entstehenden Aufruhr zertrümmerte er anschließend noch dem intervenierenden Trainer seines Gegners die Nase, ehe ihm der „Killer" mit einem präzisen Schlag in den Magen die Luft für weitere Attacken raubte und das Spektakel jäh beendete. Der „Rote Koloss" erlangte gerade wieder das Bewusstsein, als er unter wüsten Beschimpfungen und Beschuss von Gemüse aller Art aus der Halle getragen wurde. Welche Schande!

Das Urteil des Weltboxverbands ließ zwar noch auf sich warten, aber sogar Kollos war klar, dass er mit einer lebenslangen Sperre zu rechnen hatte. Es sah nicht gut aus, so viel stand fest. Alles, was er konnte, war boxen. Einen richtigen Beruf hatte er nie erlernt und die Preisgelder und Werbeeinnahmen waren, kaum dass er sie verdient hatte, sofort wieder für leichte Mädchen und die Vervollständigung seiner Überraschungseiersammlung ausgegeben worden.

Kollos mutmaßte gerade, dass er gewaltig in der Scheiße steckte, als das morsche Holzgitter unter seinem Schwergewicht zersplitterte und sich seine schlimmsten Befürchtungen bewahrheiteten.

*

Nach wie vor klebte der Hinweis „Außer Betrieb" am Fahrstuhl, was Dr. Fleischmann wenig erfreute. Wutschnaubend stand er in der Eingangshalle und blickte die endlos wirkenden Stufen empor.

„Scheiß Handwerker! Unfähige Kretins!", fluchte er und machte sich ächzend an den beschwerlichen Aufstieg. Hätte er nicht sowieso im Haus zu tun gehabt, extra wegen der Reichenbach wäre er sicher nicht gekommen! Rücksichtslos rempelte er dabei eine entgegenkommende Polizeibeamtin an, die nicht sofort ehrfurchtsvoll zur Seite gesprungen war. Ihm stellte man sich besser nicht in den Weg! Nicht, wenn ihn schon die unmenschlichen Temperaturen zum Kochen brachten. Schweißperlen traten auf seiner Stirn hervor. Sein Hemd klebte an seinem Rücken. Diese Tortur hatte ihm gerade noch gefehlt.

Der Gerichtsmediziner machte gar kein Hehl aus seiner miesen Laune, als er vor Simone trat und ihr grußlos den Erstbefund der Leichenöffnung auf den Schreibtisch knallte.

Auch die Kriminalbeamtin wirkte verärgert. Seit Doppler am Vortag in die Rötzergasse gefahren war, hatte sie ihn weder gesehen, noch etwas von ihm gehört. Das Stinktier hatte sein Mobiltelefon einfach abgeschaltet und fand es offenbar nicht der Mühe wert, sie über den neuesten Stand der Ermittlungen zu unterrichten! Jetzt kam dieser chronisch miesepetrige Kurpfuscher gerade zur rechten Zeit.

„Das hat relativ lange gedauert!", bellte sie ihn an.

Dr. Fleischmann unterdrückte nur mühsam einen neuerlichen Wutausbruch, erklärte allerdings unmissverständlich, dass gut Ding eben Weile brauche. Wie ihr bekannt sein dürfte, befinde er sich nicht rund um die Uhr im Dienst und außerdem könne ihn in vier Monaten sowieso die gesamte Bundespolizeidirektion am Arsch lecken!

Simone atmete durch. „Gut, Herr Doktor, das nehme ich gerne zur Kenntnis. Aber versuchen wir, sachlich zu bleiben. Zu welchen Erkenntnissen kamen Sie?"

„Den vorläufigen Endbericht kriegen Sie erst am Nachmittag!"

„Ich weiß, das ist nichts Neues. Aber der Endbericht ist mir im Moment egal", zischte sie. „Verschwenden Sie bitte nicht meine Zeit!"

„Das Opfer ist ermordet worden. Mit 28 Messerstichen in den Thorax- und Abdomenbereich", erklärte er kurz und strich die Referatsleiterin in Gedanken von der Einladungsliste für seine Pensionierungsfeier. Überhaupt überlegte er, die ganze Festivität abzublasen. Er hatte es in der Kriminaldirektion ohnehin nur mit Idioten zu tun! Und auf Gäste, die einzig und allein darauf aus waren, sich gierig und auf seine Kosten die Bäuche vollzuschlagen, konnte er gut verzichten.

„Ja, nach Selbstmord sieht das nicht aus", bestätigte die Referatsleiterin blasiert.

Die beiden funkelten einander böse an. Es roch nach Eskalation. Und dann nach Doppler, der in diesem Moment ins Büro huschte und versuchte, so unauffällig wie möglich seinen Arbeitsplatz zu erreichen.

„Doppler, Sie sind schon da?", spottete Simone. „Beginnen Sie Ihren Dienst nicht gewöhnlich erst am Nachmittag?"

„Nein, ich ..." Der Bezirksinspektor suchte verzweifelt nach einer Ausrede. Das war ihm noch nie passiert. Er hatte einfach verschlafen! Das unerwartete Wiedersehen mit Sylvia hatte ihn die halbe Nacht wachliegen lassen.

„Darüber sprechen wir später! Verlassen Sie sich darauf, dass Ihr Verhalten nicht ohne Folgen bleiben wird!" Simone nützte die Chance, ihn leiden zu sehen. Das gefiel ihr. „Fahren Sie bitte fort!", forderte sie Dr. Fleischmann auf.

„Oh ..." Der Gerichtsmediziner machte eine trotzige Handbewegung. „Ich möchte Ihre Zeit nicht verschwenden."

Doppler erkannte die Gunst der Stunde. „Wann ist die Tote gestorben?", fragte er eifrig, um sich zu rehabilitieren.

„Tote sterben nicht!" Simone sah ihn verächtlich an. „Das ist einer der wenigen Vorteile, wenn man nicht mehr am Leben ist."

„Ganz genau lässt sich der Zeitpunkt nicht feststellen", erklärte Dr. Fleischmann. Seit er sich Doppler zugewandt hatte, wirkte er deutlich freundlicher. „Am Donnerstag, zwischen 17 und 23 Uhr, würde ich sagen. Vermutlich hat sie ihren Tod gar nicht mitgekriegt. Sie wurde mit Chloroform betäubt. Ich konnte entsprechende chemische Rückstände nachweisen."

„Da die Tote nackt war, drängt sich die Frage auf ..." Trotz seiner ungünstigen Lage konnte der Bezirksinspektor seine Neugier in Sachen Sex nicht verbergen. „Ist sie ... Ich meine ... wurde sie missbraucht?"

„Ich dachte mir schon, dass Sie das interessieren wird, muss Sie allerdings enttäuschen ..." Das erste Mal seit Tagen rang sich der Gerichtsmediziner ein Lächeln ab. Dieser Doppler war doch ein netter Kerl. Mit ihm konnte man zumindest vernünftig reden.

Simone erhob sich und schlenderte respekteinflößend, die Hände am Rücken verschränkt, auf den Bezirksinspektor zu. „Und was konnten *Sie* in den letzten 24 Stunden, in denen Sie unerreichbar waren, ausfindig machen?"

Hastig blätterte Doppler in seinem Notizblock. „Ich habe die Leiche identifiziert! Es handelt sich um Monika Strauch, 38 Jahre, Angestellte beim Beinholtz-Verlag."

„Und? Weiter!"

Dr. Fleischmann war unerwartet ins Abseits gedrängt worden. Er sah abwechselnd auf seine Uhr und die beiden Kriminalbeamten. „Hören Sie, wenn ich nicht mehr gebraucht werde ...", begann er und stürzte eilig aus dem Raum, ehe es sich die Reichenbach anders überlegte und ihn um seine Mittagspause brachte. Er wollte möglichst bald in der Kantine sein. Da gab es noch die größte Auswahl, und man musste sich nicht so lange anstellen.

„Sie hat bei ihrer Mutter gelebt. Genaueres über ihre Familienverhältnisse weiß ich noch nicht", berichtete Doppler.

„Wurde ihre Mutter verständigt?"

„Sicher! Das habe ich persönlich übernommen!", erklärte er stolz. Sein Engagement würde seine Verspätung vergessen machen.

„Sie *persönlich*? Die Ärmste! ... Wie nahm sie es auf?" Tatsächlich schien es, als wäre Simones Ärger verflogen. Sie wirkte besänftigt, als sie an ihren Schreibtisch zurückkehrte.

„Nicht so gut. Ich glaube, sie hatte einen Nervenzusammenbruch."

„Was heißt, Sie glauben? Verständigten Sie denn keinen Arzt?"

„Nein, ich denke, so schlimm war es dann auch wieder nicht ..." Doppler hob beschwichtigend die Hände. Er konnte nur hoffen, dass Frau Strauch den Schock überlebt hatte.

„Na gut. Erzählen Sie weiter."

„Tja, viel mehr gibt es vorläufig nicht. An ihrem Arbeitsplatz war Monika Strauch unauffällig. Ob sie Feinde hatte, ist bis jetzt nicht bekannt ... Ach ja! Eine Sache noch." Beinahe hätte er die Notiz übersehen. „Ihr Chef hat eine wertvolle Brosche erwähnt, die sie anscheinend immer getragen hat. Die dürfte mit ihrer Kleidung verschwunden sein."

„Na bitte, das ist doch ein Ansatzpunkt!" Simone nickte anerkennend. „Und wo fand der Mord statt?", bohrte sie. Ein bisschen wollte sie ihn noch quälen.

Doppler zuckte mit den Schultern. Er hatte keine Ahnung. Woher auch. „Bestimmt nicht in der Rötzergasse", erklärte er schnell, um seine Blöße so klein wie möglich zu halten. „Das haben die Kollegen von der Kriminaltechnik bereits festgestellt."

Simone war zufrieden. Ihr Mitarbeiter leistete wider Erwarten brauchbare Arbeit. „Gut, Doppler. Bezüglich des Verbleibs des Schmuckstücks möchte ich noch Bescheid bekommen. Und alle anderen offenen Fragen wären natürlich ebenfalls zu klären! Klemmen Sie sich dahinter, aber rasch! Ich gehe jetzt essen ins *Stein*. Es wäre mir recht, wenn Sie in der Zwischenzeit eine kurze Presseaussendung formulieren könnten. Mahlzeit!"

Sie wollte eben das Büro verlassen, als das Telefon läutete. Dienstbeflissenheit demonstrierend eilte sie nochmals zurück und hob ab. „Reichenbach! ... Ja, er ist hier ... mit wem spreche ich? ... Einen Augenblick bitte, ich verbinde ... Doppler, es ist für Sie. Eine Frau Engert."

*

O weh, heute ist er gut gelaunt, dachte Leo leidvoll und nickte automatisch alle 23 Sekunden, sagte hin und wieder „ja, ja" oder „mhm", in besonderen Momenten auch „so, so?", um Daniel, der ohne Unterlass auf ihn einredete, das Gefühl von Aufmerksamkeit zu vermitteln. So etwas gehörte zum Geschäft, fand der Wirt. Aber alles hatte seine Grenzen, auch wenn die Schallwellen bei einem Ohr eindrangen und beim anderen ungefiltert wieder herauskamen. Zu seinem Bedauern war an diesem Dienstagabend nicht viel los. Nur wenige Gäste frequentierten die „Auferstehung". Entsprechend selten bot sich die Gelegenheit, Daniels Redeschwall zu entkommen. Stattdessen wischte Leo zum x-ten Mal die Theke und prüfte mit strengem Blick den ungetrübten Glanz der Gläser. Seine Geduld wurde auf eine harte Probe gestellt. Die Rettung nahte in Gestalt eines indischen Zeitungsverkäufers.

„Seitung, bitte? *Der Flinke Bote, Alles Wissen, Stille Post!* Neues Informationen, bitte!", pries der Kolporteur die Abendausgaben an.

Ohne zu zögern packte Leo die Gelegenheit beim Schopf und raffte von jeder Ausgabe ein Exemplar an sich. Das Tagesgeschehen würde ihm eine willkommene Ablenkung bieten. Er behielt Recht. Gleich die Titelseite des „Flinken Boten" weckte sein Interesse.

„Schlimme Sache! Hast du davon gehört?", fragte er Daniel kopfschüttelnd.

„Was? Wovon?"

„Grauenvoller Mord erschüttert die Stadt!", las Leo vor. „Bestialisch verstümmelte Leiche der Verlagsangestellten Monika Strauch, 38, neben Mülltonnen aufgefunden! Noch keine Spur zum Schrecklichen Schlächter!"

„Wie?" Daniel erbleichte von einer Sekunde auf die andere.

„Da, sieh es dir an! Es ist in jeder Zeitung auf Seite eins." Leo hielt ihm die „Stille Post" hin.

Ungläubig gaffte Daniel auf die Schlagzeile. „Irrer Messermörder verbreitet Angst und Schrecken!", stand da in großen Lettern. Eine quälende Unruhe überkam ihn, als er weiterlas. „Weshalb musste die bildhübsche Monika Strauch, 38, auf so grausame Art sterben? Die Fahndung nach dem Schrecklichen Schlächter läuft auf Hochtouren. Ausführlicher Bildbericht auf den Seiten zwei bis vier!"

Daniel würgte. Zitternd schlug er das Blatt auf. Ein halbseitiges Foto von Monika im Bikini prangte ihm entgegen. „Monika Strauch, 38. So bezaubernd wird sie nie wieder lächeln!", lautete die Bildunterschrift.

„Zahlen, bitte", krächzte Daniel.

5

Dr. Simone Reichenbach erwachte ein wenig verwirrt und, wie sie zugeben musste, auch heftig erregt. Der Traum vom haarigen Urwaldmenschen, den sie nach zähem Kampf unter dem Wasserfall niedergerungen, unterworfen und zum Beischlaf gezwungen hatte, war ausgesprochen erhitzend gewesen. Zumindest bis zu jenem Punkt, an dem sich der Aushilfs-Tarzan schlagartig und ohne Vorwarnung in Kurt Doppler verwandelt hatte. Das schmierige Grinsen ihres Arbeitskollegen, just als der Höhepunkt zum Greifen nahe schien, hatte alles kaputtgemacht! Simone wusste, dass es keine Fortsetzung geben würde, selbst wenn es ihr gelänge, wieder einzuschlafen. Die Chance war vertan! Empörung machte sich in ihr breit. Wieso zerstörte dieser schleimige Widerling so kaltschnäuzig ihre Träume? Sie schauderte. War es um ihr Sexualleben tatsächlich so schlecht bestellt, dass ihr Unterbewusstsein ausgerechnet diesen Mann engagierte, um in der Not auszuhelfen?

Unausgeschlafen kroch sie aus dem Bett. Sie kam nicht umhin, sich im großen Wandspiegel zu begutachten. Oberflächlich betrachtet war an ihrem Körper nichts auszusetzen. Genauer gesagt hatte er im Laufe der Jahre dank konsequenter sportlicher Betätigung sein gutes Aussehen bewahrt, wenn nicht sogar verbessert! Ob mit Jogging, Inlineskating oder neuerdings Powerwalking, Simone war konsequent jedem Trend gefolgt. Dabei maß sie den jeweils aktuellen sportmedizinischen Erkenntnissen allergrößte Bedeutung bei. Denn was sie tat, sollte ihrem Körper nicht nur die schlanke Linie bewahren, sondern auch seine anhaltende Gesundheit sichern.

Selbst mit den grauen Strähnen in ihrem sonst dunkelbraunen, schulterlangen Haar konnte sie sich arrangieren. Sie gaben ihr eine gewisse honorige *Strenge*, die ihre dominante Persönlichkeit gefällig unterstrich. Dazu stand sie! Nur die Fältchen, die sich scheinbar von Tag zu Tag tiefer um ihre Augen- und Mundwinkel in das Gesicht gruben, verunsicherten sie zusehends. Natürlich vertrat sie, wie jeder denkende Mensch, die Ansicht, man sollte in Würde altern, denn was man an Schönheit verlor, bekam man an Reife und Erfahrung hundertfach zurück. Und letztlich war es die Seele, die einem Ausstrahlung verlieh ... oder eben nicht. Doch im Widerspruch zu dieser vernünftigen Einstellung, gab es ehrlich gesagt Tage, da fand sie ihre Krähenfüße ganz abscheulich, wurde unglücklich und hätte sich am liebsten in ihrer Wohnung verbarrikadiert. Da kam es schon vor, dass sie ernsthaft mit dem Gedanken spielte, bei einem plastischen Chirurgen vorzusprechen. Heutzutage tat das schließlich jeder.

Sicherheitshalber trat Simone drei Schritte zurück. Möglicherweise brauchte sie eine stärkere Brille, aber so sah das Ganze schon besser aus! Aus der Distanz hätte sie wohl keiner älter als

30 geschätzt! Die Morgensonne im Rücken nahm sie zufrieden die schlanken Konturen ihrer Beine wahr, die durch das dünne, knielange Nachthemd sichtbar wurden. Unwillkürlich traten ihre Brustwarzen hervor. Simone war verwundert. Das war neu! Noch nie hatte sie der Anblick ihres eigenen Körpers erregt. Bedächtig legte sie ihre Hände auf die Hüften und führte sie an der Außenseite ihrer Beine abwärts, bis zum Saum des Nachthemds. Ein wohliger Schauder flatterte durch ihren Unterleib, als sie zögernd den anschmiegsamen Stoff nach oben schob. Schwach sackte sie auf ihre Knie. Wie zart die Haut ihrer Schenkel war! Sanft berührten ihre Finger das kurz geschnittene Schamhaar und tasteten weiter. Wie elektrisiert zuckte sie zusammen. Es konnte so schnell gehen! Sie schloss die Augen und da war sie wieder, die Urwaldkreatur. Groß, muskulös, behaart und unverschämt gut gebaut. Simones Hände bewegten sich rhythmisch. Sie stöhnte auf, sah sich mit ihrem Lustsklaven unter dem Wasserfall, fühlte seinen begierigen Körper eng an ihren gepresst, merkte wie sein harter, riesiger ... Doppler! Erschrocken fuhr sie zurück. Hämisch grinsend und hässlich nackt stand er vor ihr! Was zum Teufel wollte dieser Idiot ständig in ihren Fantasien? War es nicht schlimm genug, mit ihm ein Büro zu teilen, Tag für Tag? Sie hasste ihn!

Angewidert sprang sie auf und eilte unter die Dusche. Eiskaltes Wasser prasselte auf ihren heißen Körper. Sie wollte Doppler einfach wegwaschen, in den Abfluss spülen, aus ihrem Leben schwemmen. Fort mit ihm!

Es dauerte seine Zeit, ehe das energische Schrubben Wirkung zeigte und sie sich entspannte. Aber sie begriff auch, dass ein kleiner Nervenzusammenbruch unausweichlich bliebe, sollte sich in absehbarer Zeit kein brauchbarer Mann einstellen.

*

„So spät heute, Frau Doktor?", grinste Doppler, als Simone eine halbe Stunde später als gewöhnlich das Büro betrat. Der wutentbrannte Blick, den er erntete, überzeugte ihn sogleich, zu weit gegangen zu sein.

„Ich muss mich Ihnen gegenüber wohl nicht rechtfertigen", herrschte sie ihn ungehalten an. Simone geriet in Rage. Was bildete sich dieser unverschämte Kerl eigentlich ein? Die Zeit war reif, ihm eine Lektion zu erteilen, die sich im Gegensatz zu ihm gewaschen hatte! Kurz entschlossen griff sie zur „chemischen Stinktier-Keule", wie sie den Tannennadel-Raumspray im Geheimen nannte und sprühte eine gewaltige Ladung in seine Richtung.

„Hier stinkt es bestialisch!", fauchte sie ihn an. „Wann hatten Sie zuletzt ein Bad?"

Nach einer Schrecksekunde zeigte Doppler Mut. „Sie haben kein Recht, so mit mir zu reden!", konterte er. Die ständigen Anspielungen auf seine angeblich unzureichenden hygienischen Maßnahmen standen ihm bis oben hin. Sie waren schlicht unbegründet! Außer der Reichenbach hatte sich noch keiner daran gestoßen. „Ich ..."

„Was, Doppler?", schrie Simone. „Wollen Sie aufbegehren, wollen Sie sich vielleicht über mich beschweren?"

„Nein, ich ..."

Sie ließ ihn nicht zu Wort kommen. „Die Frechheiten, die Sie sich in letzter Zeit herausnehmen, sind völlig inakzeptabel!" Sie dachte dabei vorrangig an sein ungebetenes Erscheinen in ihren Träumen und Fantasien. „Erledigen Sie Ihre Arbeit! Dazu sind Sie da! Inkompetente Äußerungen können Sie sich sparen!", brüllte sie, dass man es zwei Zimmer weiter hören konnte.

Doppler schwieg und wirkte gebrochen. Aber auch Simone war angeschlagen. Ihr Herz schlug wie wild. Ihre Knie zitterten. War sie zu weit gegangen? ... Nein. Sie fand, dass das einmal gesagt werden musste!

Wie angewurzelt stand der Bezirksinspektor da. So hatte er seine Vorgesetzte noch nie erlebt. Abwechselnd dominierten Scham und Zorn seine Gefühlswelt. Am liebsten hätte er der Idiotin eine kräftige Ohrfeige verpasst! Wie kam sie dazu, auf diese Weise mit ihm umzuspringen? Er sollte ihr seine Meinung sagen, dachte er. Unmissverständlich und auf der Stelle! Doch er brachte kein einziges Wort hervor, so aufgewühlt war er. Als er merkte, wie ihm vor Wut die Tränen in die Augen stiegen, stürzte er aus dem Zimmer und verschanzte sich auf der Toilette. Niemand sollte ihn so zu Gesicht bekommen.

Scheiß-Frauen! Doppler schlug mit der Faust gegen den Spülkasten. Wer gab ihnen das Recht, offen aufzubegehren? Schuld war nur diese verdammte Gleichberechtigung! Sie allein verursachte die Probleme, mit denen die Männer seiner Generation zu kämpfen hatten. Alles wurde komplizierter! Am besten sollte man den Weibern verbieten, einen Beruf auszuüben! Ginge es nach ihm, hätten sie sich ausschließlich um den Haushalt und die Kinder zu kümmern. So wie es seine Mutter getan hatte. In seinem Elternhaus war die Rangordnung klar vorgegeben und niemals war es deswegen zu Streitereien kommen. Frauen wie die Reichenbach waren verantwortlich, dass es auf dieser Welt drunter und drüber ging.

Und ausgerechnet *sie* warf ihm Frechheiten vor. Ha! Sie hatte es nötig! Und was war mit dem Gerücht, das ihm in der Kantine zugetragen worden war? Demnach nannte sie ihn hinter seinem Rücken ungeniert Stinktier. Wenn das der Wahrheit entsprach, war das dann keine Frechheit?

Doppler vermochte sich nicht zu beruhigen. Sein Stolz meldete sich und befahl ihm, die Angelegenheit unverzüglich zu klären.

„Was wissen Sie Neues über den Verbleib des Schmuckstücks?", fragte Simone belanglos, als er bereit zu jeder Konfrontation vor sie hintrat. „Konnten Sie es finden?"

„Ich möchte mit Ihnen gerne etwas besprechen", begann er. Seine Stimme bebte.

„Haben Sie meine Frage nicht verstanden, Doppler?"

„Doch, aber ich ... äh ..." Resignierend zog er zurück. „Ich habe mit der Mutter des Opfers das ganze Haus durchsucht. Ohne Erfolg. Der Mörder könnte sie gestohlen haben. Es wäre auch möglich, dass sie sich in der Wohnung von Monika Strauchs Freund befindet. Dort hat sie zeitweise übernachtet." Doppler sprach leise. Er ärgerte sich, wieder nicht den Schneid aufgebracht zu haben, der Reichenbach entschlossen entgegenzutreten.

„Könnte, wäre ...", ächzte Simone. „Sie haben eine Vorliebe für den Konjunktiv!"

„Für wen?" Doppler war verwirrt.

„Möglichkeitsform. Ihre Bildung ist wirklich unter jeder Kritik! Wer ist dieser Freund? Haben Sie mit ihm gesprochen?"

Nichts war Doppler unangenehmer, als auf dem falschen Fuß erwischt zu werden. Von unangebrachten Beschimpfungen abgesehen. Der Druck, der dann auf ihm lastete, erschwerte einen Gegenangriff.

„Mit wem gesprochen? ... Ach ja, mit dem Freund ..." Er kam ins Stottern. „Nein, äh ... also ... ich ... ich meine, er ... er war gestern nicht erreichbar ..." Hektisch suchte er in seinem Notizblock. „Oskar Wendt heißt er. Aber ich werde mich noch heute um ihn kümmern."

„Und nicht nur darum!", befahl die Referatsleiterin mit Nachdruck. „Sie werden sämtliche Verwandte und Bekannte der Ermordeten ausfindig machen und vernehmen! Wenn ich heute Abend nicht alle Aussagen der betreffenden Personen am Tisch habe, werde ich mich persönlich um Ihre Versetzung bemühen. Ist das klar?"

„Ja, schon ..." Der feindselige Ton, den Simone wieder anschlug, überzeugte Doppler, einen neuen Anlauf in Sachen Stinktier zu wagen.

„Ja, schon", äffte sie ihn nach. „Außerdem tragen Sie bis dahin alle Ergebnisse der Kriminaltechnik zusammen! Ich werde Ihnen Beine machen, Doppler!"

Simone merkte, wie die Beherrschung, die sie sich während Dopplers Auszeit am Klo selbst auferlegt hatte, an ihren Kräften nagte. Würde er ihr nicht bald aus den Augen verschwinden, könnte sie für nichts garantieren!

„In Ordnung." Der Bezirksinspektor zögerte. „Da gibt es noch etwas, das ich klären möchte."

„Zu dem Mordfall?" Ihre Stimme war nur ein Flüstern.

„Nein ..."

„Dann will ich kein Wort hören!", fauchte sie. „Wenden Sie sich augenblicklich Ihrer Arbeit zu!"

„Aber es wäre sehr wichtig für mich", beharrte Doppler tapfer, der nun endgültig wissen wollte, was an der Beleidigung dran war.

Simone gab jede Kontrolle über sich auf. Hysterisch sprang sie in die Höhe.

„Das interessiert mich nicht!", kreischte sie, während sie in Tränen ausbrach. „Hau endlich ab, du Stinktier! Lass mich in Ruhe! Ich will dich hier nicht länger sehen!"

Sie griff nach der Heftklammermaschine und schleuderte sie Doppler wuchtig an den Kopf. Dann sackte sie zusammen und vergrub ihr Gesicht in beiden Händen.

„Hau endlich ab!", wiederholte sie. Jetzt klang es mehr nach einem Flehen.

Fassungslos starrte Doppler seine Vorgesetzte an. Sie schaffte es immer wieder, ihn in Situationen zu bringen, denen er nicht gewachsen war. Er war ratlos. Unschlüssig befühlte er seine Stirn. Eine gewaltige Beule war ihm sicher! Einen Moment lang überlegte er, ob er sie trösten sollte, unterließ es jedoch in Anbetracht dessen, was sie ihm angetan hatte. Sollte sie doch alleine zurechtkommen, das Miststück! Das mit dem Stinktier war jedenfalls geklärt.

*

Im Verlagshaus in der Taborstraße überflog Sylvia Engert die ersten Zeilen des Briefs, den der Drucker ausgespuckt hatte und zerknüllte ihn. Den dritten in Serie. Ihre innerliche Aufregung schlug sich merklich in einer ungewohnt hohen Anzahl an Tippfehlern nieder, die das Schreiben an den berühmten Bestsellerautor Peter Tenker unbrauchbar machten. Nicht, dass ihm die Fehler aufgefallen wären, er konnte ja kaum lesen, aber ihre Vorgesetzte zeigte sich in solchen Dingen äußerst pedantisch.

Sylvia erinnerte sich noch gut an das Theater, als damals ein Schaden am Server die gesamte EDV außer Gefecht gesetzt hatte, und sie die dringende Korrespondenz auf der monströsen, vorsintflutlichen Schreibmaschine tippen musste. Gertrude Wildfang, die Cheflektorin hatte hartnäckig darauf bestanden, dass Sylvia einen drei Seiten langen Brief nochmals schrieb (und zwar alle drei Seiten), da auf Grund eines Farbbandfehlers ein I-Punkt nur zur Hälfte sichtbar gewesen war.

Besonders verdrießlich war die Tatsache, dass die Wildfang *persönlich* die Tätigkeit als Peter Tenkers Ghostwriterin übernommen hatte und in dieser Causa absolute Genauigkeit einforderte. Lange war es Sylvia ein Rätsel gewesen, wie ein Kerl, der sich früher in diversen fragwürdigen Jobs vom Taschendieb zum Zuhälter hochgearbeitet hatte, in den Genuss der Protektion einer fast exzessiv vornehmen und gebildeten Person kommen konnte. Erst als sie mehr oder weniger zufällig ein Telefonat zwischen den beiden mitgehört hatte, war ihr einiges klar geworden. Peter Tenker war Gertrude Wildfangs Neffe und die Lektorin hatte sich auf intensives Drängen ihrer Schwester um den missratenen Familienspross angenommen.

„... und zeichnen mit vorzüglicher Hochachtung, Beinholtz-Verlag, Gertrude Wildfang, Lektorat", beendete Sylvia Engert den vierten, diesmal erfolgreichen Versuch. Immer wieder fand sie die vorzügliche Hochachtung einem Verbrecher gegenüber einfach lächerlich. Doch *das* war schließlich nicht ihr Problem! Für heute war ihr Plansoll im Verlag erfüllt. Sie wollte ausnahmsweise ein bisschen früher gehen, denn, was niemand wusste, der aufregende Teil des Tages stand ihr noch bevor. In einer halben Stunde würde sie diesen Doppler treffen und ihn, wenn alles glattging, wie eine Weihnachtsgans ausnehmen.

Die Vergewaltigung hatte ein großes schwarzes Loch in ihre Seele gebrannt. Ihre innere Ruhe war in Unordnung gebracht worden. Nacht für Nacht rissen sie furchtbare Albträume aus dem Schlaf. Auch tagsüber dominierten die Erinnerungen an die qualvollsten und beschämendsten Minuten ihres Lebens und bescherten ihr zeitweise grässliche Panikattacken.

Eigentlich hatte Sylvia von Anfang an keine Hoffnung gehabt, dass der Schweinehund für sein Verbrechen jemals zur Verantwortung gezogen würde. Doch als sie der Zufall in Beinholtz' Büro überraschend zusammengeführt hatte, waren ihre Lebensgeister erwacht. Sie hatte begonnen, Pläne zu schmieden. In Anbetracht der Umstände war sie bald davon abgekommen, die Angelegenheit der Polizei zu überlassen. Die Gefahr einer Vertuschung schien ihr nur allzu wahrscheinlich. Erfolgvespechender war es schon, die Vergeltung selbst in die Hand zu nehmen. Sie wollte Doppler lehren, was es bedeutete, in ständiger Angst zu leben!

„Guten Tag, mein Name ist Reichenbach. Kriminaldirektion 1. Ich bin die verantwortliche Leiterin der Ermittlungen im Fall Monika Strauch", stellte sich eine schlanke, leicht ergraute Dame vor, die unbemerkt den Empfangsraum betreten hatte.

Sylvia zuckte zusammen.

„Ist alles in Ordnung?", fragte die Kriminalbeamtin.

„Ja. Natürlich." Sylvia beäugte den Ausweis, der ihr entgegengehalten wurde. Das Foto musste vor vielen Jahren gemacht worden sein. „Zu wem möchten Sie?", fragte sie zögernd. In ihr keimte die Befürchtung, hier länger aufgehalten zu werden, als ihr lieb war.

„Ich hätte einige Fragen an Herrn Direktor Beinholtz."

„Tut mir leid, der Herr Direktor ist nicht im Haus. Er befindet sich seit heute Morgen auf einer Geschäftsreise und ist erst nächste Woche wieder zu erreichen."

„So? Das ist bedauerlich!" Simone verzog den Mund. Die Verärgerung war ihr anzumerken. Sie empfand es als skandalös, wenn sich wichtige Zeugen, ohne Bescheid zu geben, einfach absetzten. Das behinderte ihre Arbeit und erschien zudem verdächtig. „Wer vertritt ihn?"

„Gertrude Wildfang, die Cheflektorin. Soll ich Sie anmelden?"

„Bitte. Und Sie sind?"

„In Eile." Die Sekretärin sah nervös auf die Uhr. „Sylvia Engert", fügte sie rasch hinzu, als sie der strafende Blick der Polizistin durchbohrte.

„Sollte es Ihnen nichts ausmachen, würde ich Sie bitten, sich noch ein wenig bereitzuhalten, Frau Engert", näselte Simone. Doch es war keine Bitte. Ihre Worte klangen eher nach einem Befehl. „Sie können mir sicher einige offene Fragen beantworten!"

Sylvia nickte, wartete, bis die Polizistin im Büro ihrer Vorgesetzten verschwunden war, schnappte ihre Handtasche und machte sich eilig aus dem Staub.

„Ich bedaure", erklärte Gertrude Wildfang und wartete Simone einen Cognac auf. „Über Monika Strauchs Privatleben kann ich Ihnen überhaupt keine Auskünfte geben. Was das anbelangte, war sie äußerst schweigsam. Ich glaube, sie sprach einmal über ihren Freund. Das ist aber auch schon alles."

„Gab es Probleme im Beruf? Schwierigkeiten mit Kollegen?", forschte die Referatsleiterin.

„Nein. Keine nennenswerten jedenfalls. Natürlich, Sie wissen das selbst, kleinere Konfrontationen am Arbeitsplatz sind unvermeidlich."

Allerdings. Simone wusste das und nicht erst seit heute. Sie nickte.

„Vielleicht sollte ich erwähnen", fuhr die Lektorin fort, „Frau Strauch hatte hin und wieder mit einem unserer Autoren zu tun. Eigentlich müsste ich sagen: mit einem unserer früheren Autoren. In den letzten Jahren verzichteten wir darauf, etwas von ihm zu publizieren. Übrigens ein Namenskollege von Ihnen ... *Daniel* Reichenbach. Er konnte sehr ... *anstrengend* werden, wenn wir wie so oft eines seiner Manuskripte ablehnten. Erst letzten Donnerstag kam es angeblich wieder zu einer unschönen Auseinandersetzung. Das ließ Frau Strauch jedenfalls anklingen, als sie von dem Treffen zurückkehrte. Mit dieser Bürde müssen wir leben. Leider!" Frau Wildfang rollte mit den Augen. „Es war einfach furchtbar! Das Manuskript, meine ich."

„Daniel Reichenbach?", hauchte Simone beunruhigt.

„Ja. Es würde mich allerdings wundern, hätten Sie von ihm gehört. Ein absoluter Versager, unter uns gesagt. Glaubt, die Menschheit um jeden Preis mit seinen Weisheiten beglücken zu müssen. Endloses Gewäsch über Gott und die Welt. Unmöglich, so etwas zu veröffentlichen! Als Verlag hat man schließlich einen Ruf zu verteidigen."

„Sie sprachen von Auseinandersetzungen", hakte Simone nach. „Halten Sie es für möglich, dass er mit dem Mord ..."

„... zu tun hat?" Frau Wildfang lachte. „Nein, nein ... Erstens ist Frau Strauch unversehrt wieder im Büro erschienen und zweitens traue ich diesem Reichenbach einfach keine Gewalttat zu. Er ist vielleicht ein Idiot, ein Spinner, aber ein Mörder ... Sehr unwahrscheinlich! Wenn Sie so wollen, können Sie ihn als harmlosen Narren sehen!"

„Nein, Frau Wildfang. Ich sehe ihn als das, was er ist. Mein Bruder nämlich!", erwiderte Simone schroff. Ihr Beschützerinstinkt hatte sich aktiviert.

„Oh, Verzeihung!", säuselte die Lektorin und übertrug alle Verachtung, die sie für Daniel empfand, auf dessen Schwester. „Ich wollte Ihnen nicht zu nahe treten, Verehrteste. Man kann sich seine Verwandtschaft bedauerlicherweise nicht aussuchen."

Sie schmunzelte und dachte, die Existenz ihres Neffen gänzlich verdrängend, dass schwarze Schafe in der Familie oft abfärbten.

„Daniel ist ein guter Mensch. Und eines will ich jetzt klarstellen: man braucht sich seiner nicht zu schämen. Mag sein, dass er im Moment einen Durchhänger hat ..."

„Im Moment ... ja, ja." Frau Wildfang schnaufte herablassend.

Simone wurde laut. „Arrogant, Frau Wildfang, arrogant bin ich selbst!" Erbost knallte sie das Cognacglas auf den Tisch. „Da müssen Sie schon früher aufstehen!"

„Sie haben ja so Recht." Die Lektorin rang sich ein Lächeln ab. Missmutig betrachtete sie die Scherben auf dem Besprechungstisch. Am liebsten hätte sie diese hysterische Gurke an die frische Luft gesetzt.

Simone kam ihr zuvor. Sie erhob sich und beschloss vorausblickend, das Gespräch zu beenden, ehe sie Gefahr lief, neuerlich die Fassung zu verlieren. Einmal am Tag reichte.

„Eine Frage noch, Frau Wildfang. Um wie viel Uhr am Donnerstag sahen Sie Frau Strauch zuletzt?"

„Das muss so zwischen 16 Uhr 30 und 17 Uhr gewesen sein. Als ich nach Hause ging."

Der Empfangsraum war verwaist. Simone setzte sich auf das bequeme Besuchersofa und wartete darauf, dass die Sekretärin endlich zurückkehrte.

*

Verächtlich musterte Vincent den jämmerlichen Menschen, der gebückt neben ihm am Sofa saß, ins Leere glotzte, an einer ekelhaft riechenden Flüssigkeit nippte und ohne Unterlass gewaltige Rauchwolken in die Luft blies, sodass man zwischenzeitlich kaum mehr zu atmen vermochte. Dem Kater war es unmöglich, dieses absonderliche Verhalten zu begreifen. Er fragte sich, weshalb er mit diesem Taugenichts, der ihn beharrlich ignorierte und der keinerlei sinnvoller Betätigung nachzugehen schien, sein Zuhause teilen musste. Was hatte er von ihm zu erwarten? Jedenfalls nichts, das zu seinem Wohlbefinden beitrug! So viel stand fest.

Daniel bemerkte Vincent, der ihn in einem fort anstarrte. Kurz hielt er dem herausfordernden Blick stand. Doch der psychische Druck wurde zu groß, und er wandte sich rasch wieder ab. Er fühlte sich zu schwach, um mit dem Tier zu konkurrieren. Schließlich war es nur dem Alkohol zu verdanken, dass er noch keinen Nervenzusammenbruch erlitten hatte!

Als sich Vincent erhob, sich gähnend streckte und aus dem Zimmer trottete, griff Daniel zu den Zeitungen, die neben ihm am Boden lagen. Noch immer stand der Mordfall Strauch im Mittelpunkt. Zum wiederholten Male überflog er die Schlagzeilen.

„Polizei tappt im Dunkeln!" Und: „Ist der Schreckliche Schlächter vielleicht Ihr Nachbar? Die Behörden bitten um zweckdienliche Hinweise." Oder: „Neue Nationale Sauberkeitspartei fordert Wiedereinführung der Todesstrafe!"

In den seitenlangen Sonderberichten stand nichts Neues. Abgesehen vom Zeitpunkt des Mordes und dem Fundort der Leiche schien der Presse kaum etwas Wesentliches bekannt zu sein. Die Zeitungsmacher beschränkten sich hauptsächlich darauf, Mutmaßungen über den Tathergang anzustellen, Monikas Umfeld zu durchleuchten, sowie härtere Gesetze und mehr Freiheiten für die Polizei zu fordern, wenn es darum ging, Peiniger besonders attraktiver Mitbürgerinnen hinter Schloss und Riegel zu bringen. Ein Blatt stellte allen Ernstes – fast vorwurfsvoll – die Frage, weshalb Monika Strauch, 38, trotz ihrer fantastischen Figur von ihrem

Mörder nicht sexuell missbraucht worden sei, und wähnte den Täter im Homosexuellenmilieu.

Das alles half Daniel nicht weiter. Er leerte den letzten Rest des Whiskys und hoffte, auf diese Weise Antworten auf seine Fragen zu finden.

Erstens: War er tatsächlich ein Mörder? Zweitens: Wenn ja, hatte er in einer Art Wahn Dinge getan, von denen er nun nichts mehr wusste? Und wie kam die Leiche von dem entlegenen Waldrand bei Gablitz mitten in die Stadt? Drittens: Wenn nein, wie war sie zuvor in seiner Badewanne gelandet? Oder litt er, wie Maria behauptete, an Halluzinationen oder, wie es sich ihm eher darstellte, an Vorahnungen? Daniel hielt alles für möglich. Und fünf Minuten später wiederum nichts davon.

*

Das hektische Treiben in der Bundespolizeidirektion hatte längst nachgelassen. Ruhe war eingekehrt. Außer Dr. Simone Reichenbach befanden sich nur wenige Beamte im Haus. Sie öffnete das Fenster, und kühle Abendluft strömte in den Raum. Kurz hielt sie inne und genoss den Anblick der Dämmerung, die über die Innenstadt hereinbrach. Alles schien so friedlich, beinahe kitschig. Wie auf einem Plakat des Wiener Tourismusverbandes. Doch die Wirklichkeit sah anders aus! Hinter der hübschen Fassade verbarg sich das Übel und brach immer dann hervor, wenn man es am wenigsten erwartete.

Betroffen kehrte sie zu ihrem Schreibtisch zurück. Was für ein Tag! Schlimmer hätte es nicht kommen können. Ihr Zusammenbruch nach der Konfrontation mit Doppler lag ihr wie ein Stein im Magen. Auch wenn sie stets dafür eingetreten war, Gefühlen freien Lauf zu lassen, verfluchte sie sich, in diesem speziellen Fall nicht beherrschter reagiert zu haben! Gerade Doppler, den sie überzeugen wollte, wie lächerlich sein Frauenbild war, hatte sie ihre Verletzlichkeit hinlänglich offenbart! Ihr war klar, dass sie damit genau das Gegenteil bewirkt hatte. Nein, der Tag war kein guter gewesen!

Und was dachte sich Direktor Beinholtz nur dabei, so kurz nach einem Mordfall in seiner unmittelbaren Umgebung einfach zu verschwinden? Fand er das normal? Überhaupt, fiel Simone auf, legten die Leute im Verlag ein reichlich seltsames Verhalten an den Tag! Wenn sie an diese unmögliche, herablassende Lektorin dachte ...! Kein Wunder, dass Daniel mit ihr nicht zurechtkam, so wie sie über ihn herzog! Und letztlich die Unverfrorenheit der Sekretärin, wie hieß sie noch, ach ja, Sylvia Engert – irgendwo hatte sie den Namen schon einmal gehört – die trotz ihres ausdrücklichen Ersuchens nicht auf sie gewartet hatte.

All diese Dreistigkeiten deuteten auf eine generelle Missachtung ihrer Autorität hin. Ganz gleich, ob es sich um Doppler, Dr. Fleischmann oder sonst wen handelte, ein Mindestmaß an Ehrerbietung durfte man wohl erwarten! Doch neuerdings wurde sie ständig mit Respektlosigkeiten konfrontiert, als hätten sich alle gegen sie verschworen. Simone dachte kurz an eine Intrige und noch kürzer daran, dass eine gewisse Teilschuld bei ihr liegen könnte. Schließlich verwarf sie das Thema und griff zur Akte Strauch, die Doppler, bevor er heimgegangen war, vorsorglich auf ihrem Platz deponiert hatte. Es wurde dunkel. Sie knipste die kleine Arbeitslampe an.

„Monika Strauch, 38, Verlagsassistentin", las sie laut. „Ledig, wohnhaft in Liesing, Anton-Krieger-Gasse 8, im Haus ihrer Mutter, Nebenwohnsitz bei ihrem Freund, Oskar Wendt, 1020 Wien, Zirkusgasse 14, der über den Verbleib der Brosche keine Angaben machen kann und für den fraglichen Zeitraum ein Alibi hat." Simone suchte in Dopplers Aufzeichnungen. Ja, hier stand es. „Wendt hielt sich am Donnerstagnachmittag bei seiner Familie auf, fuhr gegen 18 Uhr 30 direkt in sein Lokal in der Wiedner Hauptstraße, in dem er bis vier Uhr morgens verweilte."

Verweilte! Simone musste schmunzeln. Es hatte etwas, wenn Doppler versuchte, sich gewählt auszudrücken! Amüsiert blätterte sie weiter.

„Frau Strauch führte ein zurückgezogenes Leben, pflegte wenige Freundschaften. Außer ihrer Mutter gab es eine Tante, die sie selten sah und ein paar ehemalige Studienkollegen, zu denen ebenfalls ein eher loser Kontakt bestand." Viel gab das nicht her, musste sich die Referatsleiterin eingestehen.

Auch der Bericht der Kriminaltechniker brachte keine besonderen Aufschlüsse. Die Kollegen fanden weder Fingerabdrücke noch andere Spuren des Täters an der Leiche, beziehungsweise an den handelsüblichen Müllsäcken, in denen sie verpackt gewesen war. Lediglich Verunreinigungen durch Kohlenstaub, Erde und Katzenhaare konnten festgestellt werden. *Katzenhaare!* Komisch, dass sie gerade jetzt an Vincent denken musste ...

Sie erhob sich und setzte Teewasser auf. So wie es aussah, würde es sie viel Zeit und Mühe kosten, dem Mörder auf die Schliche zu kommen.

„Wer bringt es fertig, einem Menschen 28 Mal ein Messer in den Leib zu rammen, selbst wenn er ihn zuvor betäubte? Welches Motiv treibt jemanden so weit?"

Es beruhigte sie, Selbstgespräche zu führen. So fiel es ihr leichter, ihre Gedanken zu strukturieren.

„Rekapitulieren wir!", forderte sie sich auf. „Keine Vergewaltigung, keinerlei Anzeichen für ein Sexualdelikt, sagt Dr. Fleischmann."

„Ja. Aber auch einen Raubmord können wir ausschließen. Nach Angaben der Mutter trug Frau Strauch nie viel Geld mit sich und die verschwundene Brosche allein hätte einen Überfall kaum gerechtfertigt. Außerdem spricht die brutale Vorgehensweise des Täters dagegen."

„Du hast Recht. Was also steckt dahinter?"

Simone kratzte sich am Kopf. Zwei Möglichkeiten drängten sich auf. Erstens, der Täter oder die Täter*in* war in Monika Strauchs beruflichem Umfeld zu suchen. Die plötzliche Dienstreise des Direktors erschien ihr jedenfalls ausgesprochen suspekt und das gleichgültige Verhalten der Kolleginnen nicht minder. Sie war sich sicher, dass die Herrschaften mehr wussten, als sie zuzugeben bereit waren. Doch das würde sie aus ihnen noch herauskriegen!

Viel mehr Unbehagen bereitete ihr die Frage, wie weit Daniel in die Sache verstrickt war! Er zählte bewiesenermaßen zu den letzten, die die Verlagsassistentin lebend gesehen hatten. Stammten die Katzenhaare gar von Vincent? Simone weigerte sich schlicht, diese Möglichkeit ernsthaft in Betracht zu ziehen, und reihte ihren Bruder auf der Liste der Verdächtigen ganz nach hinten. Vorsichtig kostete sie den Tee. Er war brennheiß.

„Eine andere Möglichkeit wäre, dass die Strauch mehr oder weniger zufällig in die Hände eines x-beliebigen Geistesgestörten stolperte", begann sie erneut ihr Zwiegespräch.

„Das würde unsere Chancen auf eine rasche Aufklärung allerdings minimieren. Wo soll man beginnen, wenn kein Indiz zum Mörder führt?"

„Man müsste ein Täterprofil erstellen, frühere Fälle genau unter die Lupe nehmen und sie mit dem jetzigen vergleichen. Wie viele Psychopathen kann es geben, die eine dermaßen exzessive Gewaltbereitschaft in sich tragen?"

„Darauf werden wir Doppler als nächstes ansetzen. Soll er ruhig alte Akten durchstöbern! Wenn wir Glück haben, findet er auffällige Ähnlichkeiten."

Simone war so sehr in ihre Diskussion vertieft, dass sie das Klopfen nicht wahrnahm.

„Entschuldigen Sie, ich hörte Stimmen und da dachte ich..." Ein Exekutivbeamter steckte seinen Kopf zur Tür herein und lächelte verlegen. „Ich suche nämlich Bezirksinspektor Doppler. Ist er noch da?" Verwundert sah er sich um. Außer der Referatsleiterin hielt sich niemand im Raum auf. Mit wem hatte sie die ganze Zeit gesprochen?

„Doppler? Um diese Zeit? Wirklich nicht! Worum geht es? Hat es mit dem Strauch-Fall zu tun?"

„Äh nein, es ist wegen des Kegelabends ... nicht so wichtig! Dann komme ich morgen wieder. Kann ich noch etwas für Sie tun?"

„Nein, danke." Simone winkte ab. „Ich bin für heute fertig!" Sie trank den Tee aus, schnappte ihre Tasche und folgte dem Polizisten zum Aufzug. Auf der Fahrt nach unten, fast Körper an Körper mit dem Wachebeamten, registrierte sie, wie gut er roch. Unerwartet zuckte wieder dieses fordernde Kribbeln durch ihren

Unterleib. Es ließ sich nicht verdrängen. Simone bekam Lust auf einen Mann. Sie dürstete nach Sex. Sie dürstete nach einem Untertanen, der ihr jenen Respekt entgegenbrächte, den sie verdiente. Und wenn sie sich ihn notfalls mit Gewalt verschaffen müsste. Oder besser gesagt: Vorzugsweise mit Gewalt. Noch in der Eingangshalle fasste sie den Entschluss, diesen Durst umgehend zu stillen. Die Zeit war reif! Und sie wusste auch schon wie. Dass ihr Auserwählter keine Ahnung hatte, was ihm bevorstand, machte die Sache noch spannender.

*

Unschlüssig kniete Bezirksinspektor Doppler vor den aufgetürmten Videokassetten neben dem Fernsehgerät und versuchte, das Passende für seine Stimmung zu finden. Da diese eine besonders verzweifelte war, fiel es ihm schwer, die notwendige Konzentration für eine Auswahl aufzubringen. Da half es auch nichts, wieder in dem frisch gereinigten Anzug zu stecken, in dem er sich sonst so wohlfühlte und der ihm Halt gab. Ständig war er mit seinen Gedanken woanders. Um genau zu sein bei Sylvia Engert, die ihn am Vortag ausgerechnet in der Bundespolizeidirektion angerufen hatte.

„Komm morgen um halb fünf ins Café Hummel in der Josefstädter Straße!", waren ihre unmissverständlichen Worte gewesen. Mehr nicht. Ohne auf eine Antwort zu warten, hatte sie aufgelegt. Was hätte er tun sollen? Das Telefonat einfach zu ignorieren, war ihm nach langem Überlegen sehr unklug erschienen. Vermutlich hätte sie ihm das übel genommen.

Als Doppler das Lokal betreten und Sylvia ihn unfreundlich zu dem Ecktisch, an dem sie gesessen war, gewunken hatte, war ihm sogleich bewusst geworden, worauf sie hinauswollte.

„Hör zu, Doppler", kam sie ohne Umschweife sofort auf den Punkt. „Ich hoffe, dir ist klar, was du mir angetan hast, und wenn du denkst, dass du so einfach davonkommst, nur weil du Polizist bist, irrst du dich gewaltig! Du hast mein Leben zu einem einzigen Albtraum gemacht! Zu einem Schlachtfeld!" Sie setzte eine dramatische Pause, ehe sie fortfuhr. „Dafür wirst du jetzt büßen! Der Spaß wird dich einiges kosten. Dir bleibt keine Wahl, wenn du nicht im Gefängnis landen willst!"

Das war es also! Sie wollte Geld. Deshalb hatte sie ihn herbestellt. Und wie er zu seinem Entsetzen bald erfahren musste, wollte sie mehr, als er jemals in der Lage gewesen wäre, aus eigenen Mitteln aufzubringen. 10.000 Euro! Sie musste wahnsinnig geworden sein. Selbst wenn er sein gesamtes Hab und Gut verkaufte, könnte er ihre Vorstellungen nicht im Mindesten befriedigen.

Der verzweifelte Versuch, ihr das klarzumachen, stieß auf taube Ohren. Die verfluchte Erpresserin blieb eiskalt. Sie dachte nicht daran zu verhandeln. Gesetzt den Fall, dass er ihr den Betrag nicht bis Sonntag aushändigte, würde sie ihn unverzüglich vor Gericht zerren, stellte sie in einem Ton fest, der ihn an ihrem Vorhaben nicht im Geringsten zweifeln ließ. Ihr Hinweis, sie hätte unmittelbar nach der Vergewaltigung Anzeige gegen Unbekannt erstattet und wäre auf ihren Wunsch hin vom Amtsarzt untersucht worden, sowie die Androhung, Leute aus der Diskothek als Zeugen anzukarren, waren überflüssig. Doppler hatte bereits eingesehen, dass er ihr hilflos ausgeliefert war. Mangels Alternativen stimmte er schließlich zermürbt der „außergerichtlichen" Einigung, wie sie es nannte, zu.

Sein Leben lang hatte er kein bisschen gespart. Das Gehalt, das er Monat für Monat von seinem Konto abhob, verschlangen zu einem beträchtlichen Teil die Fixkosten. Der Rest floss auf direktem Wege in die Kassa des Sexshops in der Lugner City, in dem er regelmäßig Stimulierendes aller Art bezog. Sein einziges Hobby ließ er sich gerne etwas kosten. Da war er nicht kleinlich! Ein Ausgleich zu seinem Beruf schien ihm wichtig. Punkto Ernährung und Kleidung stellte er ohnedies keine übertriebenen Ansprüche.

Doppler legte die Videokassette zurück, die er aus dem Stapel gezogen hatte. Ihm war jetzt nicht nach Fernsehen zumute. Er musste eine Lösung für seine prekäre Situation finden! Eine Möglichkeit wäre, sich das Geld von Freunden zu borgen. Nur bestand da ein entscheidendes Problem. Er hatte überhaupt keine Freunde! Bessere Bekannte vielleicht. Aber auf die konnte er nicht zählen. Von denen hätte ihm sicher niemand eine solch exorbitante Summe geliehen. Sein Vater könnte das Geld vermutlich aufbringen, würde aber sofort misstrauisch werden und unangenehme Fragen stellen. Nein, für den Bezirksinspektor stand fest, seine Familie aus der Sache rauszuhalten. Seine Mutter war die Letzte, die von seinem kleinen Ausrutscher erfahren durfte!

Ihm blieb nur ein Ausweg offen. Er musste bei seiner Bank vorsprechen und einen Kredit beantragen. Warum eigentlich nicht? Die Kreditinstitute drängten sich doch geradezu auf, ihren Kunden das Geld in den Rachen zu stopfen. Jeder Dahergelaufene bekam heutzutage ein Darlehen! ... Jeder Dahergelaufene, dem es möglich war, Sicherstellungen vorzuweisen, gab Doppler einschränkend zu. Was konnte er schon einer Bank vorlegen? Seine Sammlung japanischer Pornohefte vielleicht? Nun, sie hatte sicher ihren Wert, doch ob der Kreditsachbearbeiter den zu schätzen wusste, war zu bezweifeln. Ganz abgesehen davon, dass Doppler sich im Falle der Zahlungsunfähigkeit nur ungern von den Hochglanzmagazinen getrennt hätte!

Er seufzte. Es war zum Haareraufen! Er besaß rein gar nichts, um einen Gläubiger zufriedenzustellen! Die Bank konnte er demnach vergessen ... Oder doch nicht? Im hintersten Zipfel seines Gehirns flackerte eine Idee auf. Ein schwacher Silberstreif am Horizont.

„Wer sagt denn, dass ich das Geld zurückzahlen werde?", murmelte er und fasste neuen Mut.

Seine Eingebung trieb ihn zum Wandschrank. Irgendwo musste noch dieses Sortiment an Damenstrümpfen sein, das er vor nicht allzu langer Zeit in einem Anfall lüsterner Gier bei einem diskreten Erotikversand bestellt hatte.

Das schrille Läuten der Türglocke ließ Doppler herumwirbeln. Wer konnte das jetzt noch sein? Um diese Zeit? Rasch stopfte er die Wäschestücke zurück in den Kasten und ging zur Tür.

„Guten Abend, Doppler!", grinste Simone. „Ich hoffe, ich störe nicht."

„Nein, äh ..." Er suchte nach Worten. Mit ihr hatte er nicht gerechnet. Unsicher blickte er sich um und hoffte inständig, nicht irgendwelche verräterischen Utensilien liegengelassen zu haben. Die Reichenbach brauchte wirklich nichts davon zu erfahren.

„Darf ich eintreten?" Simone schob ihn einfach beiseite. Eine prall gefüllte Tasche hinter sich herschleifend schritt sie entschlossen durch das Vorzimmer.

„Was ist ... Ist etwas passiert?" Irritiert sah er ihr nach.

„Nein, keine Sorge."

„Aha ... und warum ... Ich meine, was ist so wichtig, dass Sie mich so spät besuchen?" Das eigenartige Blitzen in ihren Augen bereitete ihm Unbehagen.

„Wie soll ich es ausdrücken? Lassen Sie mich kurz überlegen ... hm ... Sexuelles Verlangen? Ja, so könnte man es nennen." Ohne Umschweife kam sie zur Sache. „Wo ist Ihr Bett?", fragte sie streng.

Völlig überrumpelt schnappte Doppler nach Luft.

„Keine Sorge! Ich werde es schon finden!" Simone packte seinen rechten Arm und drehte ihn mit einer schnellen Bewegung brutal auf den Rücken.

Schmerzerfüllt stöhnte er auf. „Was soll das?", protestierte er. „Hören Sie ... Das von heute Morgen tut mir leid ..."

Ohne auf sein Gewinsel zu achten, schob sie ihn vor sich durch die Wohnung. Das alte Stahlrohrbett ächzte markerschütternd, als sie ihn wuchtig auf die Matratze schleuderte.

„Lassen Sie mich los!"

Doppler wollte sich aus ihrem Griff winden, da klicken auch schon die Handschellen. Kurz darauf die Fußfesseln. Hilflos hing er am Bettgestell fest.

„Was fällt Ihnen ein!" Seine Stimme überschlug sich.

Simone erkannte seine Angst und war zufrieden. Es machte sie heiß.

„Halt den Mund!", fuhr sie ihn an. „Du sprichst nur, wenn du gefragt wirst! Ist das klar?"

„Ja, aber ..."

„Jawohl, *Madame*, heißt das! Und kein aber!"

Doppler glotzte sie verdattert an. Sie musste übergeschnappt sein! Er versuchte sich aufzurichten, versuchte zu erkennen, was sie vorhatte. Ein sinnloses Unterfangen, wie ihm klar wurde, als sie eine eng anliegende, schwarze Ledermaske über seinen Kopf zog. Dunkelheit umgab ihn. Was um Gottes Willen ging da vor? Aus den schwachen Geräuschen, die durch die Maske drangen, wurde er nicht schlau.

Simone nahm sich Zeit. Lüstern betrachtete sie den wehrlosen Körper. Er war ihr völlig ausgeliefert und bereit, die längst verdiente Strafe in Empfang zu nehmen! In ihr loderte Begierde. Gemächlich öffnete sie ihre Bluse und ließ sie zu Boden gleiten. Danach entledigte sie sich ihres Rocks, der Strumpfhose und streifte mit einer Eleganz, die jeder professionellen Stripperin zur Ehre gereicht hätte, ihr rotes Spitzenhöschen ab. Da stand sie nun. Splitternackt, vor einem Mann, der sie nicht sehen konnte! Sie erschauerte in einer Woge der Lust. Ihre Hände zitterten, als sie in ihr nietenbesetztes Lederkorsett schlüpfte und die Strümpfe aus Stahlwolle überstreifte. Das Material schmiegte sich rau an ihre Beine. Sie genoss das Gefühl.

„Bist du bereit?", krächzte sie heiser und stieß ihren Untertan fordernd mit der Fußspitze an. Es klang nicht nach ehrlichem Interesse. Es klang *gefährlich*!

Bereit wofür? Doppler geriet zunehmend in Panik. Er versuchte zu schreien, doch die Laute erstickten im eng anliegenden Leder. Dann spürte er kaltes Metall an seinem linken Knöchel. Fast schien es, als ... Nein, sie tat es wirklich!

Ruckartig führte sie die Schere an seinem Hosenbein entlang bis zum Bund der Hose. Schnipp, schnapp ... schnipp, schnapp ... schnipp, schnapp ... Danach auf der anderen Seite. Schnipp, schnapp ... Schnipp, schnapp ...

War sie noch zu retten? Sein schöner Anzug! Er hätte ihn noch gut ein paar Jahre tragen können! Was fiel ihr ein? Sein Protest äußerte sich in einem Gurgeln. Unsanft entfernte sie die traurigen Reste der Hose und knöpfte sein Hemd auf. Ihre Fingernägel bohrten sich in seinen Bauch. Wie weit würde sie gehen? Er hielt die Luft an, vermied es, sich zu bewegen, stellte sich tot. Es half nichts! Erneut kam die Schere zum Einsatz. Zwei schnelle Schnitte und ein geschickter Handgriff befreiten ihn von seinem Slip. Dann herrschte absolute Stille. Doppler überkam Schamgefühl. Er spürte, wie sie ihn anstarrte und konnte nichts dagegen unternehmen. Sekunden verstrichen, dehnten sich zu Minuten, ehe sie wieder aktiv wurde. Es klang, als kramte sie in ihrer Tasche. Was würde nun kommen? Ein Zischen.

„Ahh!", brüllte er. Der Schmerz fuhr durch seinen ganzen Körper.

Simone holte erneut zum Schlag aus. „Du warst sehr unartig, Doppler!" Der Rohrstab klatschte auf seinen Bauch. „Unartig und garstig! Dein Verhalten verlangt nach einer angemessenen Züchtigung!" Und noch ein Schlag. Diesmal auf seine Oberschenkel. „Verlass dich darauf! Madame wird dich lehren, was Disziplin und Gehorsam bedeuten!"

Wieder pfiff der Rohrstab durch die Luft. Der Bezirksinspektor ächzte und wand sich wie ein Wurm. Sie konnte seine Panik förmlich riechen und geriet zunehmend in Ekstase.

Die Striemen brannten wie Feuer. Doppler fürchtete, ohnmächtig zu werden. Unter der Maske war es heiß und stickig und langsam wurde der Sauerstoff knapp. Ein Zittern ging durch seinen Körper, als sie ihn anfasste. Aber es war ... gut, so wie sie das tat, stellte er fest. Rhythmisch auf und ab mit festem Griff.

Das Bettgestell quietschte. Madame wuchtete sich rittlings auf ihren Lustsklaven und stieß ihm ihre Knie in die Flanken. Sie hörte ihn röcheln, als sich sein Körper wild aufbäumte und er tief in sie eindrang. Ihre Erregung steigerte sich ins Unermessliche, ihre Schreie wurden lauter. Jeder ihrer Muskeln spannte sich an. Gleich war es soweit!

Doppler verpasste den Höhepunkt. Als ihm endgültig die Luft ausging, verlor er die Besinnung.

6

Die arme Frau, die er vor einer Woche auf so furchtbare Art hatte töten müssen, tat ihm ehrlich leid! Doch ihre tragische Rolle in dem von ihm inszenierten Spiel war seit langem vorherbestimmt gewesen. Er hatte beim besten Willen nichts mehr für sie tun können!

Er war sich sicher gewesen, sie an diesem Baggersee bei Mödling anzutreffen. Nach einem anstrengenden Tag im Büro suchte sie dort gerne Entspannung, das hatte er recherchiert. Wie so oft lag sie an dieser entlegenen Stelle, splitternackt, umgeben von Schilf und dem Birkenhain und genoss die letzten Sonnenstrahlen. Kein Mensch weit und breit. Da wusste er, dass der richtige Zeitpunkt gekommen war. Ihren Blick würde er nie vergessen. Zuerst erschrocken, dann erbost und schließlich, als er ihr den Chloroform getränkten Lappen ins Gesicht presste, angsterfüllt. Nachdem die Badegäste abgezogen waren, packte er sie in den Kofferraum. Ihre Sachen warf er unterwegs in einen Müllcontainer. Nur die Brosche behielt er. Für sie hatte er eine Verwendung. Erst später, am Abend, besiegelte er ihr Schicksal. Sie war noch benommen und musste nicht lange leiden. Nach dem fünften Stich war sie tot, der Rest eine dramaturgische Notwendigkeit.

Zu töten entsprach keineswegs seinem Naturell. Grundsätzlich lehnte er jede Art von Gewalt strikt ab! Er sah in ihr das verhasste Druckmittel der Kapitalisten, der reaktionären Faschistenschweine, die im Laufe der Geschichte hinlänglich bewiesen hatten, wozu sie fähig waren, wenn es darum ging, das Volk rücksichtslos zu unterjochen! Mit solchen Methoden wollte er nichts zu tun haben, denn er stand seit jeher auf Seiten der sozial Schwachen, der Unterprivilegierten, derjenigen, die das Leben mit Füßen trat. Doch manchmal, hatte er gelernt, erforderten außergewöhnliche Umstände einschneidende Maßnahmen, und das führte unvermeidlich zu tragischen Verlusten.

Er schwor sich, Monika Strauch als Märtyrerin im hehren Kampf gegen Ungerechtigkeit und Ausbeutung in Ehren zu halten. Bestimmt hätte sie für seine Mission Verständnis gezeigt, wären ihr die Hintergründe bekannt gewesen! Das half ihm, weiterzumachen, denn bedauerlicherweise stand er erst am Anfang.

Mit Sorgfalt ölte er den Lauf des Jagdgewehrs, das er sich vor einiger Zeit bei einem Einbruch beschafft hatte. Er war nicht in Eile, doch die begonnene Strategie musste fortgeführt werden und würde weitere Opfer kosten. So lange, bis er mit dem Missstand aufgeräumt hatte! Nichts konnte ihn aufhalten. Er war ein Mann der Tat. Kompromisslos, geradlinig und redlich. Charakterzüge, die er sich notgedrungen bereits in jungen Jahren antrainiert hatte.

Damals ging es schlicht um seinen Stolz. Er oder der Vater! Darauf lief es hinaus. Über Jahre. Immer wieder verbannte ihn der Tyrann in den Keller. Eine der unzähligen Erziehungsmaßnahmen, mit denen er auf den rechten Weg gebracht werden sollte. Doch er verweigerte beharrlich die Gefolgschaft und nutzte die dunkle Abgeschiedenheit, um seine mentalen Kräfte zu stärken und um mit Hilfe von Meditation seinen Geist vom Fleisch zu lösen. Dieser Fähigkeit und später dem Gras, das er rauchte, war es letztlich zu verdanken, dass sein Wille weder von Beugehaft, noch von körperlichen Züchtigungen gebrochen wurde. Den Leibriemen spürte er nicht mehr. Die Resistenz, mit der er alle Versuche des Vaters, ihn einer Gehirnwäsche zu unterziehen, zum Scheitern brachte, machte ihn unverwundbar.

Und eines Nachts war es dann so weit. Er beschloss, das alles hinter sich zu lassen, packte das Notwendigste, zuzüglich der Brieftasche des Vaters in seinen Militärrucksack und zog aus, die Welt zu erobern. In Ottakring fand er schließlich Unterschlupf bei einem Freund.

*

Nervös starrte Bezirksinspektor Doppler auf das Obduktionsprotokoll, das er, um Beschäftigung vorzutäuschen, vorsorglich auf seinem Schreibtisch ausgebreitet hatte. In Wahrheit überlegte er, wie er seiner Vorgesetzten entgegentreten sollte. Nach alldem, was letzte Nacht vorgefallen war, konnte sein Verhältnis zu ihr kaum mehr als rein kollegial bezeichnet werden!

Erst in den frühen Morgenstunden war er, befreit von den Fesseln und der schrecklichen Ledermaske, aus seiner tiefen Ohnmacht erwacht. Sofort hatte er begonnen, seine Wohnung systematisch zu durchsuchen, nur um sicherzugehen, dass diese wahnsinnige Reichenbach nirgendwo auf der Lauer lag und eine neue Rohrstockattacke vorbereitete. Gottlob, die Luft war rein gewesen! Bei einer Tasse schwarzen Kaffees hatte er sich von dem Schock allmählich erholt und seine Sinne nach und nach in Gang gebracht. Die benötigte er jetzt mehr als alles andere. Es galt, der Lage Herr zu werden!

Noch fand er keinerlei Erklärung, was so plötzlich in sie gefahren war. Vielleicht das pure Verlangen nach seinem stattlichen Körper! Das könnte er zumindest nachvollziehen. Hegte sie gar leidenschaftliche Gefühle für ihn, die sie bisher verschwiegen hatte? Ihre Stimmungsschwankungen deuteten jedenfalls darauf hin. Doppler wog sorgfältig ab, ob es sinnvoll wäre, seine Vorgesetzte direkt auf die Angelegenheit anzusprechen, ihr eine Rüge zu erteilen und ein bisschen den Beleidigten zu spielen. Auf alle Fälle wollte er einen Wutausbruch wie am Vortag vermeiden. Ihm lag nichts daran, wieder ein Büroutensil an den Kopf geschleudert zu bekommen.

Besser, er sagte vorerst überhaupt nichts und wartete darauf, dass sie mit der Sprache herausrückte, ihn mit einer ausführlichen Erklärung besänftigte. Immerhin hatte sie das ganze Schlamassel ins Rollen gebracht! Dann würde er sich ihre Entschuldigung in aller Ruhe anhören und eine Entscheidung treffen. Konnte gut sein, dass er ihr den Übergriff verzieh, denn neuerdings, das musste er zugeben, hegte er durchaus gewisse Sympathien für „Simone", wie er sie jetzt im Geheimen nannte.

„Guten Morgen!", grüßte sie bester Laune und eilte voller Elan zu ihrem Schreibtisch. „Na, Doppler, Sie sehen aus, wie das blühende Leben! Geht es Ihnen gut?"

Geht es Ihnen gut! Doppler blieb die Luft weg. Sie war tatsächlich per Sie mit ihm! Gut, dass er das Gespräch nicht begonnen hatte. Er hätte sie glatt geduzt!

„Sie sind immer schon so fleißig bei der Arbeit, wenn ich komme ...", zwitscherte sie. „Ich wüsste wirklich nicht, was ich ohne Sie anfangen sollte!"

Das darf doch alles nicht wahr sein!, dachte Doppler entsetzt. Wie konnte sie die letzte Nacht einfach ignorieren? Sie besaß die Frechheit und tat so, als wäre überhaupt nichts passiert, bat ihn weder um Verzeihung, noch drückte sie ihr Bedauern aus! Glaubte sie wirklich, sich mit freundlichem Geschwätz aus der Affäre ziehen zu können?

„Nun, lieber Doppler", flötete Simone, „was machen wir heute? Gibt es etwas Neues?"

Energiegeladen tänzelte sie auf ihn zu und bot ihm einen ihrer Ballaststoffriegel an, die sie zur Regulierung ihrer Verdauung regelmäßig um neun Uhr zu sich nahm.

„Ja, nebenan ..." Verdutzt betrachtete der Bezirksinspektor seine Vorgesetzte, als sie den Stoß handschriftlicher Berichte, die noch in den Computer einzugeben waren, von seinem Schreibtisch nahm und zu ihrem Platz trug. Allmählich begann ihm die neue Situation zu gefallen! „Äh ... nebenan warten zwei Zeuginnen, um eine Aussage zu machen", teilte er ihr mit.

„Aha. Warum haben Sie das noch nicht getan?"

„Sie bestehen doch darauf, bei Einvernahmen dabei zu sein, und ich dachte, es wäre Ihnen sicher nicht recht, wenn ich allein ..."

„Aber Doppler!", lachte Simone. „Sie wissen, wie sehr ich Ihre Arbeit schätze. Was könnte ich besser machen als Sie?" Sie fischte eine Banane aus ihrer Tasche und warf sie ihm zu. „Da, für Sie! Als kleine Belohnung sozusagen. Und jetzt herein mit den Damen!"

„*Ich* habe ja sofort gewusst, dass mit dem Kerl etwas nicht in Ordnung ist. Sie können sich nicht vorstellen, wie der mit der jungen Frau umgesprungen ist ... Ein ungeheuerliches Benehmen! Ich meine, in aller Öffentlichkeit ... und noch dazu vor den Kindern! Einfach rücksichtslos! Ich sage Ihnen, so etwas ist mir noch nicht untergekommen. Empörend!" Die Aufregung stand ihr noch ins Gesicht geschrieben. Völlig außer Atem schnappte Frau Schrack nach Luft. „Und dann, als ich das Bild in der Zeitung gesehen habe ..."

„Ja, genau, ein furchtbarer Mensch! Mit seinem aggressiven Verhalten hat er den Buben einen gehörigen Schrecken eingejagt", fügte Frau Subert eifrig hinzu. „Sehen Sie sich die beiden an! Wo sie doch so sensibel sind! Wahrscheinlich werden sie ihr Leben lang unter dem Trauma zu leiden haben. Man kennt das ja."

„War es nicht eher umgekehrt?", knurrte Doppler verärgert. Seit ein Modellflugzeug mit einer Flügelspannweite von einundeinhalb Metern in die Zimmerpflanzen hinter ihm gekracht war, ließ er die kreuz und quer durch das Büro tobenden Knaben nicht mehr aus den Augen.

„Wo denken Sie hin!" Frau Schrack zeigte sich entrüstet. „Der Mann hat sich gebärdet wie ein Irrer. Ich sage Ihnen, Selbstgespräche hat er geführt, wild gestikuliert..." Aufgeregt ruderten ihre Arme durch die Luft.

„Und was geschah weiter?", bohrte Simone, während sie genervt zu jenem kleinen Berserker schielte, der begonnen hatte, einen Aktenschrank zu erklimmen.

„Dann ist diese Frau aus der Zeitung gekommen, ein bildhübsches Ding! Wirklich, *so* gepflegt!" Frau Subert sprudelten die Worte förmlich aus dem Mund. „Und er war schrecklich grob zu ihr. Völlig ohne Grund, sag ich Ihnen. Wo sie doch so nett war! Das verdient ein Kerl wie der gar nicht! Leider habe ich nicht genau verstehen können, worum es gegangen ist, aber sie hat furchtbare Angst gehabt! Das war nicht zu übersehen ... Aaron, sei vorsichtig, mit dem Schrank! Bitte klettere nicht zu weit hinauf! Dankeschön! ... Richtig unfreundlich war er."

„Unfreundlich ist der falsche Ausdruck", fiel ihr Frau Schrack ins Wort. „Ich sage Ihnen, der hat sie angebrüllt, hat sie geschlagen. Es war ihm völlig egal, dass wir zugesehen haben."

„Weshalb riefen Sie nicht sofort die Polizei?", forschte Simone mit strenger Miene. „Sie hätten möglicherweise einen Mord verhindern können."

„Ach Gott, wer denkt denn schon an so was? Wir wollten doch kein unnötiges Aufsehen erregen."

„Außerdem war da die Sache mit der Gans ...", setzte Frau Subert fort, verstummte jedoch rasch, als sie den vorwurfsvollen Blick ihrer Freundin bemerkte.

„Welche Gans?" Doppler wurde neugierig.

„Ach, gar nichts." Frau Schrack winkte ab. Sie wollte das Thema vom Tisch haben. „Das tut nichts zur Sache."

„Wir haben sie gege-essen, wir haben sie gege-essen", sang das penetrante Kind, das sich an Simones Papierkorb zu schaffen machte.

„Sei still, Marcel!", befahl Frau Schrack und wandte sich wieder der Referatsleiterin zu. „Hören Sie bitte nicht auf ihn. Er hat Fieber und fantasiert."

„O weh, der Arme!", heuchelte Simone Mitleid. „Vielleicht sollte er dann besser nicht den Abfall aus dem offenen Fenster kippen. Er könnte sich verkühlen."

„Ach, er spielt doch nur."

„Nicht zu weit hinauf, Aaron, hab ich gesagt! Bitte pass auf! Das ist kein Spielplatz! Die netten Leute müssen hier arbeiten."

„Was manchmal nicht einfach ist ...", fauchte Simone.

„Wir sollten ein Phantombild von der verdächtigen Person anfertigen lassen", regte Doppler an, während er mit Mühe Marcel abwehrte, der, des Abfalls überdrüssig, ihn nun mit einem Lineal attackierte.

Simone seufzte. „Ja, das ist eine gute Idee."

Dopplers Vorschlag war ihr überhaupt nicht recht, denn sie wusste bereits die längste Zeit, von wem die Rede war. Wie hatte sich ihr Bruder nur dazu hinreißen lassen können, gewalttätig zu werden? So kannte sie ihn überhaupt nicht.

„Doppler, wären Sie so nett, die Damen zum Erkennungsdienst in den vierten Stock ... Vorsicht!", schrie sie auf. „Der Schrank!"

Mit einem Mal war der riesigen Kasten mit Aaron in triumphierender Pose oben drauf bedenklich ins Schwanken gekommen und begann ganz langsam, wie in Zeitlupe, umzukippen.

*

Man merkte sofort, dass sie während ihres Studiums als Model gejobbt hatte. Mit viel Geschick posierte Gertrude Wildfang vor der überdimensionalen Spiegelwand im Wohnraum ihres Dachterrassenappartements und musterte zufrieden ihr Abbild. Das olivgrüne Sommerkostüm stand ihr hervorragend. Aber das musste es auch, bei dem, was sie dafür hingeblättert hatte! Selbst wenn manche vielleicht meinten, der Minirock wäre in Anbetracht ihres Alters ein wenig zu gewagt, freute sie sich geradezu diebisch darauf, ihn nächste Woche anlässlich der Party ihres Chefs zu präsentieren. Als gepflegte und begehrenswerte Frau – auch wenn ihr Mann offensichtlich anders darüber dachte – konnte sie sich dieses freche und jugendliche Outfit zweifellos leisten, denn sie trug ihre Kurven nach wie vor an den richtigen Stellen. Ihr lahmarschiger Gatte war wirklich kein Maßstab! Das einzige, was ihn erregte, dachte sie manchmal, waren die Bilanzen seiner Softwarefirma. Fast schien es, als könnten ihm Geschäftsessen und Meetings eine tiefere Befriedigung verschaffen, als eine exzessive Liebesnacht mit ihr. Selbst dann, wenn sie ihn mit ihrer Zunge so verwöhnte, wie er es besonders mochte.

Und wenn schon ... Sie konnte auf ihn verzichten. Wenn ihr das Glück hold war, zögerte sich die Tagung hinaus, und er würde es nicht schaffen, rechtzeitig bis zum Gartenfest zurückzukehren! Sie hatte es satt, bei Gesellschaften ständig das Kindermädchen zu spielen, darauf zu achten, dass er nicht zu viel trank und mit seinen obszönen Witzen die Partygäste brüskierte. Sie würde es diesmal genießen, alleine im Mittelpunkt zu stehen und sich so darzustellen, wie sie war: intelligent, attraktiv, dynamisch. Da erschien ihr unnötiger Ballast in Form ihres Angetrauten nur störend! Und nebenbei könnte ihr niemand vereiteln, interessante Leute kennenzulernen, wie es sich bei solchen Gelegenheiten anbot. Sie dachte Leute, meinte jedoch ohne Zweifel Männer! Die Rolle des treuen Hausmütterchens war ihr nie gelegen.

Guter Dinge streifte Gertrude Wildfang das Kostüm und das Wenige ab, das sie darunter trug, und begab sich mit einem Manuskript und einem erfrischenden „Trude-Special" (bestehend aus Wodka, Gin, Heidelbeersirup, aufgespritzt mit Champagner und garniert mit einer Erdbeere) hinaus auf ihre Terrasse.

Eine Weile genoss sie die Aussicht auf den Hietzinger Kai, die Wien und Unter-St.-Veit. Bis zum Lainzer Tiergarten konnte man von hier aus sehen. Stundenlang hätte sie ihren Blick schweifen lassen können. Sie liebte diese Aussicht. Es fiel ihr schwer, sich ihrer Arbeit zuzuwenden.

Nicht zu glauben, welche Einsendungen sie zu lektorieren hatte! Im Gegensatz zu dem Mist, den letzte Woche ein bekannter Popsänger vorzulegen gewagt hatte, zählte das geistige Erbrechen Daniel Reichenbachs zur Hochkultur! „Bühnenfeuer" nannte der Musiker seinen autobiografischen Roman, und die Lektorin wünschte, er hätte ihn im Selbigen verbrannt. Am besten noch, bevor er auf die Idee gekommen war, ihn dem Verlag aufzudrängen. Zweifelsfrei handelte es sich um eine der übelsten Niederschriften, die ihr jemals untergekommen waren. Zusammenhangloses Zeug, im Drogenrausch hingekritzelt, oberflächliche Phrasen, egozentrische Propaganda und so weiter. Kurz gesagt: Scheiße! An und für sich kein Problem. Briefe, in denen sie den Autoren Dank für ihr Vertrauen aussprach und um Verständnis bat, dass das durchaus interessante Material leider nicht in das Verlagsprogramm passe, waren reine Routine. Der Haken an dieser speziellen Sache allerdings war, dass der Sänger zumindest regional über einen ausgezeichneten Namen verfügte und Rudolf M. Beinholtz ein lohnendes Geschäft mit den Fans witterte. Eine Ablehnung kam daher nicht in Frage. Zu schade!

Die Lektorin schob sich die Sonnenbrille ins Gesicht, nahm einen Schluck „Trude-Special" und schlug widerwillig das Manuskript auf. Bereits die ersten Sätze des fünften Kapitels, bestätigten die Qualität der vorangegangenen vier. Die Phrasendrescherei setzte sich nahtlos fort. Sie vermochte es nicht in Worte zu fassen, in welchem Maße dieser Schrott ihren Intellekt beleidigte. Da zog sie Typen wie Peter Tenker allemal vor. Der versuchte wenigstens erst gar nicht zu schreiben, sondern beschränkte sich darauf, ihr regelmäßig Audiokassetten mit amüsanten Anekdoten aus dem

Rotlichtmilieu zukommen zu lassen. Ihre Aufgabe war es dann, aus den holprigen Tondokumenten wohlgeformte, dem Leser zumutbare Sätze zu schmieden. Dieses Zusammenspiel bewährte sich seit vielen Jahren. Ein hausgemachtes Erfolgsrezept!

Die Sonnenstrahlen überfluteten die Dachterrasse, heizten sie auf und brachten die Luft über den Betonplatten zum Flimmern. Gertrude Wildfang hatte keine Lust mehr, sich zu quälen. Spontan beschloss sie, die Arbeit beiseitezulegen. Letztendlich war sie extra früher heimgegangen, um den Rest des herrlichen Tags zu genießen. Ihr blasser Teint konnte ein wenig Bräunung gut vertragen! Behaglich streckte sie sich auf dem Liegestuhl. Die Laute, die sie dabei von sich gab, ähnelten dem Schnurren einer Katze.

Durch ihre halb geschlossenen Augenlider sah sie ein Blitzen vom Dach des gegenüberliegenden Bürogebäudes. Eine Reflektion des Sonnenlichts. Kurz darauf war ihr, als ob sie eine gebückte Gestalt mit einem Fernrohr erkannt hätte. Sofort schlug ihre Stimmung in Ärger um. Nicht einmal zu Hause hatte man seine Ruhe. Verdammte Spanner! Die gehörten alle ... Und dann fiel ihr ein, dass sie nackt war. Erschrocken fuhr sie hoch. Sie war keineswegs prüde, aber *das* war ihr unangenehm.

Gertrude Wildfang sprang auf, um aus dem Blickfeld des Voyeurs zu flüchten. Gerade, als sie durch die Terrassentür in das Dunkel ihres Appartements verschwinden wollte, spürte sie kurz einen brennenden Schmerz zwischen ihren Schulterblättern. Im nächsten Moment war sie tot.

*

Unruhig trat Simone von einem Fuß auf den anderen. Hätte sie nur früher daran gedacht, wie lange das immer dauerte, wäre sie noch im Büro aufs Klo gegangen. Aber nein ... Gezählte sieben Leute standen vor ihr an der Kasse der Centralbank-Filiale in der Schottengasse. Vier davon waren Pensionisten, die, wie könnte es anders sein, ausgerechnet dann ihre Bankwege erledigten, wenn sie als Berufstätige nach Arbeitsschluss endlich ein paar Minuten Zeit dafür fand! Nervös verfolgte sie, wie die alte Frau am Schalter umständlich ein Bündel Banknoten in ihre Handtasche stopfte und endlich Anstalten machte zu gehen, ehe sie sich erneut der Kassiererin zuwandte und glatt behauptete, da könne etwas nicht stimmen, man hätte ihr zu wenig ausbezahlt. Ein verärgertes Raunen ging durch die Schlange.

Unbeholfen kramte die Alte das Geld wieder hervor und ließ es nachzählen. Nein, es habe schon seine Richtigkeit, betonte die Angestellte, alles sei da. Die Alte schüttelte verwirrt den Kopf. Sie hätte schwören können ... Unschlüssig stand sie da, fast weinerlich. Schließlich zappelte sie resignierend davon und machte für den nächsten Kunden Platz. Währenddessen ließ die Bankbeamtin unbemerkt die abgezweigten Scheine in ihrem Schminkköfferchen verschwinden und setzte ihr freundlichstes Lächeln auf.

„Ungeheuerlich, was sich die Alten erlauben!", murrte der Herr vor Simone, der offensichtlich ähnlich dachte wie sie. „Man sollte sie entmündigen, wenn sie nicht mehr klar denken können. Ich meine, wie kommt die Kassiererin dazu, sich eine Unterschlagung vorwerfen zu lassen?"

Simone pflichtete ihm kurz bei, war aber nicht in Stimmung, sich auf ein Schwätzchen einzulassen. Ihr Harndrang wurde stärker. Gepeinigt wippte sie auf und ab. Ihre ausgezeichnete Laune, mit der sie Doppler noch am Morgen überschüttet hatte, war endgültig dahin. Sie war bereits im Laufe des Tages deutlich verflogen, als ihr der Kollege vom Erkennungsdienst das Phantombild des Verdächtigen gebracht hatte. Es stellte ohne Zweifel Daniel dar. Sollte sie es so an die Presse weiterleiten?

Auch wenn sie ihrem Bruder keinen Mord zutraute, ganz sicher konnte sie nicht sein. Welche verheerenden Auswirkungen Alkoholismus und berufliches Versagen auf die Psyche eines labilen Menschen hatten, war hinlänglich bekannt! Sie führten oft zu einer erschreckenden Veränderung der Persönlichkeit!

Simone war klar, dass sie verpflichtet gewesen wäre, Daniel in dieser Angelegenheit sofort zu befragen. Bei jedem anderen hätte sie das auch ohne zu zögern getan. Aber bei ihrem eigenen Bruder? Schließlich trug sie als ältere Schwester ein gewisses Maß an Verantwortung – auch für ihn! Abgesehen davon wäre ein Tatverdächtiger in ihrer Familie ihrem Ansehen als Polizistin kaum förderlich gewesen. Ohne mit der Wimper zu zucken, hätte ihr Dr. Feuersturm, der Leiter der Kriminaldirektion 1, die Ermittlungsarbeit in diesem Fall entzogen und einem anderen Beamten die Möglichkeit gegeben, sie und ihren Bruder quasi in einem Aufwischen auszuschalten. Simone dachte mit Schrecken daran, wie manche Neider reagiert hatten, als das Gerücht aufgekommen war, sie wäre eine ernstzunehmende Anwärterin auf den in fünf Jahren frei werdenden Posten ihres Vorgesetzten. Die Kakerlake im Kantineneintopf war ein eindeutiges Signal gewesen. Seitdem zog sie es vor, ihre Mahlzeiten außer Haus im „Café-Restaurant Stein" einzunehmen. Dort schmeckte das Essen sowieso besser, und Polizisten waren auch keine dort.

Ein äußerst diskretes und vorausblickendes Vorgehen erschien ihr angebracht zu sein, um ihr Überleben als Kriminalbeamtin zu sichern. Auch auf diese Weise würde sie sich Klarheit darüber verschaffen, was Daniel mit der Sache zu tun hatte.

Ihre Blase schmerzte mittlerweile bedenklich. Simone kreuzte die Beine. Inständig hoffte sie, dass es in der Bank eine Kundentoilette gäbe, sonst könnte sie für nichts garantieren. Sie dachte bereits daran, ihren Platz in der Warteschlange aufzugeben, als ihr ein wohlvertrauter Geruch in die Nase stieg. Sie drehte sich um und hielt nach Doppler Ausschau.

„Das ist ein Überfall!", quiekte ein Mann in einem grün-violetten Jogginganzug mit hoher, verstellter Stimme. Er war mit einer rosa Spitzenstrumpfhose maskiert, deren Beine wie lange Ohren seitlich von seinem Kopf baumelten und ihm das Aussehen eines Plüschhasen verliehen.

„Keiner bewegt sich! Alle legen sich auf den Boden!" Entschlossen fasste er eine junge Frau am Arm, zog sie an sich heran und presste ihr eine Pistole an die Schläfe.

„Also was jetzt?", keppelte ein Kunde. „Sollen wir uns nicht bewegen, oder auf den Boden legen?"

„Alle legen sich auf den Boden und bewegen sich nicht!", erklärte der Bankräuber ungehalten. Er erntete nur Verachtung.

Simone starrte den Mann an. Sie hätte schwören können ... Nein, wischte sie den Gedanken beiseite, Doppler konnte das nicht sein ... Ihr war klar, dass sie etwas unternehmen musste. Es lag allein an ihr, die heikle Situation in den Griff zu bekommen, schließlich war sie Polizistin.

„Hören Sie!", rief sie dem Maskierten zu. „Sie kriegen alles, was Sie wollen, aber lassen Sie zuerst die Geisel los!"

„Wer zur Hölle gibt Ihnen das Recht, zu entscheiden, ob wir auf die Forderungen dieses Gangsters eingehen? *Ich* bin hier der Filialleiter!", tönte eine Stimme von der anderen Seite der Schalterhalle.

„Recht hat er!", bestätigte eine sehr vornehm wirkende Kundin. „Ich bin dafür, dass wir dem Kerl keinen Cent geben! Wäre ja noch schöner! Soll er doch arbeiten gehen! Das Schmarotzergesindel fällt uns ohnehin genügend zur Last!"

Mit Entsetzen bemerkte Simone, wie ihr die Kontrolle über das Geschehen entglitt. Die Lage drohte zu eskalieren. Gehetzt sah sich der Bankräuber um. Die Frau in seiner Gewalt weinte. Von allen Seiten hagelte es Zurufe, Beschimpfungen und gute Ratschläge. Schließlich blieb sein Blick an Simone hängen, die den Tumult angezettelt hatte. Ihr blieb fast das Herz stehen.

„Seien Sie vernünftig!", forderte sie den Mann leise auf. „Wir finden bestimmt eine Lösung."

Der Maskierte schien angestrengt zu überlegen. Es dauerte nur ein paar Sekunden, doch die kamen Simone wie eine Ewigkeit vor. Dann ging alles sehr schnell. Er stieß die Geisel beiseite und flüchtete aus der Bank.

Die Referatsleiterin atmete durch. Sie fühlte sich erleichtert. Dank ihrer Geistesgegenwart war der brenzlige Zwischenfall noch einmal glimpflich ausgegangen! Plötzlich bemerkte sie, wie sich die Augen aller Anwesenden auf sie richteten. Sie fühlte weshalb. Errötend sah sie an sich hinab.

7

Wie jeden Tag um sechs Uhr morgens schob Leopoldine Machek ihre von unzähligen Krampfadern gezeichneten Beine aus dem Bett. Und wie jeden Tag war es viel zu früh dafür. Schlaftrunken rieb sie sich die getrockneten Tränen aus den Augen. Sie erhob sich mit einem Ächzen und schlüpfte umständlich in die ausgetretenen Hausschuhe. Während sie den Morgenmantel überstreifte, stellte sie mürrisch fest, dass der Wetterbericht ausnahmsweise Recht behalten hatte. Über Nacht war das hochsommerliche Wetter einem kühlen Nordwestwind gewichen, der schwarze Regenwolken über den Himmel trieb. Griesgrämig überlegte sie, wer oder was Schlechtwetterfronten dazu bewog, ausgerechnet an den Wochenenden ins Land zu ziehen, gerade dann, wenn man endlich Zeit für Entspannung fand! Dass sie die Entspannung stets vor dem Fernseher suchte, tat dabei nichts zur Sache.

Vorsichtig streckte sie ihre Wirbelsäule. Die Spondylose, wie die Ärzte ihr Leiden nannten, machte ihr zu schaffen. Das kam von den Temperaturschwankungen. Die verordneten Moorpackungen und Massagen hatten einen Dreck geholfen! Ihr war das von Anfang an klar gewesen. Aber auf sie hörte ja niemand. Die verfluchten Quacksalber hatten keine Ahnung und nichts anderes im Sinn, als ständig neue Behandlungsmethoden an ihr auszuprobieren. Natürlich ohne Erfolg. Sie war nichts weiter als ein Versuchskaninchen. Warum verstand das keiner? Das Schicksal meinte es nun einmal nicht gut mit ihr. Damit musste sie leben. Punktum. Selbst der dreiwöchige Kuraufenthalt in Bad Tatzmannsdorf auf Kosten der Krankenkasse war ohne Folgen geblieben, wenn man von dem Einbruch in ihre leerstehende Wohnung absah. Ein Glück, dass es bei ihr nichts zu holen gab. Ihre Ersparnisse, die sie um nichts in der Welt einem Geldinstitut anvertraut hätte, waren mit auf Reisen gegangen. Und für die unzähligen Plastikblumen, die ihre Garconnière schmückten, und den in langen Jahren zusammengetragenen Hausrat hatten die Einbrecher anscheinend keine Verwendung gehabt.

Wie jeden Tag um sechs Uhr fünf nahm die Hausmeisterin die abgeschlagene Waschschüssel vom Küchenschrank und schlurfte hinaus ins Stiegenhaus, um sie an der Bassena zu füllen. Ihre Wohnung war nach wie vor die einzige ohne Fließwasser. Als man das Haus saniert hatte, war sie einfach übergangen worden. Frau Machek verzog verbittert den Mund. Mit ihr konnte man das ja machen! Das war sie schon gewohnt. Gut, musste sie zugeben, die Hausverwaltung hatte ihr ein Angebot unterbreitet, aber bei *den* Kosten, die ihr übrig geblieben wären ...! Sie war ja nicht blöd! Und das Geld wuchs schließlich nicht auf den Bäumen! Da verzichtete sie lieber auf den Luxus!

Während das Wasser in die Schüssel plätscherte, begab sich die Hausmeisterin aufs WC, das sie, seit die alte Goldschmied gestorben war, Gott sei Dank mit niemandem mehr teilen musste! Sie war es ohnehin leid gewesen, ihre senile Nachbarin tagtäglich daran zu erinnern, nach der Verrichtung ihrer Notdurft gefälligst die Spülung zu betätigen. Ekelhaft, was man da oft zu Gesicht bekommen hatte!

„Frau Machek! Sind da drinnen? Kommen schnell!"

Das aufgeregte Gezeter riss sie aus ihren sentimentalen Erinnerungen. Wie wild hämmerte Mehmet Güneyalp nun gegen die Klotür.

Ausgerechnet jetzt! Was bildete sich der nichtsnutzige Türke eigentlich ein? Konnte man hier nicht einmal in Ruhe sein Geschäft erledigen?

„Verschwinde!", knurrte sie böse. „Hier ist besetzt. Geh in deine Wohnung, wo du hingehörst! Du hast dein eigenes Klo."

Güneyalp ließ nicht locker. „Kommen in Hof, schnell! Müssen schauen!"

„Ausländerpack, unnötiges!" Frau Machek hatte genug. Erbost knöpfte sie ihren Morgenmantel zu und drückte den Spülknopf.

Fuchsteufelswild stieß sie die Tür auf, in der Hoffnung, sie dem lästigen Kerl mitten ins Gesicht zu schlagen. Doch Güneyalp stand bereits außer Reichweite. Die auffliegende Tür verfehlte ihn deutlich und krachte statt dessen ungebremst in das Hoffenster. Scherben regneten zu Boden.

„Kannst du nicht aufpassen?", heulte die Hausmeisterin auf. „Ihr Ausländer müsst ständig alles kaputt machen!"

„Frau bitte schauen. In Hof!", begann der Türke erneut.

„Ach, lass mich doch in Ruhe!" Besorgt begutachtete sie die zerbrochene Fensterscheibe. „Die wirst du bezahlen, das garantiere ich dir! Ich werde sofort die Hausverwaltung ..." Frau Machek verstummte. Neben den Mülltonnen lag ein nackter Körper, unnatürlich bleich und nass vom Regen. „Was ist das?", hauchte sie.

Güneyalp fühlte sich bestätigt. „Ich immer sagen! Ich Frau gewarnt. Wollen nicht hören! Jetzt sehen, Frau tot."

Aus dem Gesicht der Hausmeisterin wich der letzte Rest gesunder Hautfarbe. Schon wieder eine Leiche, hier, in ihrem Haus! Und diesmal gab es keine Zweifel ... Güneyalp hatte sie auf dem Gewissen! Er machte gar kein Hehl daraus, *er* war der ... „Schreckliche Schlächter"!

Ohne nachzufragen, wovor er die Frau gewarnt und worauf sie nicht gehört hatte, was offensichtlich ihr Todesurteil gewesen war, stieß sie ihn beiseite und flüchtete kreischend in ihre Garconnière, wo sie hastig sämtliche zwölf Schlösser verriegelte, die sie nach dem Einbruch hatte anbringen lassen.

„Was haben Frau?", wunderte sich Güneyalp. „Nix gefährlich! Mörder weg!"

Händeringend machte er kehrt und lief, vorbei an der zwischenzeitlich bis zum Rand gefüllten Waschschüssel, hinauf in seine Wohnung, um die Polizei zu alarmieren.

*

„Mir fällt auf, dass Sie neuerdings Abstand von Ihrem legendären Anzug nehmen, Doppler." Simone nahm die Brille ab und musterte ihren Kollegen amüsiert. „Wie kommt denn das?", fragte sie unschuldig.

Doppler sah sie verdutzt an. Konnte es sein, dass sie es wirklich nicht mehr wusste, oder spielte sie wieder eines ihrer Spielchen?

„Die Hose wurde zerschnitten", murmelte er kaum hörbar.

„Wie bitte?"

„Die Hose wurde zerschnitten!", wiederholte er unwillig.

„So, so ..." Simone zog die Augenbrauen hoch.

„Und das Sakko passt nicht so gut zu den Jeans", erklärte Doppler seinen Norwegerpullover mit dem Rentiermuster.

„Und die Karottenjeans passen nicht so gut in unsere Epoche", setzte Simone fort und lächelte.

Prüfend sah der Bezirksinspektor an sich hinab und begutachtete das Relikt aus den 80er Jahren. Was wollte sie? Die Hose saß immer noch ausgezeichnet. Lediglich um die Hüfte engte sie ihn etwas ein. Vielleicht war sie auch ein bisschen kurz, endete oberhalb seiner Knöchel ... Na und? Er war auf jeden Fall froh, das gute Stück so lange aufbewahrt zu haben, denn es war nunmehr die einzige Beinkleidung, die ihm geblieben war, nachdem er gestern seinen Jogginganzug hatte verschwinden lassen müssen.

Eine einzige Pleite, der Bankraub, dachte er. Dabei konnte er noch von Glück reden, dass ihn Simone nicht erkannt hatte. Ja, Simone, die tapfere Polizistin, die so beherzt eingeschritten war! In der Bundespolizeidirektion war sie das Gesprächsthema Nummer eins.

Er konnte ein Grinsen nicht verbergen, als er daran dachte, welche Angst er ihr eingejagt hatte. Sie hatte glatt die Kontrolle über sich verloren. Welche Genugtuung! Zu schade, dass er ihr diese Peinlichkeit nicht unter die Nase reiben konnte, ohne sich zu verraten. Wie dem auch sei, bei seinem Problem hätte es ihm auch nicht weitergeholfen! Nach wie vor fehlten ihm die 10.000 Euro, die Sylvia Engert für ihr Schweigen forderte. Er war gezwungen, sich etwas Neues einfallen zu lassen, doch langsam gingen ihm die Ideen aus, und bis Sonntag blieben nur noch zwei Tage ...

„Wissen Sie," riss ihn Simone aus seinen Gedanken, „um auf den Banküberfall zurückzukommen, einen Augenblick lang dachte ich, Sie wären der Täter." Prüfend blickte sie ihm in die Augen.

Doppler zuckte unwillkürlich zusammen. „Was? ... Ich?" Er schnaubte gekünstelt. „Wie ... wie kommen Sie auf diese Idee?"

„Nun, der Räuber hatte Ihren Körperbau. Auch seine Gestik und ... äh ... sein ... Duft ... wirklich verblüffend, diese Ähnlichkeit!"

„Wie? Ach, Blödsinn!" Rasch wandte er sich ab. Simone sollte seine Aufregung nicht mitbekommen. Allein die Röte seiner Wangen hätte sie dazu bewogen, die Schlinge enger zu ziehen. Ihr Telefon klingelte genau zum richtigen Zeitpunkt. Der Bezirksinspektor durfte aufatmen. Damit war das Thema hoffentlich vom Tisch.

„Wir kommen sofort", murmelte Simone und legte auf. „Machen Sie sich startklar, Doppler! In der Rötzergasse wurde wieder eine Leiche gefunden."

*

Ebendort, in Hernals, keine 100 Meter vom nächsten Polizeirevier entfernt, spitzte sich die Lage zu. Unaufhaltsam drang das Wasser unter der Wohnungstür in die Küche und überflutete nach und nach die Garconnière. Starr vor Angst kauerte Frau Machek mit angezogenen Beinen auf dem Esstisch. Ertränken wollte sie dieser bestialische Güneyalp also! Das Schwein schreckte wohl vor keiner Grausamkeit zurück. Nicht genug damit, dass die Ausländer den Einheimischen die Arbeitsplätze wegnahmen, jetzt machte sich das Gesindel auch noch daran, sie und ihre Landsleute auszurotten. Das hatte man nun von seiner Gastfreundlichkeit!

Die Hausmeisterin wimmerte leise vor sich hin. Sie saß in der Falle, war ihrem Mörder hilflos ausgeliefert. Ihr Ende stand ohne Zweifel bevor. Von der Polizei war keine Hilfe zu erwarten. Unter der Notrufnummer hatte sich ein Tonband gemeldet, das dem Anrufer mitteilte, die Funkzentrale sei auf Grund eines Betriebsausflugs derzeit nicht besetzt. Man wurde höflich gebeten, sich bis morgen zu gedulden.

Ja, das sah ihnen ähnlich! Wehe, wenn man sein Auto einmal kurz am Behindertenparkplatz abstellte, dann waren sie gleich zur Stelle. Aber bei einem echten Notfall, wenn man sie wirklich brauchte ...

„Frau Machek! Öffnen Sie die Tür!", rief eine Stimme am Gang. „Hier ist die Polizei! Wir wollen mit Ihnen reden!"

„Verschwinde! Ich glaube dir kein Wort, du Mörderschwein!", schluchzte die Hausmeisterin.

Dachte der Verbrecher wirklich, er könnte sie mit diesem billigen Trick aus der Wohnung locken? Für wie dumm hielt er sie? Sollte er schreien, so viel er wollte, sie würde sich keinen Zentimeter von der Stelle rühren!

„Eine Sauerei, diese Überschwemmung!", fluchte Simone, die bis zu den Knöcheln im Wasser stand.

„Wenn sie nicht sofort rauskommt, trete ich die Türe ein!", zischte Doppler und wich einige Schritte zurück, um genügend Platz für einen Anlauf zu schaffen.

„Nein, lassen Sie das. Ich werde mit ihr reden." Simone hämmerte gegen die Tür. „Frau Machek, ich bin es. Dr. Reichenbach. Sie kennen mich aus der Bundespolizeidirektion. Seien Sie bitte vernünftig! Sie brauchen keine Angst zu haben. Kommen Sie heraus!"

Die Hausmeisterin horchte auf. Güneyalp war das nicht! Sie erkannte die Stimme eindeutig wieder. Auch wenn sie von dieser Reichenbach nicht viel hielt, so begann sie doch, leise Hoffnung zu schöpfen.

„Wo ist der Mörder?", zeterte sie.

Simone seufzte. „Der ist doch längst nicht mehr hier. Ich verspreche Ihnen, Sie haben nichts zu befürchten. Ich persönlich garantiere für Ihre Sicherheit!"

Es verging einige Zeit. Frau Machek zeigte keine große Eile, die zwölf Schlösser zu entriegeln. Zögernd öffnete sie die Tür, was den Wasserspiegel im Gang rasant senkte, jenen in ihrer Garconnière allerdings im gleichen Tempo ansteigen ließ.

„Können Sie mir sagen, wer zum Teufel vergessen hat, den Hahn an der Bassena abzudrehen?", schimpfte Simone und versuchte, das Wasser aus den Schuhen zu schütteln.

Im Hof arbeiteten die Beamten der Kriminaltechnik auf Hochtouren. Eine bedrohlich aussehende, pechschwarze Wolke über ihren Köpfen ließ einen weiteren Regenguss vermuten, der ihre Arbeit erheblich erschwert hätte. Auch Simone sah unsicher zum

Himmel, als sie in Begleitung von Doppler und Frau Machek aus dem Haus trat. Das Letzte, das sie brauchen konnte, war, auch noch von oben her nass zu werden.

„Die Frau wurde durch einen Schuss in den Rücken getötet", berichtete einer der anwesenden Beamten. „So wie es aussieht, drang die Kugel genau durch ihr Herz."

„Wir sind nicht hier, um die Todesursache festzustellen. Das wollen wir lieber Dr. Fleischmann überlassen." Simone blickte sich um. „Irgendwelche nennenswerten Spuren?"

„Nichts dergleichen. Selbst wenn es welche gab, wurden sie vom Regen weggeschwemmt. Mit Sicherheit kann ich nur sagen, dass die Tat nicht hier verübt wurde. So viel steht fest."

Simone hob das Tuch an, das über die Leiche gebreitet war und erschrak. „Ich kenne sie!", stieß sie hervor. „Das ist Gertrude Wildfang. Sie ist ... war Lektorin beim Beinholtz-Verlag."

„Gut, dass wir das wissen", sagte der Polizist fröhlich. „Eine Identifizierung auf Grund der Fingerabdrücke wäre vermutlich problematisch gewesen." Er schlug das Tuch gänzlich zurück. „Ihr wurden beide Hände abgetrennt. Bedeutet sicher eine Menge Arbeit, die wiederzufinden."

„Seltsam." Simone kratze sich am Kinn. „Weshalb machte sich der Mörder diese Mühe? Wenn er die Identität seines Opfers verschleiern wollte, hätte er auch den Kopf entfernen müssen."

„Sicher irgendein Verrückter", mutmaßte der Polizist.

Doppler, der Frau Machek einvernommen hatte, war hellhörig geworden. Interessiert trat er an Simone heran.

„Keine Hände?", fragte er und stutzte. „Merkwürdig ... Vielleicht gibt es da einen Zusammenhang. Im gestrigen Nachtfilm auf SCTV wurden dem Opfer ebenfalls die Hände abgetrennt."

Simone sah ihn fragend an. „Sie glauben an eine Nachahmungstat?"

„Möglich. Denn genau wie in diesem Fall wurde die Frau im Film auch zuerst erschossen."

Die Referatsleiterin überlegte. „Erinnern Sie sich noch an den Film der letzten Woche?"

„An welchen? *Blutbesudelt und geisteskrank*?"

Simone rollte mit den Augen. „Ja, ich denke, so hieß das cineastische Meisterwerk. Auf welche Weise wurde da das Opfer getötet?"

„Es gab mehrere. Aber alle wurden erstochen. Warum?"

„Denken Sie an Monika Strauch!"

Dem Bezirksinspektor ging ein Licht auf. „Dann haben wir es tatsächlich mit einem Nachahmungstäter zu tun! Ich hab es ja gleich gesagt!" Ein stolzes Lächeln zeigte sich auf seinen Lippen. Zufrieden sah er sich um. Er wollte sichergehen, dass alle seinen Geistesblitz mitbekommen hatten. Ihm allein war es zu verdanken, dass die Ermittlungen nun in die richtige Richtung liefen.

„Nein, das denke ich nicht", zerstörte Simone seine Illusionen. „Frau Strauch starb zweifellos, *bevor* der Film gesendet wurde. Und – ohne Dr. Fleischmann vorgreifen zu wollen – auch diesmal dürfte es so gewesen sein."

Doppler kapierte das nicht. Ein Mörder, der Verbrechen aus einem Film nachahmte, bevor er diesen überhaupt gesehen hatte? Wie konnte es das geben? Grübelnd stand er vor der Leiche. Seine Gedanken schlugen seltsame Kapriolen. Das würde bedeuten, kombinierte er, dass der Drehbuchautor des Films den tatsächlichen Mord kopiert hatte! Aber wie war so etwas möglich? Jeder wusste, dass man Filme nicht innerhalb weniger Stunden drehte und anschließend gleich im Fernsehen zeigte. Steckte der Autor mit dem Täter gar unter einer Decke? Planten sie die Verbrechen gemeinsam? Doppler wog alle Möglichkeiten sorgfältig ab. Folgte er tatsächlich schon wieder einer heißen Spur?

Den Wolkenbruch bemerkte er erst, als er bereits bis auf die Knochen nass war. Seine Kollegen hatten sich längst in Sicherheit gebracht. Er konnte ihre schadenfrohen Gesichter durch die Gangfenster deutlich erkennen.

*

Im Gegensatz zu Doppler saß Daniel buchstäblich auf dem Trockenen. Der Alkohol war ihm ausgegangen. Im ganzen Haus fand sich kein einziger Tropfen. Seine verschwitzten Hände zitterten.

Ihm war gleichzeitig heiß und kalt. Ein stechender Schmerz pochte in seinen Schläfen und ließ ihn nicht zur Ruhe kommen. Immer wieder hielt er die leeren Flaschen gegen das Licht, in der Hoffnung, auf letzte Reste zu stoßen, die er bislang übersehen hatte. Vergeblich! Was sollte er jetzt tun? Der Feinkostladen auf der Dornbacher Straße wäre die einfachste Lösung gewesen. Doch dazu müsste er eine Dusche nehmen, sich ankleiden und das Haus verlassen ... Und das alles zu bewältigen, erschien ihm in Anbetracht seines Allgemeinzustandes unvorstellbar.

Unruhig hetzte er im Wohnzimmer auf und ab. Wie ein Tiger in seinem Käfig. Heute war Freitag, fiel ihm ein. Wenn er es schaffte, die langen Stunden bis zum Abend zu überstehen, konnte er Simone bitten, irgendwo am Weg kurz Halt zu machen und eine Flasche Eristoff zu besorgen. Oder besser gleich zwei! Beim „Spar" neben dem Sportklub-Platz zum Beispiel. Dort fuhr sie direkt vorbei ...

Nein! Sofort überlegte er es sich anders. Das kam nicht in Frage! Auf keinen Fall wollte er als Alkoholiker abgestempelt werden. Das war er schließlich nicht, aber seine exzessiv fürsorgliche Schwester hätte sein Verlangen zweifellos so ausgelegt. Auf ihre guten Ratschläge und die darauf folgende Diskussion über seinen Lebensstil konnte er genauso verzichten, wie er jeder Zeit auf Alkohol verzichten konnte. Er brauchte das Zeug nicht! Er hatte sich durchaus im Griff. Nur jetzt im Moment wäre es hilfreich gewesen, um ein wenig Abstand zu gewinnen und entspannt in eine schummrige Gelassenheit zu gleiten. Seit nunmehr einer Woche war das sein einziger Wunsch. Wer sollte ihm den verübeln?

Natürlich konnte Simone sein Leid nicht nachvollziehen. Keiner konnte das! Trotzdem würde sie seine Versuche, der Realität zu entfliehen, von vornherein verurteilen. Sie zeigte kein Verständnis für bewusstseinsverändernde Maßnahmen. Das war die spießige Polizistin in ihr, die immer alles besser wusste. In Wahrheit hatte sie keine Ahnung, wie es um ihn stand. Nicht einmal Maria nahm ihn ernst, was am Wochenende nur allzu deutlich geworden war. Und genau deshalb hatte er davon abgesehen, sie anzurufen und um Unterstützung zu bitten. Ihm blieb nichts anderes übrig, als mit diesem Horror allein fertig zu werden.

Daniel hatte schon zuvor daran gedacht. Jetzt stieg er in den Keller hinunter und schlich um die Flasche mit dem Brennspiritus, wie die Katze um den heißen Brei. Wenn er ihn ausreichend verdünnte, dann ... Er kam nicht dazu, den Gedanken weiterzuspinnen. Ein bedenkliches Grollen schnitt plötzlich schmerzhaft durch seine Eingeweide. Daniel krümmte sich zusammen. Das verhieß nichts Gutes! Stöhnend lief er die Treppen hinauf und stürzte auf die Toilette. Gut 15 Minuten saß er da und haderte mit dem Schicksal, badete in Selbstmitleid. Dann ging es ihm etwas besser. Erschöpft kehrte er ins Wohnzimmer zurück, schaltete das Radio ein und ließ sich matt auf die Couch fallen. Ein bisschen Musik würde ihn ablenken.

„Elf Uhr. Die Nachrichten", hüstelte der Sprecher des aktuellen Dienstes. „Bei dem Zusammenstoß einer Boeing 747 mit einem Airbus über dem Atlantik sind wahrscheinlich alle 233 Passagiere und Besatzungsmitglieder ums Leben gekommen. Wie bereits berichtet, kam es heute in den frühen Morgenstunden aus bisher ungeklärten Gründen zu dem Unglück. Sprecher der Fluggesellschaften erläuterten, dass nur die Auswertung der Flugschreiber Aufschlüsse über den Unfallhergang geben könne. Die Bergungsarbeiten an der Absturzstelle gestalten sich durch die momentane Wetterlage äußerst schwierig. Inzwischen ergab die Analyse der Funksprüche keine Hinweise auf technische Probleme. Wie mitgeteilt wurde, waren die letzten Worte eines der Piloten: *Von mir aus, machen wir noch eine Flasche auf!* Bis zu diesem Zeitpunkt deutete nichts auf Schwierigkeiten hin. Knapp eine Minute später brach die Verbindung ab.

Nun ins Inland. Eine Woche nach dem Mord an der 38jährigen Verlagsangestellten Monika Strauch wurde die Rötzergasse erneut zum Fundort eines Mordopfers. Nach Angaben der Kriminaldirektion 1 handelt es sich um die 45jährige Gertrude Wildfang, eine Arbeitskollegin des ersten Opfers. Die Polizei schließt einen Zusammenhang zwischen den beiden Fällen nicht aus. Somit besteht der Verdacht, dass der *Schreckliche Schlächter* ein weiteres Mal zugeschlagen hat."

*

„Wie zum Teufel konnte das passieren?", bellte die schroffe Stimme aus dem Telefonhörer, den Simone vorsorglich 20 Zentimeter von ihrem Ohr entfernt hielt. Am anderen Ende der Leitung geriet Innenminister Dr. Fröhlich zunehmend in Rage. „Ich meine, Frau Kollegin, zwei Morde innerhalb von acht Tagen ... und ohne Zweifel steckt derselbe Täter dahinter! War es Ihnen denn wirklich nicht möglich, zumindest das zweite Verbrechen zu verhindern?"

„Nein, Herr Minister", presste die Referatsleiterin hervor, bemüht, die Beherrschung zu wahren. „Ich kann Ihnen versichern, die Ermittlungen laufen auf Hochtouren! Der Mord an Gertrude Wildfang war unmöglich vorhersehbar."

„Ich bitte Sie, es muss doch eine Möglichkeit geben ... Ich meine, wie mir berichtet wurde, leistet Ihr Referat auch sonst glänzende Arbeit! Durchaus zu meiner Zufriedenheit, wie ich betonen möchte."

Dr. Fröhlich hatte die Taktik geändert und seine Stimme gesenkt. Jetzt verlegte er sich auf die Rolle des verständnisvollen Vorgesetzten und klopfte seiner Beamtin verbal auf die Schulter. Mitarbeitermotivation war sein Ding! Überhaupt konnte er gut mit Menschen. Das verdankte er unzähligen Selbstfindungsseminaren, die seinen einzigartigen Führungsstil geprägt hatten. Zuckerbrot und Peitsche, lautete seine Devise, und sie bewährte sich stets aufs Neue!

„Danke, Herr Minister. Ich versichere Ihnen, wir tun unser Möglichstes", erwiderte Simone knapp, der viel daran lag, den sinnlosen Diskurs so rasch wie möglich hinter sich zu bringen. Er würde ohnehin zu nichts führen. Das wusste sie aus Erfahrung. Jedes Mal, wenn schlechtes Wetter eine Partie Golf mit seinen Regierungskollegen vereitelte, fiel dem alten Idioten nichts anderes ein, als sie und ihre Kollegen mit Drohungen und guten Ratschlägen von der Arbeit abzuhalten.

„Sie tun also Ihr Möglichstes!", fauchte Dr. Fröhlich aufgebracht. „Das ist, wie mir scheint, nicht genug! Hören Sie, Frau Kollegin, wie mir zu Ohren gekommen ist, existiert ein Phantombild des Täters ..."

„Es ist keineswegs erwiesen, dass es sich um den Täter handelt", korrigierte Simone ruhig.

„Unterbrechen Sie mich nicht, verdammt noch einmal!", brüllte der Minister – der einen seiner gefürchteten Tobsuchtsanfälle erlitt – ins Telefon. „Für wen halten Sie sich? Ihre Position ist keineswegs so gesichert, wie Sie vielleicht annehmen mögen. Sollte es bei der Fahndung zu peinlichen Pannen kommen, werden Sie allein die Konsequenzen tragen! Haben Sie mich verstanden?"

„Natürlich."

Einige Sekunden vernahm sie nur den rasselnden Atem ihres Gesprächspartners und hoffte auf einen Herzinfarkt oder wenigstens einen Schlaganfall, ehe er zu ihrem Leidwesen seine Fassung wiederfand.

„Ich bestehe auf einer umgehenden Veröffentlichung des Bildes! Die Stadt muss vor weiteren Gräueltaten geschützt werden. Wie Sie wissen, ist die öffentliche Sicherheit seit jeher eines meiner vorrangigen Anliegen ... Und, Frau Kollegin, glauben Sie mir ..." Dr. Fröhlich reduzierte seine Stimme auf ein bedrohliches Flüstern. „Das Gerücht, Sie wären ein aussichtsreicher Kandidat für die Leitung der Kriminaldirektion 1, stammt gewiss nicht aus meinem Ministerium!"

„Eine aussichtsreiche Kandidatin", warf Simone ein.

„Was? ... Ja, wie auch immer! Ich werde mich für den besten Mann ... oder die beste Frau entscheiden, wobei einzig und allein Sachkompetenz und Führungsqualitäten den Ausschlag geben", sagte er. Und die Parteimitgliedschaft, dachte er, womit die Reichenbach aus dem Rennen wäre, ehe es begonnen hatte. „An Ihnen, Frau Kollegin, liegt es nun, zu beweisen, dass Sie ein ernstzunehmender Mitbewerber sind."

„Eine ernstzunehmende Mitbewerberin!", konterte Simone. Sie konnte es einfach nicht lassen.

Dr. Fröhlich atmete hörbar durch. Ihr Emanzengehabe ging ihm gründlich auf die Nerven. Früher hätte man eine wie sie am Scheiterhaufen verbrannt. Aber heutzutage durfte man das mit Rücksicht auf die weiblichen Wähler ... Wählerinnen ... leider nicht einmal mehr aussprechen!

„Sehen Sie, wir sitzen doch alle im selben Boot", versuchte er neuerlich Teamgeist zu beschwören. „Wir ziehen an einem Strang, haben ein gemeinsames Ziel im Interesse der Bürger unserer wunderschönen Heimat. Also bitte, handeln wir auch entsprechend!"

Das eintönige Tuten in der Leitung zeigte Simone, dass der Minister beschlossen hatte, mit diesem vortrefflich formulierten Appell das Gespräch zu beenden. Wütend knallte sie den Hörer auf die Gabel. Politiker kotzten sie an und dieser überhebliche Volltrottel ganz besonders. Doch was sie am meisten ärgerte, war die Tatsache, dass er nicht ganz Unrecht hatte. Sie war, was das Phantombild anbelangte, tatsächlich leichtfertig vorgegangen. Das musste sie schleunigst in Ordnung bringen. Unwillig nahm sie die Zeichnung aus ihrer Schreibtischlade und überlegte, wie die Sache hinzubiegen wäre. Die erschreckende Ähnlichkeit mit ihrem Bruder war viel zu auffällig, als dass sie das Bild in dieser Form an die Medien weitergeben könnte.

Kurz entschlossen griff sie zu Radiergummi und Bleistift. Kleine Nachbesserungen da und dort würden bestimmt keinem auffallen! Mit wenigen Strichen verkleinerte sie die Geheimratsecken, vergrößerte im Gegenzug die Ohren und verschaffte Daniel einen Bartwuchs, den er Zeit seines Lebens nie gehabt hatte. Zufrieden betrachtete sie das Ergebnis. Das künstlerische Talent in der Familie lag nicht bei ihrem Bruder allein. Und Dr. Fröhlich sollte keinen Grund zur Klage haben.

*

Die Verkäuferin des Feinkostladens in der Dornbacher Straße traute ihren Augen nicht, als dieser schrecklich magere Mann, der trotz des kühlen, regnerischen Wetters nur mit einer Unterhose und Sportschuhen bekleidet war, vor ihr stand und drei Flaschen Wodka, egal welchen, sowie eine Flasche Portwein orderte. Doch er trug genügend Geld bei sich (wo er es unterwegs eingesteckt hatte, wollte sie gar nicht wissen) und deshalb verzichtete sie darauf, die Polizei zu verständigen, wie es die anderen Kunden lautstark forderten. Als der Mann den Laden verließ, sah sie ihm mitleidig nach. Wie dünn er war! Richtig unterernährt. Man konnte sogar seine Rippen erkennen.

*

Wie erwartet hatte die Befragung der Hausbewohner in der Rötzergasse keinerlei brauchbare Ergebnisse gebracht. Abgesehen von der Aussage der Hausmeisterin, die den Mord natürlich Mehmet Güneyalp in die Schuhe schieben wollte, konnte Doppler nichts vorweisen. Niemand hatte etwas Verdächtiges gesehen oder gehört. Gut zwei Stunden waren dafür draufgegangen, die stereotypen, belanglosen Antworten der Mieter zu dokumentieren.

„Nein, bedaure, dazu kann ich keine Auskunft geben." „Meine Cousine war zu Besuch." „Bin früh zu Bett gegangen und schlafe wie ein Murmeltier." „So laut, wie mein Mann schnarcht, ist es kein Wunder, dass ich nichts bemerkt habe."

Der Bezirksinspektor hasste solche Leerläufe. „Die Polizei tappt wieder im Dunklen!", stand dann in den Zeitungen und ein ganzer Berufsstand wurde schlecht gemacht, nur weil sich die Bevölkerung Augen und Ohren zuhielt und zweckdienliche Informationen ausblieben.

Als er in die Bundespolizeidirektion zurückkehrte, traf er seine Vorgesetzte in übelster Laune an. Offenbar lag ihr die dürftige Ausbeute ebenso im Magen wie ihm. Simone blieb äußerst wortkarg und erwähnte lediglich, dass der Tatort zwischenzeitlich eruiert werden konnte. Gertrude Wildfang war in ihrem Apartment umgebracht worden. Dafür gab es deutliche Anhaltspunkte. Blutspuren, ein Einschussloch, eine aufgebrochene Wohnungstür, aber keinen Hinweis, der direkt zum Täter führte.

Bevor sie ohne weitere Erklärungen davonrauschte, trug sie ihm auf, unverzüglich Wildfangs Ehemann, der sich im Ausland aufhielt, zu verständigen und sich um die Obduktionsergebnisse zu kümmern. Am besten, er fahre persönlich zur Gerichtsmedizin in die Sensengasse, schnauzte sie ihn an. Es würde sonst wieder eine Ewigkeit dauern, bis dieser Fleischmann auf Touren käme.

Die Freundlichkeit, mit der sie ihn seit ihrer Liebesnacht bedacht hatte, war verflogen. Sie benahm sich ihm gegenüber herablassend wie eh und je. Doppler ärgerte es, wenn sie die ganze Arbeit auf ihn ablud. Er hatte auch so genug zu tun und doch musste stets *er* in den sauren Apfel beißen, während es seine hochwohlgeborene Vorgesetzte vorzog, hinter ihrem Schreibtisch zu sitzen und eins und eins zusammenzuzählen. Manchmal machte sie es sich wirklich leicht, fand er und entschied, das Telefonat mit Herrn Wildfang bis auf Weiteres aufzuschieben. Die ersten Obduktionserkenntnisse erschienen ihm wichtiger.

„Treten Sie ein, Doppler!", begrüßte Dr. Fleischmann den Bezirksinspektor und streckte ihm seine blutbesudelte Hand entgegen. „Schön, Sie einmal in der Sensengasse zu sehen. Was kann ich für Sie tun?"

Doppler deutete auf die nackte Leiche, die am Seziertisch lag.

„Ah, Gertrude!," der Gerichtsmediziner tätschelte der Toten die Schulter. „Ich sehe schon, Sie haben es wieder furchtbar eilig. Hat die Reichenbach Sie geschickt?", fragte er misstrauisch. „Dann sagen Sie ihr, sie bekommt den Bericht am Montag."

„Nein, nein", log der Bezirksinspektor. „Sie ist bereits gegangen. Hat offensichtlich nichts mehr zu tun … Ich habe nur gedacht, ich schau einmal vorbei und frage, was es Neues gibt."

Lächelnd winkte Dr. Fleischmann ab. „Sie sollen nicht umsonst gekommen sein, Doppler! Es geht auch ohne die Reichenbach! Bei ihr weiß man ohnedies nie, wie man dran ist! Einerseits strahlt sie eine Hektik aus, dass man denkt, es zerreißt sie gleich, und dann macht sie sich einfach einen schönen Tag und Sie haben den Schwarzen Peter. Das soll einer verstehen!"

Es tat Doppler gut, einen Verbündeten gefunden zu haben. Der Arzt sprach ihm aus der Seele. „Genau, sie sitzt nur da, während ich in der Weltgeschichte herumfahre", bestätigte er.

„Ja, ja, wenn es uns beide nicht gäbe ... Alles ginge den Bach runter, sag ich Ihnen!" Dr. Fleischmann liebte es, auf seine Unentbehrlichkeit hinzuweisen. Die Kollegen sollten ruhig wissen, welche Lücke er anlässlich seiner Pensionierung hinterlassen würde.

„Also", begann er und setzte dramaturgische Pausen, wo er nur konnte. „Das Projektil trat in einem Winkel von zirka 45 Grad zwischen den Schulterblättern ein. Der Schusskanal führt genau durch das Herz, was zum Exitus führte, und endet, wie Sie sehen können, an dieser Stelle, links unterhalb des Sternums, wo die Kugel aus dem Körper trat. Das Ganze passierte, ich würde einmal sagen, gestern zwischen 16 und 18 Uhr. Lange musste die Gute nicht leiden!"

„Warum hat man ihr die Hände abgehackt?", fragte Doppler, der sich eifrig Notizen machte.

„Eh, eh, eh. Da irren Sie, mein Lieber! Die Hände wurden nicht abgehackt, sondern abgesägt. Das erkennt man deutlich an der Struktur der Hautränder ... hier." Dr. Fleischmann wies mit seinem Kugelschreiber an die betreffenden Stellen. „Nach dem *Warum* fragen Sie einfach den Mörder, wenn Sie ihn dingfest gemacht haben! *Das* kann ich Ihnen beim besten Willen nicht beantworten." Mit seinen kleinen Schweinsaugen musterte er den Bezirksinspektor und lächelte. „Lassen Sie mich raten ... Sie wollen sicher wissen, ob ein Sexualverbrechen vorliegt."

„Ja. Ähm ... das wäre sehr aufschlussreich." Doppler nickte ein bisschen zu enthusiastisch.

„Nein, dafür gibt es auch in diesem Fall keinerlei Anzeichen. Obwohl es die Dame sicherlich wert gewesen wäre!"

Ein breites Grinsen umspielte Dopplers Lippen. Solche Scherze mochte er. Eigentlich ein sympathischer Mensch, dieser Fleischmann. Simones Vorbehalte konnte er beim besten Willen nicht nachvollziehen. Wie so vieles, das sie tat oder sagte, und das bei ihm ein großes Fragezeichen hinterließ.

*

Simone erkannte sofort, dass ihr Bruder betrunken war. Kaum hatte er sie ins Haus gelassen, taumelte er gegen den Kleiderständer, der daraufhin umkippte und Vincent nur um Haaresbreite verfehlte. Sein Zustand bereitete ihr Sorgen. Er würde ihr Vorhaben, Daniel behutsam zu den Mordfällen zu befragen, deutlich erschweren. Alkohol machte ihn für gewöhnlich noch unzugänglicher, als er ohnedies war.

Sie hob den verschreckten Kater hoch und trug ihn ins Wohnzimmer. Schwaden von kaltem Zigarettenrauch hingen in der Luft. Sofort begannen ihre Augen zu tränen. Vorsichtig setzte sie das Tier ab und sah sich um. Die leere Wodkaflasche, die am Boden lag, wies deutlich auf Daniels Betätigung während der letzten Stunden hin.

„Du solltest ein bisschen lüften", schlug sie vor. Ohne seine Reaktion abzuwarten, riss sie das Fenster auf. „Geht es dir besser?"

„Besser als wann?", entgegnete er bissig und entkorkte umständlich den Portwein. Dann füllte er zwei Gläser.

„Nun, vorigen Freitag ..."

„Ja, ja. Keine Sorge. Es geht mir besser." Daniel riss sich zusammen, zwang sich sogar zu einem schwachen Lächeln. Er wollte ihr keinen Grund geben, ihn weiterhin so penetrant zu bemuttern.

„Das höre ich gerne! Und wie verbringst du deine Tage?"

„Ach, ich schreibe viel. Das beschäftigt mich die meiste Zeit", log er ungeniert. „Aber die Dinge sind noch in der Entstehungsphase", fügte er rasch hinzu, bevor Simone auf die Idee käme, etwas lesen zu wollen.

„Ich würde es gern lesen. Darf ich?"

„Es ist noch nicht fertig. Hast du mir nicht zugehört?"

Ihre Aufdringlichkeit ärgerte ihn. Misstraute sie ihm etwa? Ungehalten kippte er den Portwein hinunter, als wäre er Wasser.

„Schade", murmelte sie. Die Enttäuschung stand ihr ins Gesicht geschrieben.

Und schon bekam er ein schlechtes Gewissen. Außer Maria war sie die Einzige, die sich gerne mit seiner Arbeit auseinandersetzte.

„Möchtest du etwas essen? Ich glaube, Chips sind noch da", sagte er versöhnlich, während er aufstand, um in der Küche nachzusehen.

Simone nützte seine Abwesenheit und schloss das Fenster. Es war kühl geworden. Viel zu kalt für diese Jahreszeit, wie sie im Wetterbericht immer sagten. Verwundert betrachtete sie die Videokassetten, die im Regal über dem Fernseher standen. Ihr Bruder war eigentlich nicht der Typ für brutale Horrorfilme. Diese primitive Kost sprach eher einfältige Gemüter wie Doppler an.

„Seltsame Filme hast du da", stellte sie fest, als Daniel zurückkehrte.

„Dieser Mist gehört nicht mir. Maria bringt sie mit."

„Ziemlich blutrünstig!" Simone schauderte gekünstelt und nahm wieder am Sofa Platz. Eine Weile betrachtete sie Vincent, der entspannt unter dem Couchtisch lag und sich der Fellpflege widmete. Dann wechselte sie elegant das Thema. „Ich bin froh, dass die Fälle, mit denen ich zu tun habe, nicht ganz so grausig sind."

Daniel ahnte Böses. Das Blut schoss ihm in den Kopf. Jetzt musste er stark bleiben. „Ah ja? Ist etwas passiert?", spielte er den Ahnungslosen.

„Zwei Leichen sind passiert. Innerhalb einer Woche, und leider kommen wir nicht recht voran."

„Mhm." Er hoffte, seine Schwester würde darauf verzichten, ihn mit den näheren Umständen zu konfrontieren, wenn er keine Fragen stellte.

„Du hast sicher davon gehört." Simone nippte an ihrem Glas.

„Ja, natürlich. In den Nachrichten. Wirklich furchtbar! Ich wusste nicht, dass es deine Fälle sind."

„Ist dir dabei nichts aufgefallen?" Wie beiläufig angelte sie eine Handvoll Chips aus der Verpackung.

„Hm, nein, eigentlich ..." Verzweifelt schüttelte er den Kopf.

„Zwei Morde. In acht Tagen", erklärte sie. „Beide Frauen waren beim Beinholtz-Verlag angestellt." Sie machte eine kurze Pause, ehe sie vorwurfsvoll fortfuhr. „Daniel, das musst du doch mitgekriegt haben! Ich bin sicher, du kanntest die Ermordeten. Weshalb hast du nichts gesagt?"

„Ja, was denn?", brauste er auf. Er fühlte, wie sich die Schlinge um seinen Hals enger zog.

„Zum Beispiel, dass du Monika Strauch kurz vor ihrem Tod im Türkenschanzpark getroffen hast. Versuche nicht, das zu leugnen! Dafür gibt es Zeuginnen."

„Ja und!", schrie Daniel hysterisch. „Warum erzählst du mir das? Ich habe mit den Morden nichts zu tun! Oder denkst du das etwa?"

Wütend sprang er auf und stieß dabei gegen den Tisch. Gläser kippten um, Portwein ergoss sich über den Teppich. Der schwere Marmoraschenbecher rutschte von der Tischplatte und landete mit voller Wucht auf Vincents Schwanz. Vor Schmerzen quietschend jagte der Kater davon. Als wollte er der Pein an seinem hinteren Ende entkommen, raste er den geblümten Vorhang, der das Terrassenfenster schmückte, hinauf und riss ihn, oben angekommen, samt der Vorhangstange aus der Verankerung. Krachend begruben die herabstürzenden Trümmer Marias geliebte Bonsaibäumchen unter sich.

Daniel nahm die Zerstörung nicht wahr. Er geriet immer mehr in Rage. „Glaubst du, ich wäre fähig, einen Menschen umzubringen?", schrie er. „Traust du mir das wirklich zu?" Mit einer fahrigen Geste zerfetzte er den handgefertigten Lampenschirm der chinesischen Wandleuchte. Ein Souvenir, das seine Frau von einer Pekingreise mitgebracht hatte.

Simone versuchte, die Situation zu entschärfen. „Daniel, bitte beruhige dich! Ich habe nichts dergleichen gesagt. Aber du musst meine Neugier verstehen. Immerhin bin ich für die Klärung der Mordfälle verantwortlich." Sie nahm einen neuen Anlauf. „Was ist nach dem Treffen mit Monika Strauch geschehen?"

„Ich hab keine Ahnung", tobte er. Seine Stimme überschlug sich. „Ich kann mich kaum an *gestern* erinnern! Begreifst du das nicht?" Wütend trat er gegen den Aschenbecher, der mit einem Knall in der Vitrine des Einbauschranks landete.

Erschrocken betrachtete Simone das unglaubliche Ausmaß der Verwüstung. Mit einem Mal wollte sie nur noch weg von hier. Sie wollte nicht mit ansehen müssen, wie ihr Bruder völlig durchdrehte. Es war ihre Schuld! Sie war zu weit gegangen ...

„Lass mich gefälligst in Ruhe!", heulte er und sank in sich zusammen.

Vielleicht war aber gerade jetzt der richtige Zeitpunkt gekommen, um nachzuhaken, überlegte sie, alles aus ihm herauszuquetschen. Sein Widerstand schien gebrochen zu sein. Die Chance sollte sie sich nicht entgehen lassen.

Simone erhob sich. „Ich denke, es ist sinnvoller, wir sprechen ein anderes Mal darüber", blies sie wider besseren Wissens zum Rückzug. „Wenn du einen klaren Kopf hast. Und bis dahin versuche, dich an Einzelheiten zu erinnern!"

„Ja sicher!" Daniel lachte höhnisch. „Es sind ja nur Routinefragen!" Er trieb seine Schwester vor sich her, Richtung Haustüre. „Es kotzt mich an", fauchte er. „Du bist und bleibst eine Polizistin, siehst nur deine Interessen und nimmst auf niemanden Rücksicht!"

„Da hast du völlig Recht", erwiderte Simone mit versteinerter Miene. „Das ist mein Beruf, und ich mache meine Arbeit, so gut ich kann. Davon wirst auch du mich nicht abhalten." Herausfordernd tippte sie Daniel auf die Brust.

Aufgebracht warf er die Tür hinter ihr zu. Aufgebracht ihres arroganten Gehabes wegen und aufgebracht, weil er wieder alles falsch gemacht hatte.

*

Welcher Teufel hatte Maria geritten, diese entsetzlichen Videos anzuschaffen? Eine Vorliebe für solch erschreckende Geschmacklosigkeiten war Daniel bisher bei ihr noch nie aufgefallen! Im Gegenteil, wenn ein Film keine bittersüße Romanze versprach, reiche Fabrikantentöchter sich nicht in grobschlächtige Stallburschen verliebten, verlor sie üblicherweise rasch das Interesse. Das hier aber war nichts als das brutale Machwerk eines Horrorspezialisten, der keinen anderen Anspruch stellte, als die Zuschauer um jeden Preis zu schockieren und zu verängstigen. Von einer halbwegs nachvollziehbaren Handlung konnte keine Rede sein! Stattdessen banale Dialoge, literweise Blut, abscheuliche Fratzen und unschuldige Jungfrauen, denen mit allerlei Gerätschaften aus dem Baumarkt zu Leibe gerückt wurde.

Daniel war müde und fühlte sich ausgelaugt. Er konnte sich nicht aufraffen, nach der Fernbedienung zu langen und das Gemetzel zu beenden. Die Aufräumungsarbeiten im verwüsteten Wohnzimmer hatten ihn bis ans Endes seiner physischen und psychischen Kräfte beansprucht. Trotzdem waren genügend Spuren seines Tobsuchtsanfalles zurückgeblieben, die Maria stutzig machen würden. Die Flecken am Spannteppich und der demolierte Vorhang bereiteten ihr mit Sicherheit wenig Freude. Doch wie sie in Anbetracht der zerstörten Vitrine und des niedergemähten Bonsaihains reagieren würde, wagte er nicht, sich auszumalen! Da konnte er sich auf einiges gefasst machen. Bis jetzt war ihm keine akzeptable Erklärung für das Schlachtfeld eingefallen, und er gab es auf, weiter nach Ausreden zu suchen. Seine Niedergeschlagenheit erlaubte es ihm nicht einmal einzuschlafen.

Wie gelähmt folgte er dem Treiben am Bildschirm. Es zeigte einen Sägewerksbesitzer, der, eben aus dem Irrenhaus entlassen, im Wahn lebte, eine Jungfrau töten zu müssen, um seiner bei einem hässlichen Unfall mit der Kreissäge verstorbenen Mutter eine Wiederauferstehung zu ermöglichen. Beim sonntäglichen Kirchgang machte er das passendes Opfer aus, eine arglose Maid, die er noch am Heimweg tötete. Nachdem er ihr in einer detailverliebten Szene im Sägewerk, aus welchen Gründen auch immer, die Hände amputiert hatte, ging der Horror erst richtig los! Es kam, wie es kommen musste. Die junge, hübsche, jedoch gleichsam unerfahrene Polizistin geriet bei ihren Ermittlungen in die Höhle des Löwen. Nach einem langen Kampf auf Leben und Tod überwältigte sie der Psychopath und kettete sie unter schaurigem Gelächter an die Werkbank. Spannungsgeladene Musik wies auf das Unvermeidliche hin. Näher und näher kreischte das unheilvoll rotierende Sägeblatt ...

Daniel Herzschlagfrequenz erhöhte sich dramatisch. Kalter Schweiß trat auf seine Stirn. Er griff nach einer Zigarette, als ihn ein polterndes Geräusch herumfahren ließ. Er erstarrte. Es war definitiv nicht aus dem Fernseher gekommen! Für einige Sekunden drohte er, in Panik zu geraten und sah den irren Sägewerksbesitzer im Kleiderschrank lauern. Vincent!, fiel ihm dann ein. Es war sicher Vincent gewesen, der irgendwo herumtollte. Wie konnte ihn das Mistvieh nur so erschrecken? Erleichtert sank er zurück und streichelte den Kater, der neben ihm am Sofa schlief.

Im selben Moment hörte er es wieder. Da war jemand im Schlafzimmer! Angsterfüllt hielt er den Atem an, saß ein paar Sekunden da und überlegte. Dann stand er auf und tat das Dümmste, das er tun konnte. Er schlich auf die Tür zu, hinter der das Unheil lauerte. Langsam. Schritt für Schritt. Ganz deutlich vernahm er das Knarren des Parkettbodens im Nebenraum. Ohne an die möglichen Konsequenzen zu denken, stieß er die Tür auf.

Der Einbrecher wirbelte herum. Als er zuvor durch das offene Fenster eingestiegen und nebenan der Fernseher gelaufen war, hatte er damit rechnen müssen, entdeckt zu werden. Doch bei dem Mangel an Alternativen war ein Rückzug nicht in Frage gekommen. Sollte jetzt noch alles schiefgehen, so kurz vor dem Ziel?

Aus gutem Grund hatte er sich für diese entlegene Siedlung in Dornbach entschieden. Bis die Polizei hier aufkreuzte, wäre genügend Zeit vergangen, um ihm einen komfortablen Vorsprung zu verschaffen. Und die Schleichwege in der Gegend waren ihm bestens vertraut. Die Auswahl des Hauses hingegen hatte er eher aus dem Bauch heraus getroffen. Es war das letzte in der Sackgasse, wirkte gepflegt und versprach reiche Beute.

Trotz größter Vorsicht drohten seine Machenschaften nun aufzufliegen. Der Einbruch, der Banküberfall, die Vergewaltigung, Das durfte er nicht zulassen!

Ein paar Sekunden starrte Doppler den Mann an. Dann folgte er wie üblich seinen Instinkten, auf die er sich mehr verlassen konnte, als auf sein logisches Denkvermögen. Mit einem rechten Schwinger schlug er den schmächtigen Kerl nieder, schnappte sich die Schmuckschatulle, die er am Schminktisch entdeckt hatte, sprang aus dem Fenster und rannte, so schnell er konnte, zu seinem Wagen. Keuchend quetschte er sich hinters Lenkrad.

Als er den Zündschlüssel umdrehte, gab der Starter nur ein klägliches Jammern von sich.

8

Für einen Frühaufsteher wie Herrn Wosczynski war es ungewöhnlich spät geworden. Zu der Tageszeit, als er den „Röhrenden Hirschen" verließ, wartete er üblicherweise in seinem Bett ungeduldig auf das Läuten des Weckers. Unter normalen Umständen hätte die verlorene Nachtruhe ein unschönes Loch in seinen präzise geplanten Tagesablauf gerissen. Sechs Stunden Schlaf waren vorgesehen. Nicht mehr und nicht weniger! Doch an diesem Morgen gab es keinen Grund, den verlorenen Stunden nachzutrauern. Hin und wieder musste man Ausnahmen machen, wenn es der Anlass gebot. Die glanzvolle Feier zum 35jährigen Bestehen der „Bürgerwehr gegen Drogen, Kriminalität und Kulturschande" rechtfertigte das Abweichen vom gewohnten Ritual voll und ganz, befand er. Nach seiner gelungenen Festrede hatte er den Vereinsmitgliedern das Video vom tiefen Fall Ewald Kollos' vorgeführt. Mit großem Erfolg. Immer wieder hatten sie es sehen und er sie nicht enttäuschen wollen.

Fröhlich pfiff er den Radetzkymarsch, als er mit seinem Opel in den Himmelmutterweg bog. Noch ein wenig berauscht von der grandiosen Stimmung und Unmengen Bier, rülpste er herzhaft. Rauschdisziplin nannte er die Fähigkeit, sich und sein Fahrzeug auch alkoholisiert jederzeit unter Kontrolle zu haben. Selbstbeherrschung war ein elementarer Bestandteil seiner mentalen Ausgeglichenheit. Man konnte sich auf ihn verlassen. Seine Kameraden wussten das. Nicht umsonst war er in der Bürgerwehr dort, wo er hingehörte. An der Spitze.

Der Regen hatte nachgelassen. Herr Wosczynski beschloss, sobald er daheim war, ein üppiges Frühstück zu sich zu nehmen und anschließend die Wanderung nachzuholen, die letztens ins Wasser gefallen war. Als er den Wagen vor seinem Haus an den Straßenrand lenkte, vernahm er ein unheilvolles Knirschen unter den Rädern.

Was zum Teufel ...? Ein Zischen in Surround-Sound folgte. Höchst alarmiert sprang er aus dem Auto, das kläglich in sich zusammenzusacken schien. Seine Euphorie verflüchtigte sich im gleichen Tempo wie die Luft aus den Reifen.

Ein Wutschrei hallte durch die Siedlung und riss ihre Bewohner aus dem Schlaf. Der verfluchte Rote Koloss! Wosczynskis Fingernägel bohrten sich tief in seine Handballen. Ein Blick zur Straßenlaterne zeigte ihm, wo die Glasscherben, die nun vor seinem Garten lagen, hergekommen waren. Mit diesem unverfrorenen Sabotageakt war Ewald Kollos entschieden zu weit gegangen. Darauf stand der Tod!

*

Nur wenig Licht drang durch die Jalousien in das schmale Kabinett und machte die Schemen eines engen Bettes und einer alten wackligen Ikea-Kommode sichtbar. Über dem Altbau in der Schellhammergasse lag eine angenehme Ruhe. Die meisten Hausbewohner blieben an diesem grauen Samstagmorgen länger in ihren Betten als sonst. Erst das Klappern des Rollbalkens vor der Fahrradwerkstätte im Hof weckte Maria. Der Mann neben ihr grunzte und zog die Decke über seine dunklen Locken. Leise erhob sie sich und huschte unter die Dusche. Kühles Wasser plätscherte auf ihren trägen Körper und nahm ihr die Benommenheit.

Eine schlimme Woche stand ihr noch bevor, dann sollte alles vorüber sein. Das hatte Alexander ihr jedenfalls versprochen, und es gab keinen Grund, ihm zu misstrauen. Sie kannte ihn gut genug. Er hatte den Plan mit Sorgfalt ausgearbeitet und würde ihn kompromisslos zu Ende bringen. Geradlinigkeit war nur einer seiner Charakterzüge, die sie so sehr liebte. Er war aufmerksam, verständnisvoll, konnte gut zuhören, zeigte Interesse an ihrer Arbeit ... Sie fühlte sich einfach wohl mit ihm. Da spielte es keine Rolle, dass er um 17 Jahre jünger war. Wenn sonst alles stimmte, kam es auf Altersunterschiede nicht an!

Auch Daniel war jünger als sie. Wenn auch nur um zwei Jahre. Der Unterschied lag woanders. Während Alexander stets genau wusste, was er tat und unbeirrt seine Ziele verfolgte, ließ sich ihr Mann in jeder Beziehung gehen, lebte in den Tag hinein und brachte nichts auf die Reihe. Sein Versagen ödete sie mittlerweile richtiggehend an. Oft empfand sie nur mehr Abscheu für ihn. Früher, musste sie zugeben, war das anders gewesen.

Da beeindruckten Maria die gedanklichen Hindernisläufe des jungen, engagierten Autors, genauso wie das Feuer, das in ihm loderte. Die Liebe machte sie blind. Es dauerte lange, bis sie dahinterkam, dass Daniels Weisheiten einer gewissen Fragwürdigkeit nicht entbehrten und er starrsinnig Theorien vertrat, die sie still und heimlich schlicht als Unsinn bezeichnete. Sein Vergleich der Frauenbewegung mit dem Sklavenaufstand etwa oder seine Behauptung, die Make-Love-Not-War-Bewegung wäre von der Schallplattenindustrie initiiert worden.

Nur um des lieben Friedens Willen, hielt sie ihre Meinung oft zurück. Zu oft. Vielleicht lag ja dadurch eine Teilschuld bei ihr. Jedenfalls büßte ihre Ehe nach und nach den Reiz der ersten Jahre ein. Marias Leidenschaft flaute im gleichen Maße ab, wie Daniels Trägheit zunahm. Natürlich erkannte er die Veränderungen nicht. Zu sehr war er mit seinen absurden Gedanken beschäftigt. Irgendwann wurde sie schließlich das Gefühl nicht mehr los, am Leben vorbeizugehen. Für eine Powerfrau wie sie musste es doch etwas anderes geben!

Sie sollte Recht behalten. Es gab etwas anderes. Maria erfuhr es vor drei Jahren, als sie zufällig dem jungen Revoluzzer Alexander Wosczynski über den Weg lief. Mit einem Schlag war es um sie geschehen. Einfach so, ohne dass er Großartiges tat oder sagte. Was ein paar Jahre ausmachten! Sie kannte ihn noch aus jener Zeit, als er bei seinem Vater in der Seemüllergasse gelebt hatte. Damals war ihr seine unwiderstehliche Ausstrahlung nie aufgefallen. Doch er war reifer geworden, kräftiger und männlicher.

Alexander atmete hörbar unter der Decke. Sein Schlaf war tief. Auf Zehenspitzen schlich Maria aus der Wohnung. Sie wollte ihn nicht stören. In Anbetracht der wundervollen Befriedigung, die er ihr letzte Nacht beschert hatte, verdiente er die Regeneration redlich. Unwillkürlich zeigten ihre Lippen ein verträumtes Lächeln. Ihrem Mann war diese Art hemmungsloser Leidenschaft völlig fremd. Wenn in ihm sexuelles Verlangen aufkeimte, was selten genug passierte, kam er sofort zur Sache. Lieblos und nur auf sich konzentriert. Sie lag dann meistens regungslos unter ihm am Rücken und zählte die Vögelchen an der Schlafzimmertapete. Weiter als bis 16 war sie nie gekommen, bevor er grunzend zur Seite rollte und sich übergangslos geistigen Dingen zuwandte. Oder erschöpft einschlief.

Beim „Staud" am Yppenplatz erstand sie zwei Gläser von dieser fantastischen, mit Apfelsaft gesüßten Himbeermarmelade, dann schlenderte sie noch ein Stück durch das Gewühl am Brunnenmarkt, ehe sie sich auf den Weg zur U6 machte.

Als Alexander vorgeschlagen hatte, die inakzeptablen Umstände zu ändern, unter denen sie sich treffen mussten, hatte sie nach kurzem Zögern zugestimmt. Damit hatte er einen tief in ihr schlummernden Wunsch geweckt. Sie musste sich von ihrem Mann trennen. Oder besser gesagt: Ihr Mann musste von ihr getrennt werden! Eine herkömmliche Scheidung kam selbstredend nicht in Frage. Da sie Daniel keine ehelichen Verfehlungen vorwerfen konnte, würde der Scheidungsrichter ihm das Haus zusprechen und ihn mit monatlichen Unterhaltszahlungen bedenken. Dieser Preis erschien ihr entschieden zu hoch. Alexanders Vorschlag, Daniel kurz und schmerzlos zu liquidieren, hatte sie dennoch strikt zurückgewiesen. Bestimmt nicht, weil sie für ihren Mann noch Mitleid oder gar Zuneigung empfand. Der Grund lag auf der Hand. Ohne Zweifel wäre der Verdacht sofort auf sie gefallen. Wer sonst hätte einen Nutzen aus Daniels Tod gezogen? Und sie hatte wahrlich nicht vor, den Rest ihres Lebens hinter Gittern zu verbringen!

Nein, bedauerlicherweise musste die Angelegenheit komplizierter bereinigt werden, denn Marias feste Absicht war es, schuldlos geschieden zu werden. Entweder weil man ihrem Mann eine Geisteskrankheit nachwies, oder ... grauenhafte Morde. Oder beides. Auch ein Selbstmord aus Verzweiflung sollte ihr Schaden nicht sein!

Der Plan, den Alexander ausgearbeitet hatte, war, wie sie fand, schlicht genial. Eine Trichterlösung, nannte er ihn. Mehrere angebotene Wege führten zum selben Ziel.

*

Eine halbe Ewigkeit stand Bezirksinspektor Doppler unentschlossen da, nahe daran, alles hinzuschmeißen und kehrtzumachen. Der Name Charlie Wimbacher, der mit einem Leuchtstift auf das Türschild geschmiert worden war, weckte bittere Erinnerungen. Die Wiedersehensfreude würde sich in Grenzen halten. Noch einmal wog er Für und Wider ab, dann drückte er auf den Klingelknopf.

„Herr Inspektor!", rief Wimbacher mit gespielter Überraschung. „Ich habe es mir fast gedacht. Der Geruch ... du verstehst. Wie komme ich zu dieser unerwarteten Ehre? Früher hast du mir öfters deine Aufwartung gemacht."

Das konnte man wohl sagen, dachte Doppler schmerzlich. Als er noch im Referat 4, Suchtmittelkriminalität tätig gewesen war, hatte er den Boxmanager regelmäßig und mit Genugtuung in die Mangel genommen. Wenngleich mit wenig Erfolg. Viele Indizien hatten darauf hingedeutet, dass Wimbachers Finger tief im Drogengeschäft und anderen dubiosen Transaktionen steckten. Und wenn nicht dort, dann zwischen den Beinen minderjähriger Mädchen. Dennoch war es Doppler und seinen Kollegen nie gelungen, ihm auch nur das kleinste Vergehen nachzuweisen.

So änderten sich die Zeiten. Heute stand er als Bittsteller vor seinem einstigen Widersacher und fühlte sich zutiefst erniedrigt. Zaghaft deutete er auf das schmale Handtuch, das sein sonst unbekleidetes Gegenüber um die Hüften geschlungen hatte.

„Komme ich ungelegen?", fragte er kleinlaut. Seinerzeit wäre er einfach in die Wohnung eingedrungen und hätte alles auseinandergenommen, dachte er, da hätte er nicht lange gefackelt.

„Du bist noch nie gelegen gekommen", grinste der Boxmanager überheblich. „Weshalb also ausgerechnet diesmal? Ich schlage vor, du gehst jetzt wieder und zwar augenblicklich, wenn du dir eine weitere Schlappe ersparen willst, Herr Inspektor! Oder soll ich meinen Anwalt anrufen?"

„Ich bin Bezirksinspektor."

„Sieh einer an! Da muss man ja gratulieren." Spott und Hohn waren selbst für Doppler nicht zu überhören.

„Mein Kommen hat andere Gründe", begann er und blickte beschämt zu Boden. „Ich möchte das nicht hier besprechen, zwischen Tür und Angel. Darf ich eintreten?"

Die Wohnungseinrichtung präsentierte sich exquisiter denn je. Designermöbel, Orientteppiche, ein Großbildfernseher, an der Wand das riesige Fell eines riesigen Tiers, eines gestreiften Elefanten, wie Doppler vermutete. Geschmacklos, aber ohne Zweifel sündteuer! Mit einem Wort: Luxus, soweit das Auge reichte. Unmöglich, einen derartigen Reichtum mit legalen Mitteln anzuhäufen.

„Darf ich dir etwas anbieten? Einen Bourbon vielleicht?" Wimbacher machte es sich auf einem unförmigen rosaroten Polstermöbel bequem, wodurch sein Handtuch verrutschte und Doppler ungewollte Einblicke gewährte. „Ich hoffe, du nimmst meine Zeit nicht über Gebühr in Anspruch. Ich habe nämlich Wichtigeres zu tun. Gäste, du verstehst!" Lässig deutete er mit dem Daumen hinter sich, auf die Schiebetür, die einen Spalt offenstand.

Was Doppler sah, ließ ihn den Grund seines Besuchs fast vergessen. Auf einem überdimensionalen Rundbett erkannte er leider nur undeutlich Gliedmaßen herumtollender, leicht bekleideter Mädchen, die sich prächtig zu amüsieren schienen.

„Also, sag endlich, was du willst!", drängte Wimbacher. „Ich denke nicht, dass du wegen der vier Mädels hier aufgekreuzt bist."

Vier! Doppler glaubte zu träumen. Sofort drängten sich aberwitzige Fantasien auf. Widerstrebend gebot er ihnen Einhalt.

„Ich möchte Ihnen etwas zeigen", sagte er und legte das Paket, das er bislang krampfhaft in seinen Händen gehalten hatte, auf den Couchtisch.

„Eine Bombe?", scherzte Wimbacher. „Willst du mich in die Luft sprengen?"

„Nein, nein! Schmuck. Ich möchte ihn verkaufen. Erbstücke ..." Doppler packte die Kassette aus und öffnete sie.

„Aha, *Erbstücke*, aber sicher!" Der Boxmanager zeigte sich desinteressiert. „Tut mir leid. Ich kaufe nichts. Versuch es auf dem Flohmarkt!"

Doppler schüttelte den Kopf. „Das geht nicht , weil ... ich ... ich habe meine Gründe. Ist ja auch egal! Ich brauche das Geld. Dringend."

Er fühlte sich elend, gedemütigt, wie in den Träumen, die ihn oft plagten und in denen er nackt zum Dienst in der Bundespolizeidirektion erschien, wo ihn alle anstarrten, bis er bemerkte, dass sein Penis auf die Größe eines Streichholzkopfes geschrumpft war.

„Soll das eine Finte sein, Herr Inspektor? Versuchst du mir Hehlerei in die Schuhe zu schieben, oder was? Ich muss schon sagen, deine Methoden werden immer tölpelhafter."

Doppler rang nach Worten. Seine letzte Hoffnung drohte, sich in Luft aufzulösen. Was hatte er in seiner Not nicht alles riskiert, um Sylvias Geldgier zu befriedigen? Einen Überfall, einen Einbruch ... Wahrscheinlich säße er längst im Gefängnis, wäre der Motor seiner gottverdammten Schrottkarre nicht doch noch in allerletzter Sekunde angesprungen! Immer wieder flimmerten die nervenaufreibenden Minuten durch seinen Kopf. Mit einem Höllentempo war er davongerast, viel zu schnell für die schmale Gasse. Nur den Bruchteil einer Sekunde war er unaufmerksam gewesen, hatte den entgegenkommenden PKW zu spät gesehen und mit voller Wucht eine Straßenlaterne gerammt.

Und nach all dem Risiko, das er auf sich genommen hatte, wagte dieser Scheißkerl den Unschuldsengel zu markieren und ihn einfach hängenzulassen!

„Hören Sie!", jammerte er. „Es geht um Leben und Tod! Ich würde Sie nicht belästigen, wenn ..."

„Wie viel willst du?", fragte Wimbacher und begutachtete die Schmuckstücke. Er kannte seinen ehemaligen Kontrahenten zu genau, um ernsthaft eine Falle zu vermuten.

Doppler sah erleichtert auf. Zögernd nannte er den Preis.

„Ha!" Der Boxmanager lachte dröhnend. „Zehntausend? Absurd! Das kannst du dir abschminken!" Er musterte den Bezirksinspektor von oben bis unten. „Hör zu, der alten Zeiten wegen, für die Hälfte nehme ich dir das Zeug ab."

Doppler schnappte nach Luft. „Die Hälfte? Nein, unmöglich! das ist zu wenig", krächzte er. „Ich muss das Geld bis morgen haben. Ich meine ... *bitte, bitte!*"

Wimbacher prüfte nochmals eingehend das Geschmeide. Er ließ sich viel Zeit, wiegte den Kopf hin und her, machte „hm, hm" und kratzte sich genussvoll den Genitalbereich.

„Okay, einverstanden", sagte er schließlich und schmunzelte. Er hatte den Bezirksinspektor lange genug zappeln sehen. Der Schmuck war ausgesprochen exquisit, mindestens das Doppelte wert! „Du kriegst die Kohle. Aber nur unter einer Bedingung. Ich verlange eine Sicherstellung ..."

Doppler wartete gespannt. Obwohl er stand und Wimbacher vor ihm in seinem Fauteuil fast versank, hatte er das Gefühl, dass der Boxmanager verächtlich auf ihn herabsah.

„Ich möchte deine Dienstwaffe ... und deinen Ausweis, damit du hinterher nicht auf dumme Gedanken kommst, falls die Ware heiß ist."

Dem Bezirksinspektor verschlug es die Sprache. So etwas Verrücktes hatte er nicht erwartet! Was dachte dieser miese Verbrecher eigentlich? Dieser schmierige Geschäftemacher, dieser verfluchte Kinderschänder, dieser ...

„Niemals!", zischte er. Entschlossen packte er die Schmuckstücke zurück in die Schatulle und ging. Drei Schritte. Dann hielt er inne und gab sich geschlagen. „Na gut", sagte er zerknirscht. Er hatte keine Wahl.

*

Maria blieb noch etwas Zeit. Sie nützte sie für einen Schaufensterbummel durch die Mariahilfer Straße. Erst in knapp zwei Stunden würde Daniel sie am Westbahnhof erwarten und ihr unverzüglich sein Leid klagen.

Offiziell war sie die ganze Woche für die Zeitung unterwegs gewesen. Von einem Interviewtermin zum anderen. In Wahrheit aber war es ihr unmöglich geworden, ständig das Haus mit ihrem Mann zu teilen. *Ihr* Haus, genau genommen!

Die Heimkehr von ihren „Reisen" kostete sie jedes Mal große Überwindung. Die Schauspielerei war nicht ihr Fach, und die Rolle der liebenden Ehefrau war die schwierigste, die sie sich vorstellen konnte. Wenn da nicht Vincent gewesen wäre, der sehnsüchtig auf sie wartete und der ihr so furchtbar fehlte, hätte sie sich längst eine Ausrede einfallen lassen, um noch seltener daheim zu sein.

Als sie jemanden ihren Namen rufen hörte, zuckte sie zusammen.

„Maria!" Simone kam aus dem Generali-Center und lief winkend auf ihre Schwägerin zu.

„Simone! So eine Überraschung."

Maria versuchte, sich nicht anmerken zu lassen, wie unpassend ihr diese Begegnung kam. Bei Simone beschlich sie stets das unangenehme Gefühl, durchschaut zu werden. Wahrscheinlich lag das an der Art, wie sie Fragen stellte und die Menschen dabei gnadenlos mit ihrem starren Blick durchbohrte. Eine lästige Angewohnheit aus ihrem Job.

„Es ist lange her, dass wir einander gesehen haben", sagte ihre Schwägerin tadelnd.

Wäre es nach Maria gegangen, hätte es ohne weiteres noch länger dauern können. „Stimmt", bestätigte sie. „Wie geht es dir?"

„Ach, ich kann eigentlich nicht klagen. Du weißt ja, wie das ist ... Ich muss sagen, Maria, gut siehst du aus, wirklich!" Simone war froh, nicht unter Eid zu stehen. „Was treibst du immer? Man bekommt dich so selten zu Gesicht!"

„Die Arbeit, die Arbeit ... Ich bin ständig unterwegs. Fast jede Woche woanders."

„So, so! Du schreibst immer noch für die Kulturredaktion?"

„Mhm." Maria zwang sich zu einem Lächeln. „Und es macht immer noch Spaß. Sag, was gibt es bei *dir* Neues?", fragte sie schnell, um Simones Interesse von sich wegzulenken.

„Weißt du", ihre Schwägerin suchte nach einer geistreichen Formulierung. „Als Kriminalistin bekommt man es Tag für Tag mit scheinbar sehr ähnlichen Dingen zu tun und doch sind sie so heterogen, dass man stets neue Erfahrungen macht und unaufhörlich lernt." Übergangslos deutete sie auf Marias Reisetasche. „Hat dich Daniel nicht vom Bahnhof abgeholt?"

„Nein, äh ..." Maria blieb nichts anderes übrig, als zu improvisieren. „Ich habe einen früheren Zug erwischt und mir gedacht, die Zeit für einen kleinen Spaziergang zu nutzen. Es ist ein so schöner Tag ..."

„Findest du?" Fragend blickte Simone hinauf zum bewölkten Himmel. „Eine hübsche Brosche hast du da!", stellte sie plötzlich und unerwartet fest.

Maria hatte im ersten Moment keine Ahnung, wovon sie sprach. „Ach, die!"

Verunsichert befühlte sie das sichelförmige Schmuckstück, das ihren Blousonkragen zierte. Sie hatte völlig vergessen, es abzunehmen! Alexander hatte sie damit überrascht, obwohl er üblicherweise wertvolle Geschenke als kapitalistisches Imponiergehabe kategorisch ablehnte. Die Tatsache, dass er sich trotzdem entschlossen hatte, ihr diese Freude zu bereiten, zeigte ihr, wie sehr er sie liebte.

„Die ist von Daniel", log sie. „Ich hab ja bald Geburtstag ..."

„Sie gefällt mir. Sag ihm, er soll bei diesen Dingen manchmal auch an seine Schwester denken!" Simone lachte. Als auch Maria zu lächeln begann, wurde sie sofort wieder ernst. „Jetzt aber zu etwas anderem", sagte sie forsch. „Mir ist aufgefallen, dass mein Bruder in letzter Zeit zunehmend verstört wirkt! Ich mach mir wirklich Sorgen! Hast du eine Ahnung, was da los ist?"

„Ja, ja ..." Maria hüstelte nervös. „Er hat mir erzählt, dass ihm die Probleme mit dem Verlag zu schaffen machen. Die Ablehnung des letzten Manuskripts liegt ihm noch schwer im Magen. Du kennst ihn ja."

„Sicher." Simone nickte. „Trotzdem, ich denke, früher konnte er besser damit umgehen! Jetzt zieht er sich immer mehr in sein Schneckenhaus zurück. Leider habe ich auch den Eindruck, dass er zuviel trinkt. So kann das nicht weitergehen! Maria, du solltest besser auf ihn aufpassen! Nimm dir mehr Zeit! Schließlich ist er *dein* Mann. Mit mir will er über seine Sorgen nicht reden."

Was durchaus verständlich ist, dachte Maria verärgert. Wie kam diese herrische Person dazu, ihr Ratschläge zu erteilen?

„Ja, aber du weißt doch, wie er sein kann! Es ist mühsam, etwas aus ihm herauszubekommen. Wenn er nicht will, dann ..."

„Versuch es einfach!", befahl Simone in einem Ton, der klarmachte, dass sie keinen Widerspruch duldete. „So, ich muss jetzt weiter. Wir hören uns. Sag Daniel liebe Grüße! Vielleicht unternehmen wir demnächst etwas gemeinsam. Dann bleibt uns mehr Zeit zum Plaudern."

Nur wenn es sich nicht vermeiden lässt, versprach sich Maria und winkte Simone nach. Sie weiß Bescheid, dachte sie. Dieses Miststück wird alles kaputtmachen!

*

„Und was taten Sie, als Sie das Bewusstsein wieder erlangten?", fragte Chefinspektor Fischer vom Kriminalkommissariat West. Skepsis schien ihm angebracht.

Daniel befühlte seine geschwollene Nase. Sie schmerzte schrecklich. Er bekam kaum Luft. Hilfesuchend sah er Maria an. Sie schüttelte nur den Kopf.

„Ich ... Ich bin ...", stammelte er. „Ich flüchtete in den Keller und schloss mich dort ein."

„Weshalb?" Verwundert zog Fischer eine Augenbraue hoch.

„Verstehen Sie denn nicht? Der Einbrecher hätte noch im Haus sein können!"

„Oh, ja", pflichtete der Kriminalbeamte bei. „Allerdings auch im Keller. Dieser Gedanke scheint Ihnen nicht gekommen zu sein!"

Daniel zuckte niedergeschlagen mit den Schultern und starrte schweigend zu Boden. Dieser Gedanke war ihm tatsächlich gekommen. Kurz nachdem ihm der Kellerschlüssel aus der Hand gefallen war und er in seiner Aufregung den Lichtschalter nicht gefunden hatte.

„Wie dem auch sei." Fischer seufzte und blätterte in seinen Notizen. „Sie sagten, Sie seien irgendwann in der Nacht zu sich gekommen. Wie lange genau hielten Sie sich im Keller versteckt?"

„Bis ich heute Vormittag heimkehrte", half Maria aus. „Da mich mein Mann nicht vom Bahnhof abholte, nahm ich mir ein Taxi. Zuerst fiel mir die Verwüstung hier im Wohnzimmer auf, und Vincent, das ist der Kater, verhielt sich reichlich seltsam! Als ich nach Daniel suchte, bemerkte ich, dass die Schmuckschatulle vom Schminktischchen verschwunden war. Dann hörte ich wimmernde Geräusche aus dem Keller ... Sie können sich vorstellen, wie mir zumute war."

Fischer strafte Daniel mit einem verächtlichen Blick. „Als Gott den Mut verteilte, sah er wohl großzügig über Sie hinweg, Herr Reichenbach, oder?"

„Wir sind im Schlafzimmer fertig", sagte ein Beamter des kriminaltechnischen Referats.

Fischer deutete um sich. „Gut, dann machen Sie hier weiter. Nehmen Sie alles genau unter die Lupe!" Er wandte sich wieder Daniel zu. „Also, rekapitulieren wir! So gegen Mitternacht hörten Sie im Nebenraum Schritte. Was taten Sie?"

„Das sagte ich Ihnen bereits!", wagte Daniel aufzubegehren. Er verspürte keinerlei Lust von vorne zu beginnen.

„Dann erzählen Sie es mir eben nochmals! Oder denken Sie, der Fall wäre hiermit für Sie erledigt? Ich möchte jede Einzelheit wissen, bis ins kleinste Detail. Da gibt es noch eine Menge offener Fragen, Herr Reichenbach."

„Na, komm schon, Dani, streng dich ein bisschen an! Die Polizei ist auf unserer Seite", mischte sich Maria ein.

„Ich stand auf und ging nachsehen. Da war der Einbrecher. Als er mich bemerkte, flüchtete ich zurück ins Wohnzimmer. Er verfolgte mich. Es kam zum Kampf. Ich wehrte mich, so gut es ging. Die Folgen können Sie ja überall sehen." Daniel wies auf die zerstörte Vitrine. „Schließlich gewann er die Oberhand und schlug mich brutal nieder."

Wie in Trance leierte er die Geschichte herunter. Er hatte im Keller viel Zeit gehabt, an ihr zu feilen. Gut, sie entsprach nicht ganz den Tatsachen, lieferte jedoch eine plausible Erklärung für den Zustand des Wohnzimmers. Er hatte sie für Maria erfunden. Wer hätte ahnen können, dass sie gleich die Polizei rufen würde?

„Und, obwohl Sie dem Mann so lange gegenüberstanden, mit ihm auf Leben und Tod kämpften, sind Sie nicht in der Lage, ihn zu beschreiben? Schwer vorstellbar."

„Aber es ist so!" Daniel fand die Hartnäckigkeit des Polizisten unerträglich. Weshalb glaubte er ihm nicht einfach und ließ ihn in Ruhe? „Ich stand unter Schock."

„Natürlich ..." Fischers Misstrauen erhärtete sich. „Sie wurden hier, in diesem Zimmer niedergeschlagen, sagten Sie?"

„Ja! Wie oft muss ich das noch erklären?" Daniel stampfte trotzig auf.

„Bis Sie mich überzeugt haben, Herr Reichenbach! Denn komischerweise findet sich der überwiegende Teil der Blutspuren im Schlafzimmer! Wie erklären Sie sich das?"

Daniel suchte nach einer Antwort und resignierte. „Ich weiß es nicht", gab er zögernd zu.

„Dann wissen Sie wahrscheinlich auch nicht, wer versuchte, den Weinfleck aus dem Teppich zu waschen, wer die Glasscherben wegräumte und wer den heruntergerissenen Vorhang feinsäuberlich zusammenlegte ... *Sie* können es nicht gewesen sein, denn Sie hielten sich bis heute Vormittag im Keller auf! Wer, Herr Reichenbach, hat Ihrer Meinung nach die Unordnung beseitigt?"

Daniel warf seiner Frau einen flehenden Blick zu. Er hoffte auf Unterstützung. Maria zuckte mit den Achseln. Sie konnte sich das Geschehene ebenso wenig erklären, wie der Polizist.

„Also, wer?", fragte der Kriminalbeamte schroff.

„Der Einbrecher?", murmelte Daniel mit Tränen in den Augen. Fischer geriet in Rage. „Hören Sie!", fauchte er. „Ich übe meinen Beruf seit über 20 Jahren aus, aber, glauben Sie mir, es ist mir bisher noch nie untergekommen, dass ein Einbrecher am Tatort den Putzteufel gespielt hat. Das nächste Mal wollen Sie mir vielleicht weismachen, der Kater hätte die Sauerei beseitigt!"

„Vielleicht ... Genau, so wird es wohl gewesen sein!", sagte Daniel frecher als gewollt.

„Herr Reichenbach!" Der Chefinspektor schlug zornig auf den Tisch. „Denken Sie, Sie können mich verarschen? So leicht lasse ich mich nicht hinters Licht führen. Nicht von Ihnen! Seien Sie sicher, was immer Sie zu verbergen haben, ich komme dahinter!"

„Ich weiß nicht, was Sie meinen", flüsterte Daniel kaum hörbar. Abwesend sah er aus dem Fenster.

„Oh, ich bin sicher, dass Sie das wissen! Wenn die Ergebnisse der Kriminaltechnik vorliegen, sehen wir uns wieder! Darauf können Sie sich verlassen! Dann werden Sie mir einiges zu erklären haben!"

So ein Kretin war ihm schon lange nicht mehr über den Weg gelaufen, dachte Chefinspektor Fischer, als er zurück ins Kriminalkommissariat in der Wattgasse fuhr. Er hätte es wissen müssen! Idiotie schien bei den Reichenbachs in der Familie zu liegen. Doch, wenn er recht überlegte, waren die Widersprüche, in die sich der durchgeknallte Typ verstrickte, das Beste, das ihm passieren konnte. Wenn er den Fall schlau anpackte, würde es ihm nicht nur gelingen, dem Blödmann einen versuchten Versicherungsbetrug nachzuweisen, sondern in einem Aufwaschen auch dessen Schwester gehörig zu diskreditieren. Dann könnte sie sich die Leitung der Kriminaldirektion 1, mit der sie liebäugelte, endgültig abschreiben! In weiterer Folge käme sein Chef zum Zug und er, Fischer, würde nach der Ausbildung zum leitenden Beamten automatisch an die Spitze des Referats 2, Eigentumsdelikte nachrücken.

Der Dank seiner Kollegen wäre ihm sicher! Er kannte kaum einen Kriminalbeamten, der der Reichenbach Sympathien entgegenbrachte. Und die Vorstellung, dass ausgerechnet sie ein Büro in der obersten Führungsetage bezöge, versetzte ausnahmslos alle in Angst und Schrecken. Ihre Stimmungsschwankungen und ihre Arroganz machten sie für eine leitende Position völlig ungeeignet. Der arme Doppler konnte ein Lied davon singen. Freiwillig hätte niemand mit ihm den Arbeitsplatz getauscht.

*

Der Stadtwanderweg zwischen den endlosen Reihen der Weinstöcke war tief und morastig. Lustlos stapfte Daniel neben seiner Frau einher. Er hatte nichts übrig für Spaziergänge im Grünen. Schon gar nicht bei einem solchen Scheißwetter. Und weshalb schleppte sie ihn ausgerechnet hinauf auf den Kahlenberg? Sonst begnügte sie sich ja auch mit dem Naturlehrpfad am Schafberg. Der lag wenigstens fast vor der Haustür.

„Ich liebe diese Aussicht!", schwärmte Maria und ließ ihren Blick über Wien schweifen.

Daniel versuchte, ihre Begeisterung nachzuvollziehen. Was war von dem alten Wien schon geblieben? Längst präsentierte die Stadt ihr neues, modernes Gesicht. Der Twin Tower am Wienerberg, das Allgemeine Krankenhaus, der Millennium Tower an der Donau ... Die ursprünglichen Wahrzeichen wie der Stephansdom oder das Riesenrad gingen in dem ganzen Hochhauswahnsinn völlig unter.

„Die Luft ist so klar!", schwärmte Maria. „Das macht der Regen. Ist das nicht herrlich, Dani?" Sie legte ihren Arm um seine Hüften. „Ich verstehe nicht, weshalb du immer daheim sitzt. Sieh dich doch an! ... Wie blass du bist."

Skeptisch begutachtete er seine Schuhe. Was sollte falsch daran sein, zu Hause zu bleiben, wenn man damit vermeiden konnte, bis zu den Knöcheln im Dreck zu waten? Trotzdem hatte er sich rasch entschieden, seine Frau zu begleiten. Nach dem Einbruch und der unangenehmen Befragung durch Chefinspektor Fischer wollte er auf keinen Fall allein sein. Daheim fühlte er sich nicht mehr sicher. Zu seinen allgegenwärtigen Ängsten hatte sich eine böse Vorahnung gesellt. Die Lügengeschichte, die er dem Polizisten aufgetischt hatte, drohte schwerwiegende Konsequenzen nach sich zu ziehen. Er brauchte jetzt eine starke Schulter, denn bislang fehlte ihm jede Idee, wie er aus dem Schlamassel, in das er sich manövriert hatte, unbeschadet entkommen könnte.

„Setz dich ein bisschen zu mir!", sagte Maria und ließ sich auf einer verfaulenden Holzbank nieder. „Es ist so schön hier, findest du nicht?"

„Doch ..." Geistesabwesend griff er nach dem Schinkenbrot, das ihm seine Frau reichte, und biss hinein.

„Dani, bevor du es isst, nimm es bitte aus dem Frischhaltebeutel!" Sie schüttelte den Kopf. Manchmal benahm er sich wie ein Baby. So hilflos! „Sag, was ist letzte Nacht wirklich passiert?", forschte sie.

Daniel überging ihre Frage. Er wollte etwas loswerden. „Es ist gut, dass du da bist", erklärte er undeutlich, während er sich das Brot in den Mund stopfte. „Warum kann es nicht öfter so sein? Ich fühle mich manchmal einsam ... Ich brauch dich!"

Tröstend streichelte sie seinen Nacken.

„Erinnerst du dich an unseren ersten Sommer, vor elf Jahren?", fuhr er fort. „Hier, in den Weinbergen. Es roch damals genauso. Wie lange ist das wohl her?"

„Elf Jahre?"

„Eine lange Zeit! Es hat sich viel verändert." Kurz hielt er inne. Bedeutende Worte fielen ihm ein. „Der Traum des Seins verfließt mit der Periode des Werdens. Das Gefühl des Moments sickert aus den Poren vergangener Jahre. Das Alter verzehrt die Macht des jungen Frohsinns. Die Reflektion ist kurzsichtig, bedauernd, zynisch und ohne Kraft. Fest an das Verderben gekettet, siechen wir selbigem entgegen. Unbedeutender werdend."

Gleich einem Schlusspunkt ließ Daniel den Plastikbeutel zu Boden fallen und sah Maria erwartungsvoll an. Der Augenblick hatte ein großes Zitat verlangt, und er kannte keinen, den er lieber zitierte, als sich selbst.

Das schwachsinnige, vor Selbstmitleid triefende Geschwätz brachte Maria auf die Palme. Mühsam versuchte sie, ihren Ärger in Zaum zu halten. „Heb den Mist auf!", befahl sie streng. „Dort drüben steht ein Papierkorb."

Seufzend stand er auf. War das alles, was ihr zu seinen Gedanken einfiel? *Heb den Mist auf?* Er fühlte sich unverstanden. Von ihr, von der ganzen Welt. Hörte sie ihm überhaupt zu? Hatte sie ihm jemals zugehört, ihn jemals ernst genommen? Plötzlich kam ihm ein furchtbarer Gedanke. Ihre Ehe war am Ende! Hier und jetzt. Er brauchte sich nichts vorzumachen. Er hätte es viel früher erkennen müssen. Maria hatte sich weit von ihm entfernt. Früher oder später würde sie aus seinem Leben verschwinden. Und mit ihr auch ihr Geld ...

Daniel sah sich am Rande eines gähnenden Abgrunds. Hinter ihm lag ein einziges Trümmerfeld! Was konnte ihm Schlimmeres widerfahren? Kurz darauf wusste er es. Eine blutverkrustete Hand zu finden. In einem Mistkübel mitten in den Weingärten.

*

Müde stieg Simone die Stufen zu ihrer Wohnung in der Gentzgasse hoch. Ihre Füße schmerzten in den viel zu engen Schuhen. Sie sehnte sich nach einem entspannenden Bad, um den ereignisreichen Tag in Ruhe ausklingen zu lassen. Das hatte sie sich nach den Strapazen wirklich verdient! Seit acht Uhr morgens war sie nun auf den Beinen und hatte alles in allem beachtliche Fortschritte erzielt.

Zuerst, gleich in der Früh, durchsuchte sie Gertrude Wildfangs Apartment in Unter-St.-Veit nach etwaigen Hinweisen, die ihren Kollegen entgangen waren. Doch außer dem aufgebrochenen Türschloss hatte der Täter beim Abtransport der Leiche keinerlei Spuren hinterlassen. Sogar das tödliche Projektil war feinsäuberlich aus dem Einschussloch im Parkettboden entfernt worden. Der Mörder ging geschickt vor, musste sie zugeben. Er wusste genau, was er tat. Sie würde auch diesmal kein leichtes Spiel mit ihm haben.

Mit entsprechend reduzierter Erwartungshaltung machte sie sich auf den Weg ins gegenüberliegende Bürogebäude, von dessen Dach aus der Schuss abgegeben worden war. Sie hatte ihre Hoffnung auf neue Erkenntnisse schon fast begraben, als sie unerwartet auf eine heiße Fährte stieß. Der zur Tatzeit diensthabende Wachmann gab an, in der Tiefgarage um etwa 17 Uhr 15 eine ihm unbekannte Person wahrgenommen zu haben, die eilig das Gebäude verlassen hatte. Der Verdächtige war etwa einen Meter 80 groß, zirka 25 Jahre alt, muskulös, hatte lange, dunkel gelockte Haare, einen Dreitagebart, trug ein schwarzes T-Shirt, zerrissene, hellblaue Jeans und Tennisschuhe. Das ungepflegte Äußere war dem Wachebeamten ebenso aufgefallen, wie der rote Hartschalenkoffer, den der Mann mit sich getragen hatte. Solche Individuen pflegten üblicherweise in dem Bürohaus nicht zu verkehren.

Simone atmete erleichtert auf. Die aktuelle Personenbeschreibung entlastete ihren Bruder merklich. Auch wenn die Aufzeichnung der Überwachungskamera nur einen aus der Ausfahrt huschenden Schatten zeigte, buchte Sie die gewonnenen Informationen als großen Erfolg. Mit frischem Elan fuhr sie hinaus zum Flughafen nach Schwechat. Sie spürte, dass sie sich nun am richtigen Weg befand. Früher oder später würde ihr der Täter in die Falle gehen. Davon war sie jetzt felsenfest überzeugt.

Die Maschine hatte 25 Minuten Verspätung. Sie nützte die Zeit, um im Restaurant eine Kleinigkeit zu essen und einen kurzen handschriftlichen Bericht über die Aussage des Wachmanns zu verfassen. Schließlich fing sie Herrn Wildfang an der Zollkontrolle ab und bot ihm an, ihn in die Stadt zu fahren. Er wirkte überraschend gelassen, fand sie, und hatte einiges zu berichten.

Gertrude sei eitel, selbstsüchtig und arrogant gewesen, hob er hervor. An ihm habe sie schon lange kein Interesse mehr gezeigt. Lediglich an seinen Kreditkarten. Er zähle nämlich in seiner Branche zu den Erfolgreichsten, müsse die Frau Kommissarin wissen! Innovative Produkte, gepaart mit Verkaufsgeschick machten sich eben bezahlt. Nein, für sein Vermögen brauche er sich nicht zu schämen. Sehr wohl jedoch für seine Frau, die oberflächliche Kuh, die nichts anderes getan habe, als sein Geld für Schmuck und teure Kleider zu verprassen und auf Partys Smalltalk zu führen. So gesehen komme ihm ihr Tod außerordentlich gelegen! Und außerdem, jetzt verrate er ein kleines Geheimnis, habe er vor wenigen Wochen eine bezaubernde Dame kennengelernt, die nicht nur wesentlich jünger und ansehnlicher, als seine verblichene Gemahlin sei, sondern auch im Bett ... ähm, wie solle er sich ausdrücken? „Nun spielt eben die Blasmusik", grinste er dreckig. „Wenn Sie wissen, was ich meine!"

Simone wurde fast übel. Die unverfrorene Kaltschnäuzigkeit, mit der dieses Arschloch über seine Frau sprach, als säße er am

Männerstammtisch irgendwo in der tiefsten Provinz, kotzte sie an. Am liebsten hätte sie das Chauvinistenschwein vom Fleck weg verhaftet und Doppler zum Verhör vorgeworfen! Sein Zynismus wäre ihm rasch vergangen! Doch ihr waren die Hände gebunden. Wildfangs Alibi konnte wasserdichter nicht sein! Darüber hinaus zeigte er sich kooperativ, sprach offen und ließ keine Zweifel daran aufkommen, dass er Gertrudes Tod zwar als Geschenk des Himmels betrachtete, mit dem Mord selbst aber nicht das Geringste zu tun hatte.

„Ich wasche meine Hände sozusagen in Unschuld", lachte er „Und danke demjenigen herzlich, der es gut mit mir meinte."

Simone reichte es! Unvermittelt hielt sie am Pannenstreifen der Flughafenautobahn an und schmiss den Mistkerl einfach aus dem Wagen. Seine Gegenwart war ihr unerträglich geworden.

Sie erschrak heftig, als sie das Häufchen Elend vor ihrer Wohnungstür kauern sah.

„Maria, um Gottes Willen! Was ist passiert?", rief sie besorgt. Sie wusste sofort, dass es mit ihrem Bruder zu tun hatte. Krampfartig zog sich ihr Magen zusammen.

„Es ist wegen Daniel", bestätigte Maria. Sie sah ihre Schwägerin mit verweinten Augen an und schnäuzte sich. „Ich glaube, jetzt dreht er völlig durch!"

„Komm rein!", befahl Simone und beförderte Maria in ihre Wohnung. Das hemmungslose Schluchzen drohte die Aufmerksamkeit der Nachbarn zu erregen. Sie nahm ein Glas aus der Anrichte und goss einen kräftigen Schluck Cognac hinein.

„Trink das! Das wird dich beruhigen. Und dann erzähl mir alles!"

„Es ist einfach furchtbar", heulte Maria. „Ich fürchte, er leidet in letzter Zeit an Halluzinationen. Er sieht Dinge, die überhaupt nicht existieren! Ich weiß einfach nicht mehr, was ich machen soll."

„Halluzinationen? Welcher Art?"

Maria schniefte. „Heute zum Beispiel ... Wir spazierten über den Kahlenberg. Ich dachte, es würde ihm guttun, an die frische Luft zu kommen ... Plötzlich fing er an zu schreien, war nicht mehr zu beruhigen. Er behauptete, in einem Mistkübel eine menschliche Hand gesehen zu haben! Erst verstand ich überhaupt nicht, was er meinte." Ihr Körper wurde von einem Weinkrampf geschüttelt. „Natürlich war da nichts, als ich nachsah. Ich weiß nicht, wie er auf solche Sachen kommt."

„Beruhige dich!" Simone nahm ihre Hand. „Was geschah dann? Konntest du ihm klarmachen, dass da keine Hand war?"

„Nein, wie denn? Er hat nicht auf mich gehört, egal, was ich sagte! Erst brach er zusammen, brüllte immer wieder *Eine Hand! Eine Hand! Da ist eine Hand!* Und als ich ihm auf die Beine helfen wollte, stieß er mich weg und lief kreischend davon."

Maria fühlte sich in ihrer Rolle mehr als unbehaglich. Gefühlsausbrüche lagen ihr nicht, und doch brachte sie ihren Auftritt souverän über die Bühne. Simone schien keinen Verdacht zu schöpfen. Alexander hätte allen Grund gehabt, auf sie stolz zu sein. Sie wünschte, dass er sie hätte sehen können.

Jetzt sei der richtige Zeitpunkt gekommen, um in die Offensive zu gehen und Daniels Schicksal zu besiegeln, hatte er gemeint und sie in die Arme genommen. Alles würde gutgehen! Dennoch war sie mit einem mulmigen Gefühl zu ihrer Schwägerin gefahren, daran zweifelnd, sie hinters Licht führen zu können. Aber da musste sie durch, ihr blieb keine andere Wahl. Sie tat es schließlich für Alexander. Und für sich ... Für sie beide.

„Du sagtest zuvor in *letzter Zeit* ...", forschte Simone. Ihr Spürsinn war geweckt. Möglicherweise stand die Vision ihres Bruders in direktem Zusammenhang mit den abgetrennten Händen der Ermordeten. Dem musste sie auf den Grund gehen. „Hatte er bereits früher Wahnvorstellungen? Ist dir etwas Derartiges aufgefallen?"

Maria beruhigte sich. Sie durfte nicht übertreiben. Tapfer wischte sie die Tränen von ihren Wangen. „Vorige Woche erzählte er mir eine merkwürdige Geschichte", berichtete sie. „Angeblich fand er eine nackte Frauenleiche in der Badewanne. Monika Strauch, die Verlagsassistentin. Sie wurde ja tatsächlich ermordet ... Später hätte er sie mit meinem Auto weggebracht und an einem Waldrand versteckt. Ich glaubte ihm das natürlich nicht, sagte, er bilde sich alles nur ein. Am nächsten Tag fuhren wir dann hin. Ich wollte ihm beweisen, dass nichts an der Sache dran war. Und wie ich richtig vermutet hatte, gab es dort keine Leiche."

„Du hättest mir das sofort erzählen müssen", tadelte Simone. „Maria, so etwas darf man nicht anstehen lassen. Da muss man unverzüglich handeln. Daniel benötigt ärztliche Hilfe."

Klar, dass so etwas kommen würde!, dachte Maria genervt. Sie war nahe daran, ihre Mundwinkel missbilligend zu verziehen. Die ach so gescheite Frau Oberpolizistin wusste immer alles besser, hatte ständig gute Ratschläge parat. Als wäre sie, Maria, nicht in der Lage, sich ausreichend um ihren Mann zu kümmern!

„Ich dachte, er hätte einfach zu viel getrunken. Dazu der Stress ...", versuchte sie sich zu rechtfertigen. „Ich hatte ja keine Ahnung, welche Dimensionen seine Wahnvorstellungen annehmen würden." Sie wurde ganz leise, als sie fortfuhr. „Simone, ich habe Angst. Wirkliche Angst! Ich ... ich kann nicht zu Daniel zurück." Bebend atmete sie durch. „Darf ich heute Nacht hier bleiben?", fragte sie zaghaft, obwohl sie sich nichts Unangenehmeres vorstellen konnte. Doch Alexanders Plan sah es so vor.

„Selbstverständlich." Simone rang sich ein Lächeln ab und tätschelte unbeholfen Marias Schulter. „Wo ist Daniel jetzt?"

„Ich habe keine Ahnung ... Irgendwo da draußen." Maria unterdrückte mühsam einen Heiterkeitsausbruch. Wie dramatisch das klang: *Irgendwo da draußen* ... Wahrscheinlich hockte er längst daheim am Sofa und füllte sich mit Wodka ab.

*

Maria kannte ihren Mann gut. Er hockte am Sofa und füllte sich mit Wodka ab. Der gewünschte Effekt blieb allerdings aus. Die stechenden Kopfschmerzen ließen sich nicht mehr betäuben. Längst hatte er jedes Zeitgefühl verloren.

Ihm kam es so vor, als sei er durch surreale Dimensionen geirrt, in denen knorrige Weinstöcke als Kulisse dienten, gleich einem endlosen Tapetenmuster. Einer, wie der andere, in Reih und Glied. Irgendwann hatte er sich in einem kleinen Dorf wiedergefunden, hatte rat- und rastlos am Hauptplatz seine Runden gedreht, bis eine Nonne ihm bei der Suche nach dem Heimweg behilflich gewesen war. Sie hatte Mitleid mit dem verwirrten Mann gezeigt, für ihn gebetet und ihn bis zur Bahnstation begleitet.

Daniel fühlte sich elend. Heftiger Schüttelfrost plagte ihn. Die Schmerzen in seiner Brust engten ihn ein, in seinen Gedärmen rumorte es, seine Fingerspitzen waren taub. Im Apothekenschrank würde er sicher etwas finden, das ihm über die nächsten Stunden helfen könnte.

Grob stieß er den Kater weg, der seit Minuten auf seinen Oberschenkeln herumtrampelte, um sich einen behaglichen Schlafplatz einzurichten, und taumelte ins Bad. Maria hatte den Arzneischrank in kindersicherer Höhe angebracht. So hoch, dass sogar Daniel fast nicht herankam. Ungeschickt riss er das Schränkchen auf.

Eine kalte, starre Hand fiel ihm entgegen. Mit einem Aufschrei des Entsetzens wich er zurück. Sein Atem ging rasselnd. Da lag sie vor seinen Füßen. Bleich, die Finger krallenartig verkrampft ... Ihm wurde speiübel. Schwindlig stolperte er in den Vorraum. Erbrochenes ergoss sich über den Fußoden. Dann knickten seine Beine ein. Kraftlos kippte er vornüber.

Es war dunkel geworden, als er wieder zu sich kam. Er hörte eine Stimme, die ihn rief. Keine menschliche Stimme. Mehr ein stummer Befehl, der von außen in sein Gehirn gepflanzt worden war. Er leistete keinen Widerstand, versuchte es nicht einmal. Ein einziger Gedanke trieb ihn an. Die Hand musste weg, ehe Maria heimkehrte! Wie von einer fremden Macht gesteuert robbte er ins Badezimmer. Das Grauen potenzierte sich. Was er dort sah, ließ das Blut in seinen Adern gefrieren. Fassungslos glotzte er das Tier an, das sich über den Leckerbissen hergemacht hatte. Gierig nagte es am durchtrennten Handgelenk und ließ es sich schmecken.

Daniel ertrug den grässlichen Anblick keine Sekunde länger. Voller Abscheu packte er die Kreatur beim Kragen, entriss ihr den Leichenschmaus und wankte in die Küche. Unter dem Aufgebot seiner letzten Kräfte schleuderte er den Kater aus dem Fenster. Er wollte ihn zurück in die Finsternis verbannen. Dort gehörte dieses teuflische Wesen hin.

9

Bezirksinspektor Kurt Doppler musste ein bisschen warten, ehe ihm im Café Hummel ein freier Tisch zugewiesen wurde. Für einen Sonntagnachmittag war es überraschend gut besucht, fand er. Bisher war er nämlich davon ausgegangen, dass alle Singles dieser Welt so wie er das Wochenende größtenteils mit einer Packung Chips vor dem Fernsehapparat verbrachte, während der Rest, besonders jener mit Kindern, häusliche Zwistigkeiten austrug.

„Ein Mineralwasser!", bestellte er beim Kellner, der ihn wegen des sich rasch ausbreitenden Geruchs geringschätzig musterte.

Doppler war das egal. Er hatte seit gestern Mittag nichts anderes getan, als sich auf das Treffen mit Sylvia vorzubereiten. Zeit für die Körperpflege war da freilich keine geblieben.

Ihm war klar, worauf es nun ankam. Ein selbstbewusstes Auftreten und eine geschickte Verhandlungstaktik waren die Eckpfeiler des Erfolgs. Ruhig und sachlich wollte er das Geschehen in die Hand nehmen, das Gespräch kontrollieren. So wie es Dr. Feuersturm immer tat, wenn er einen seiner Mitarbeiter maßregelte. Alle Argumente, die zur Verteidigung bereitlagen, wurden da Stück für Stück als Unsinn enttarnt. Doppler bewunderte die Intelligenz und sprachliche Gewandtheit seines Vorgesetzten. Er würde es ihm gleichtun, beschloss er. Sylvia sollte begreifen, dass sie es nicht mit irgendeinem Tölpel zu tun hatte! Er war fest entschlossen, den knallharten Kerl in sich zu mobilisieren, um jeder weiteren Demütigung gleich zu Beginn einen Riegel vorzuschieben.

Noch einmal ging er die Sätze durch, die er am Vortag mühevoll verfasst hatte und längst auswendig wusste.

„So", würde er sagen, „hier ist das Geld." An dieser Stelle hatte er vor, das orangefarbene Kuvert demonstrativ auf den Tisch zu knallen. „Damit ist die Sache wohl erledigt. Du hast deinen Spaß gehabt, ich hab meinen Spaß gehabt. Und wenn du ehrlich bist, musst du zugeben, dass du an dem Missverständnis im Wald nicht ganz unschuldig warst. Dein aufreizendes Gehabe hat eine deutliche Sprache gesprochen, und als du in mein Auto gestiegen bist, muss dir klar gewesen sein, worauf du dich einlässt. Aber ihr Frauen seid alle gleich. Ihr wisst nicht, was ihr wollt und was ihr versäumt, wenn ihr nicht wollt!" An diesem Satz hatte er eine gute Stunde gearbeitet. Dafür war er auch besonders originell ausgefallen. „Wenn du glaubst, du kannst die Situation zu deinen Gunsten ausnützen, bist du bei mir an der falschen Adresse! Sollte ich dich jemals wieder zu Gesicht kriegen, wirst du das bitter bereuen! Also, halte dich in Zukunft von mir fern und vergiss eines nicht: Ich bin Polizist! Das gibt mir Macht. Und du ..." An dieser Stelle würde er Platz für eine effektvolle dramaturgische Pause lassen. „... bist rein gar nichts!" Dann wollte er sich erheben, ihr streng in die Augen sehen, wie es Simone bei ihm immer tat, und sie mit offenem Mund sitzen lassen.

So war es geplant. Der Text saß fest verankert in seinem Kopf ... Bis vor kurzem wenigstens. Doch je länger ihn Sylvia warten ließ, desto mehr beschlich ihn das Gefühl, dass einige wichtige Passagen gerade dabei waren, sich aus seinem Gedächtnis zu verflüchtigen. Unwillkürlich dachte er an die Prüfungssituationen während seiner Schulzeit. Er hatte den Stoff beherrscht. Wie aus dem Effeff! Und dann war er vor der Klasse gestanden und sein Mund weit offen ... und außer einem kläglichen Quieken war nichts herausgekommen.

Das durfte ihm hier nicht passieren! Nervös trommelten seine Finger auf die Tischplatte. Schweißperlen traten auf seine Stirn. Mist! Weshalb war er so blöd gewesen und hatte seine Notizen daheim liegenlassen?

„Ich hoffe, es gab keine Probleme, Herr *Bezirksinspektor*!", sagte Sylvia, die Dopplers entsetzten Gesichtsausdruck sofort bemerkte. „He, alles in Ordnung? Wo ist das Geld?", drängte sie, als er keine Reaktion zeigte.

Wortlos schob er ihr den Umschlag zu. Sylvia sah, dass seine Hände zitterten. Rasch kontrollierte sie den Betrag und packte das Geldbündel in ihre Handtasche.

„Brav!", lobte sie ihn. „Und da alles so einwandfrei funktioniert hat, werden wir den Vorgang nächsten Sonntag wiederholen! Gleiche Zeit, gleicher Ort, gleiche Summe! Hast du mich verstanden?"

„Wie?", hauchte Doppler, der nur langsam begriff, worauf sie hinauswollte. Gott sei Dank fiel ihm nun sein Text ein. „So", sagte er. „Hier ist das Geld. Damit ist die Sache wohl erledigt ..."

Er brach ab. Die Sache war definitiv erledigt, denn Sylvia huschte bereits aus dem Lokal, überquerte die Josefstädter Straße und sprang in den J-Wagen, der gerade in die Station eingefahren war.

Allmählich kapierte er ihre Worte. Er konnte sie nicht glauben. Das Miststück hatte noch nicht genug! Wütend schlug er mit der Faust auf den Tisch.

„Was denkt diese billige Nutte eigentlich, wer sie ist?", brüllte er.

Im Café wurde es ruhig. Irritierte Blicke wandten sich ihm zu.

„Diese kleine Schlampe! Diese miese ... Ich werde ihr in den Arsch treten, damit sie sieht, wo's langgeht!"

„Der Herr wünschen zu zahlen?"

Doppler starrte den Kellner an. „Was? Nein! Ich wünsche nicht zu zahlen! Damit das klar ist! Keinen einzigen Cent mehr! *Du hast deinen Spaß gehabt, ich hab meinen Spaß gehabt. Und wenn du ehrlich bist, musst du zugeben, dass du an dem Missverständnis im Wald nicht ganz unschuldig warst.* Ich lasse mich nicht erpressen! Von dir schon gar nicht!"

Er stieß den Kellner beiseite und rannte wie von Sinnen aus dem Café, wobei er eine ältere Dame von ihrem Stuhl riss, die sich zu weit nach hinten gelehnt hatte, um keine Sekunde von dem skandalösen Auftritt des jungen Mannes zu verpassen.

*

Mit der Motorik und der Agilität eines Zombies hatte Daniel gleichmütig das Erbrochene beseitigt und die angeknabberte

Hand im Wäschekorb versteckt. Bis er einen besseren Platz für sie gefunden hätte, sollte sie dort inmitten der Schmutzwäsche in Frieden ruhen. Anschließend hatte er aus Hustensaft und Marias Tabletten gegen Regelschmerzen, unter Zugabe des restlichen Portweins sowie einer halben Flasche Wodka einen Cocktail gemixt, der es ihm ermöglichen sollte, sich von der Realität, oder dem, was davon übrig geblieben war, zu distanzieren. Das war ihm gut gelungen.

Seit Samstagabend lag er in einem wachkomatösen Zustand am Sofa und grinste debil vor sich hin. Was um ihn herum geschah, nahm er, wenn überhaupt, nur durch einen grauen Schleier wahr.

Es musste Simone sein, die plötzlich vor ihm stand und ihn aufgeregt schüttelte. Er bekam es kaum mit, wie sie ihn vom Sofa zerrte und ins Bett verfrachtete, wo sie ihn entkleidete und wusch. Dann war ihm, als würde sie telefonieren. Was sie sagte, verstand er nicht, aber es klang spaßig. Wie ein Tonband, das mit stark reduzierter Geschwindigkeit abgespielt wurde. Die Stimme aus dem Grab ...

Eine Weile saß sie neben ihm und tätschelte seine Hand. Sie wirkte anders als sonst, fand er. Besorgt und aufgewühlt. Er verstand nicht weshalb. Bedrückte sie etwas? Hatte sie Probleme? Vielleicht sollte er einmal mit ihr darüber reden.

Eine zweite Person tauchte auf. Ein schmächtiger junger Mann mit einer großen schwarzen Ledertasche. Er fühlte Daniels Puls, leuchtete in seine Augen und horchte an seiner Brust. Schließlich wandte er sich an Simone und redete eindringlich auf sie ein. Eine heftige Diskussion entbrannte.

„Nein, auf keinen Fall!", sagte sie immer wieder. „Nein, auf keinen Fall!"

Sie packte den Mann beim Arm und zerrte ihn aus dem Schlafzimmer. Die Show war vorbei. Ruhe kehrte ein. Daniel starrte hinauf zu Decke. Interessant, dachte er. Dass da Vögel saßen, war ihm noch nie aufgefallen. Und so viele!

... 174, 175, 176 ... Seine Schwester kehrte zurück und breitete den Inhalt einer Plastiktasche auf dem Nachtkästchen aus. Sie stopfte ihm Tabletten in den Mund und kippte Wasser hinterher. Kurz darauf schlief er ein.

*

„Sie haben *was*?", frage Simone Reichenbach und starrte Doppler ungläubig an, der verlegen vor ihr stand und offenkundig nicht wusste, was er mit seinen Händen anfangen sollte. „Sie haben Ihren Ausweis und Ihre Waffe verloren?"

„Nein ... nicht verloren", korrigierte der Bezirksinspektor. Er war es leid, sich schon wieder rechtfertigen zu müssen. Dr. Feuersturm, aus dessen Büro er eben gekommen war, hatte ihm einen Anschiss verpasst, der seinen Bedarf an Missstimmung für einen Montagmorgen reichlich deckte.

„Ich wurde bestohlen", erklärte er, wobei sich sein Gesicht bis zum Haaransatz rot färbte.

„Wie? Ein solch begnadeter Kriminalist wie Sie lässt sich einfach bestehlen?", gluckste Simone.

Doppler merkte genau, wie schwer es ihr fiel, das Lachen zu unterdrücken und ihre ernste Miene beizubehalten. Na, wenigstens schrie sie ihn nicht an.

„Es hat damit begonnen, dass irgendein Idiot in mein Auto gefahren ist. Parkschaden mit Fahrerflucht ...", verdeutlichte er. Er hielt es für klüger, die wahre Geschichte von der Begegnung mit dem Laternenmast für sich zu behalten. „Daher habe ich die U-Bahn genommen, und da ist es passiert ... In der Station Kettenbrückengasse. Man weiß ja, welches Gesindel dort herumlungert. Mit diesen hinterhältigen Taschendieben gehört endlich aufgeräumt!"

Jedes Bemühen, ihre Belustigung zu verbergen war zwecklos geworden. „Doppler, Sie machen Sachen!", lachte Simone schallend. „Na, dann hoffen wir, dass von der Blamage nichts an die Öffentlichkeit dringt."

Doppler konnte ihr nur zustimmen. Bei den netten Kollegen wusste man nie, ob es nicht einen gab, der sich einen Spaß daraus machen würde, die Geschichte zu verbreiten. Die Schmach würde schon schlimm genug sein, wenn der Schwank erst einmal im

Haus seine Runde machte. Seufzend ließ er sich hinter seinem Schreibtisch nieder. Er wollte die Peinlichkeit nicht weiter bereden.

„Ach, Doppler, was ich Sie fragen wollte ...", begann Simone scheinheilig. „Gab es irgendwelche Reaktionen auf das Phantombild?"

„Ja", knurrte er. „Ein paar Anrufer haben behauptet, sie würden Nonja, die malende Orang-Utan-Dame aus dem Tiergarten Schönbrunn wiedererkennen." Der Bezirksinspektor machte eine abfällige Handbewegung.

„Und? Waren Sie dort, zur Einvernahme?", fragte seine Vorgesetzte todernst.

Doppler erschrak. Hätte er das wirklich tun sollen? Er hatte nicht gedacht, dass ...

„Ach, hören Sie auf!", sagte er ärgerlich, als ihm klar wurde, dass sie wieder einen ihrer Späße trieb.

Schmunzelnd lehnte sich Simone zurück. Der einzige, der ihre Fälschung auffliegen lassen konnte, war der Polizeizeichner. Und der hielt sich seit Freitag bei einem Fortbildungsseminar in den USA auf. Außer ihm, ihr und den Zeuginnen hatte niemand die Originalzeichnung zu Gesicht bekommen. Sollten sich die Damen melden, würde sie die beiden schon irgendwie abspeisen.

„Genug der Erheiterung!", entschied sie und nahm die Akten Wildfang und Strauch zur Hand. „Helfen Sie mir bitte weiter, als Experte sozusagen. Wie lauten die Titel der beiden letzten Donnerstag-Nachtfilme? Können Sie das in Erfahrung bringen?"

Doppler atmete auf. Endlich hatte er Gelegenheit, mit seinem Wissen zu brillieren und zu zeigen, dass er nicht ganz so verblödet war, wie es den Anschein haben musste. *„Blutbesudelt und geisteskrank* und *Die Säge des Entsetzens"*, antwortete er wie aus der Pistole geschossen.

Simone nickte und machte sich eine Notiz. Sie hatte es befürchtet! Beide Videos lagen im Wohnzimmer ihres Bruders. Als sie gestern nach ihm gesehen hatte, war sie die Titel nochmals durchgegangen. Da beide Morde vor der Ausstrahlung im Fernsehen begangen worden waren, musste der Täter die Filme bereits gekannt haben. Von Videokassetten beispielsweise. Diese Tatsache und seine getrübte Beziehung zu den Mordopfern machte Daniel zwischenzeitlich zum Hauptverdächtigen. Die Beobachtung des Garagenwächters hin oder her ... Daniel war, nach dem Stand der bisherigen Ermittlungen, der einzige, der ein Motiv besaß.

Und genau deshalb hatte sie es abgelehnt, ihren Bruder in ein Krankenhaus einliefern zu lassen, wie es der Notarzt dringend empfohlen hatte. Wer weiß, was er, vollgestopft mit Psychopharmaka, dort erzählt hätte. Sie wollte ihn unter ihrer Kontrolle haben. Nur noch bis Donnerstag, setzte sie sich ein Ultimatum. Bis dahin musste sie den Fall aufgeklärt haben!

Glücklicherweise hatte der Arzt auf ihr Drängen hin davon abgesehen, die Rettung zu verständigen und stattdessen ein Rezept für ein Beruhigungsmittel und Kreislauftabletten ausgestellt. Die Medikamente sollten Daniel fürs Erste helfen, zu sich zu finden. Nach der Arbeit wollte sie dann wieder nach ihm sehen. Gut, dass sie den Hausschlüssel, den ihr einst Maria vor einem Urlaub zur Tier- und Pflanzenpflege ausgehändigt hatte, nie zurückgegeben hatte.

„Ist Ihnen nicht gut?", fragte Doppler. Die Unruhe seiner Vorgesetzten war ihm nicht verborgen geblieben.

„Nein ... äh ... alles in Ordnung. Ich dachte nur nach. Hören Sie, Doppler, Sie müssen unbedingt den Film beschaffen, der diesen Donnerstag auf Sex & Crime-TV läuft ... und zwar noch heute! Wir müssen wissen, was uns bevorsteht!"

„Sie glauben ..." Langsam begriff der Bezirksinspektor Simones gefinkelte Gedankengänge. „Sie meinen, es wird noch ein Mord geschehen?"

„Da bin ich mir ziemlich sicher ... Vorausgesetzt, wir können ihn nicht verhindern!"

Doppler sprang auf und eilte zur Tür.

„Wo wollen Sie hin?", rief ihm Simone nach.

„Na, in die Videothek ..."

„Nicht jetzt!", pfiff sie ihn zurück. „Ich brauche Sie hier. In zehn Minuten erscheint die Sekretärin vom Beinholtz-Verlag zur Einvernahme."

„Wer?", krächzte Doppler.

„Sylvia Engert."

*

Draußen in Ottakring, im Kriminalkommissariat West schritt Chefinspektor Fischer in seinem Zimmer auf und ab. Triumphierend hielt er den Bericht der Kriminaltechnik in seinen Händen. Er hatte geahnt, dass Reichenbachs Geschichte erstunken und erlogen war. Nein, eigentlich war es ihm von Anfang an klar gewesen!

Es bedurfte schon eines außergewöhnlichen Maßes an Gerissenheit, einen Mann wie ihn hinters Licht zu führen. Mit billigen Lügen war das noch keinem gelungen! Auch Reichenbach würde das zur Kenntnis nehmen müssen!

Dieser miese, kleine Möchtegernintellektuelle hatte ihm einen Bären aufbinden wollen. Das sollte er noch bitter bereuen. Denn wenn er, Fischer, mit ihm fertig wäre, könnte ihn seine verdammte Schwester, die ehrenwerte Referatsleiterin, von der Wand des Vernehmungszimmers spachteln wie einen eingetrockneten Kaugummi! Und bei Gott, auch sie würde die Portion an Demütigung abbekommen, die ihr zustand.

*

Zwischenzeitlich wurde Simone immer wütender. Den meisten Menschen stand sie gleichgültig gegenüber. Dann gab es welche, die sie einfach nicht leiden konnte. Aber einige verursachten bei ihr unbeschreibliche Aggressionen. Angespannt wie eine Raubkatze auf Beutezug, die Hände zu Fäusten geballt, funkelte sie Sylvia Engert böse an.

„Was glauben Sie eigentlich, wer Sie sind?", fuhr sie die Sekretärin an. „Zuerst entziehen Sie sich einer Befragung an Ihrem Arbeitsplatz, indem Sie ohne Vorankündigung einfach verschwinden, und jetzt wagen Sie es allen Ernstes, Beschwerde gegen die amtliche Vorladung zu führen! Ihre Unverfrorenheit ist geradezu impertinent!"

Lächelnd schlug Sylvia ihre langen, unzureichend bedeckten Beine übereinander. „Und Ihre Selbstherrlichkeit ist ohne Zweifel unerträglich. Ich protestiere aufs Schärfste gegen diesen anmaßenden Akt der Willkür."

„Sie protestieren?" Simone erhob sich drohend und beugte sich über den Schreibtisch. „Soll ich Ihnen sagen, was Sie sind? Soll ich es Ihnen wirklich sagen?"

„Nicht notwendig." Sylvia Engert betrachtete ihre langen Fingernägel. „Ich würde Sie ohnehin nicht ernst nehmen."

Doppler brach der Schweiß aus allen Poren. Ihm war das Wiedersehen mit Sylvia schon unangenehm genug. Am liebsten wäre er davongerannt. Doch jetzt wurden seine schlimmsten Befürchtungen weit übertroffen. Was sich hier abspielte, beschämte ihn auf Grund seiner Machtlosigkeit so sehr, dass er hoffte, eine Erdspalte würde sich auftun und ihn auf der Stelle verschlingen.

Angestrengt überlegte er, wie er die angespannte Situation entkrampfen konnte, und scheiterte. Es fiel ihm nichts ein, das nicht zumindest eine der beiden Kontrahentinnen gegen ihn aufgebracht hätte. Und das war das Letzte, das er sich im Augenblick wünschte.

Simone zwang sich, einen Gang zurückzuschalten. „Sie werden den Ernst der Lage noch früh genug erkennen!", zischte sie und nahm grunzend wieder Platz. „So, Fräulein", näselte sie herablassend. „Es steht Ihnen selbstverständlich frei, zu protestieren, Beschwerden einzureichen, oder unsere Arbeit weiterhin zu behindern. Den Konsequenzen werden Sie jedoch kaum entgehen können!"

„Mir genügt es bereits, wenn ich Ihrem arroganten Gehabe entgehe", blieb Sylvia unbeeindruckt.

Die schallende Ohrfeige ließ Doppler zusammenzucken. Peinlich berührt schloss er seine Augen und schickte ein Stoßgebet gen Himmel.

„Ich kann auch anders!", schrie Simone.

„Sie können *mich*!" Trotzig befühlte die Sekretärin ihre feuerrote Backe. „Ich werde Anzeige gegen Sie erstatten!"

Schlagartig wurde Simone bewusst, was sie angerichtet hatte. Noch nie zuvor war sie gewalttätig geworden. Von gewissen Praktiken, die dem sexuellen Lustgewinn dienten, einmal abgesehen. Und wenn man außer Acht ließ, dass sie Doppler vor einigen Tagen die Heftklammermaschine an den Kopf geworfen hatte ...

Was war nur los mit ihr? Weshalb verlor sie neuerdings bereits bei der geringsten Provokation die Nerven? Ihr Intellekt sollte es ihr eigentlich ermöglichen, über den Dingen zu stehen! Ihr war klar, dass sie so rasch wie möglich ihre innere Ruhe wiederfinden musste, wollte sie unnötige Schwierigkeiten mit ihren Vorgesetzten vermeiden.

Langsam zählte sie bis zehn. „Aus welchen Gründen möchten Sie Anzeige erstatten?", spielte sie die Ahnungslose.

„Körperverletzung wird Ihnen wohl ein Begriff sein!"

„Körperverletzung? Ich weiß wirklich nicht, wovon Sie reden! Doppler, was könnte Frau Engert meinen?", wandte sich Simone an ihren Mitarbeiter. „Haben Sie etwas gesehen?"

„Äh, eigentlich ..." Der Bezirksinspektor wand sich wie ein Wurm. „Nein, aber ..."

Sylvia fuhr herum. „Du ... Sie haben nichts gesehen? Sind Sie sicher? Ist Ihnen klar, welche Folgen eine falsche Zeugenaussage haben könnte?"

Das war ihm allerdings klar. Verflucht noch einmal, konnten ihn die beiden nicht einfach in Ruhe lassen?

„Vergessen Sie es, Doppler", erklärte Simone ruhig. „Ich entschuldige mich in aller Form für mein Verhalten. Es tut mir leid!"

„Oh ja, das wird Ihnen wirklich leidtun!", sagte die Sekretärin eisig. „Sie werden von mir hören!"

„Genau deswegen sind Sie hier, Frau Engert. Ich möchte so einiges von Ihnen hören! Zum Beispiel: Fiel Ihnen vor den Morden etwas Außergewöhnliches an Ihren Arbeitskolleginnen auf? Verhielten sich Frau Strauch und Frau Wildfang anders, als sonst? Erwähnten sie vielleicht, dass sie sich bedroht fühlten? Gab es Feinde?"

„Nein."

„Was heißt nein?", fauchte die Referatsleiterin.

„Ich denke, *nein* ist ein durchaus gebräuchliches Wort und sollte sogar Ihnen bekannt sein! Das Gegenteil von *ja*. Außerdem ist es die Antwort auf alle Ihre Fragen."

„Jetzt reicht es mir!", kreischte Simone. „Ich lasse Sie auf der Stelle einsperren, wegen Behinderung der polizeilichen Ermittlungen."

„Und wenn schon", lächelte Sylvia. „Doppler würde mich wieder freilassen."

„Was? Was soll das bedeuten?", tobte Simone. „Was meint sie damit, Doppler?"

Nun war er an der Reihe, die Beherrschung zu verlieren. Er hatte genug davon, als Spielball zwischen zwei egozentrischen Weibern hin und her getreten zu werden.

„Lasst mich gefälligst in Ruhe!", brüllte er. „Es kotzt mich an. Ich will mit eurem Hickhack nichts mehr zu tun haben. Versteht ihr?"

„Doppler überlegen Sie, was Sie sagen!", drohte seine Vorgesetzte.

„Genau. Bedenken Sie ihre Lage", fügte Sylvia hinzu.

Wie ein gehetztes Tier blickte er von einer zur anderen. „Ich ... äh ... ich ...", stammelte er. Dann holte er tief Luft. „Ach, leckt mich doch am Arsch!"

Er sprang auf und stürzte aus dem Büro. Sollten sie doch machen, was sie wollten! Es interessierte ihn nicht mehr. Morgen würde er sein Kündigungsschreiben vorlegen und sich ins Ausland absetzen!

*

Daniel hatte sich nicht getäuscht. Seine Schwester war am Vortag hier gewesen.

„Liebe Grüße und baldige Besserung, Simone", stand auf dem Zettel, der am Nachtkästchen neben einer Thermoskanne mit Tee und einem Teller mit trockenen Keksen und zwei Tabletten lag. Ihr Wunsch schien sich zu erfüllen. Zu seiner eigenen Überraschung fühlte er sich deutlich besser. Die Medikamente weckten anscheinend seinen Tatendrang. Er wusste, dass die Hand im Wäschekorb darauf wartete, beseitigt zu werden. Nun, das sollte kein unlösbares Problem darstellen. Nicht für ihn! Schließlich war es ihm bereits gelungen, eine ganze Leiche verschwinden zu lassen. Wenn auch nur für kurze Zeit ...

Die zweite Aufgabe, die ihm bevorstand, ließ weitaus mehr Schwierigkeiten erwarten. Er musste den verfluchten Kater aufstöbern und einfangen, wollte er Marias angekratztes Vertrauen nicht gänzlich verlieren. Sollte Vincent da draußen etwas zustoßen, oder, Gott bewahre, er für immer verschwunden bleiben, würde sie ihm das niemals verzeihen.

Der Wasserspiegel in der Klomuschel stieg besorgniserregend an und erreichte rasch den Rand. Allmählich gewann Daniel die Überzeugung, dass es klüger gewesen wäre, die abgetrennte Hand nicht einfach in die Toilette zu werfen und wieder und wieder auf den Spülknopf zu drücken, bis sie verschwunden war. Eine Schnapsidee! Weshalb hatte er sie nicht im Garten vergraben? Neben den Rosen hätte sich bestimmt ein hübsches Plätzchen gefunden. Was er auch anfing, er machte es falsch. Es war zum Verzweifeln.

Verärgert streifte er sein Hemd ab, ging auf die Knie und schickte seinen Arm auf Tauchstation. Wenn er Glück hatte, befände sich die Hand noch in Reichweite und es gelänge ihm, die ekelhafte Verstopfung zu beseitigen. Vorsichtig tastete er sich im glitschigen Abfluss voran. Das aufgestaute Wasser schwappte über den Rand und verteilte sich über die Fliesen. Ein übler Geruch breitete sich aus. Daniel zwang sich, durch den Mund zu atmen.

Da! Er konnte etwas fühlen. Nur noch ein kleines Stück, wenige Millimeter, dann hatte er das Ding. Aber was immer ihm zwischen die Finger geraten war, die Hand war es nicht! Angeekelt riss er seinen Arm aus der trüben Brühe.

„Scheiße!", fluchte er und hatte damit vollkommen Recht.

Überzeugt, dass es bei der Aktion „Fang den Kater" nur besser werden konnte, trat Daniel aus dem Haus. Gründlich gewaschen und aufs Neue motiviert. Irgendwo in der Nähe musste Vincent stecken, war er sich sicher. Tiere blieben ihrem vertrauten Revier üblicherweise treu. Das wusste er aus unzähligen Naturdokumentationen im Fernsehen, die er sich mit Maria hatte ansehen müssen. Jetzt hieß es, gezielt vorzugehen, Augen und Ohren offen zu halten, den Suchradius Meter für Meter auszuweiten. Eventuell konnten ihm die Nachbarn behilflich sein, fiel ihm ein. Gut möglich, dass Vincent bei dem einen oder anderen zum Frühstück eingekehrt war.

Kurz darauf hastete eine seltsam anmutende Gestalt zwischen Czatoryskigasse und Dornbacher Straße kreuz und quer durch die kleine Siedlung. Die eigenartigen Rufe, die sie dabei ausstieß, klangen nicht gerade vertrauenerweckend und lockten weder Vincent noch sonst jemanden herbei, sondern brachten lediglich den fetten Pekinesen im Garten der Offizierswitwe dazu, aufgeregt zu kläffen. Die Anrainer, die aus ihren Häusern geläutet wurden, reagierten nicht minder empört. Sie erkannten das drohende Ärgernis auf den ersten Blick, denn sie wussten, dass hysterisch schreiende Irre, noch dazu halbnackte, selten lieben Besuch ankündigten. Wüste Beschimpfungen hallten durch die Gassen, mancherorts sogar unverhohlene Androhungen körperlicher Gewalt.

Daniel resignierte. Enttäuscht über den eklatanten Mangel an Hilfsbereitschaft machte er sich auf den Heimweg. Und seine Enttäuschung mutierte zu einer ausgewachsenen Depression, als er vor der verschlossenen Haustür stand und ihm bewusst wurde, dass der Schlüssel irgendwo dahinter lag.

Die neu gewonnene Energie, mit der er am späten Vormittag erwacht war, schwand rasant dahin. Erschöpft ließ er sich am Rasen nieder und betrachtete den Himmel. Kleine weiße Wolken zogen über ihn hinweg. Wie kuschelige Schäfchen sahen sie aus. Das gefiel ihm. Hier wollte er bleiben. Egal, welche üblen Scherze das Schicksal sonst noch für ihn bereithielt. Und wenn er verrecken und verfaulen sollte, oder Insekten sich über ihn hermachten, er fände sich damit ab, denn eines hatte er begriffen: Keine Menschenseele würde ihm eine Träne nachweinen. Er war ein Nichts, ein Niemand, ein Versager und absolut unbedeutend. Des Lebens unwürdig.

Eine Bewegung in unmittelbarer Nähe riss ihn aus der Lethargie. Vincent!, flüsterte er. Neue Lebensgeister begannen sich in ihm zu regen.

Ja, es war tatsächlich Vincent, der ums Biotop gehuscht war und ihn aus sicherer Entfernung fixierte. Argwohn funkelte in seinen Augen. Vorsichtig richtete sich Daniel auf. Jetzt durfte ihm kein Fehler unterlaufen. Er musste mit Bedacht vorgehen, wollte er das verschreckte Tier nicht verjagen. Eine zweite Chance würde er nicht bekommen. Geduckt schlich er auf den Kater zu, setzte sachte einen Fuß vor den anderen.

Vincent erkannte die Gefahr. Unverzüglich ging er in Deckung. Ganz flach machte er sich hinter dem Pfeilkraut am Ufer des Teichs. Nur seine wippende Schwanzspitze war zu sehen. Alarmiert verfolgte er jede Bewegung des feindseligen Menschen, der immer näher kam. Seine Muskeln spannten sich. Er war zum Äußersten bereit.

Daniel wagte nicht zu atmen. Nur noch ein kleines Stück, dann hatte er sein Ziel in Reichweite. Zentimeter für Zentimeter rückte er näher. Schließlich sprang er los.

Der Kater war schneller. Mit einem großen Satz flog er förmlich über den Teich und raste in gestrecktem Galopp davon. Daniel griff ins Leere. Er verlor das Gleichgewicht, seine Füße kamen auf dem glitschigen Untergrund ins Rutschen.

„Eine bizarre Art, sein Bad zu nehmen!", stellte Chefinspektor Fischer grinsend fest. Mit Genugtuung sah er auf die traurige Gestalt hinab, die sich in den Seerosen verfangen hatte und verzweifelt versuchte, aus dem Biotop zu klettern. „Herr Reichenbach, wenn Sie Ihre Reinwaschung beendet haben, muss ich Sie bitten, mich ins Kriminalkommissariat zu begleiten. Sie sind verhaftet!"

*

Einfach davonzulaufen, alles liegen und stehen zu lassen und unterzutauchen, schien Bezirksinspektor Doppler der einfachste Weg zu sein, um sich aus der Affäre und seinen Kopf aus der

Schlinge zu ziehen. Doch dies hätte auch bedeutet, dass ihm der Mut fehlte, sich seinen Problemen zu stellen, wie richtige Männer es taten. Und was immer man über ihn sagen konnte, ein Feigling war er nicht!

Den Entschluss, den er nach der Einvernahme der Verlagssekretärin überhastet gefasst hatte, hob er mit sofortiger Wirkung auf. Jahrelang war er, allen Spöttern zum Trotz, bemüht gewesen, das Bild des knallharten Polizisten glaubhaft darzustellen. Er konnte nicht zulassen, dass sein mühsam aufgebautes Image nun mit einem Schlag ruiniert wurde. Im Gegenteil. Er war bereit, seinen Ruf mit allen Mitteln zu verteidigen und ihn in wichtigen Punkten sogar zu verbessern.

Sylvia Engert, Charlie Wimbacher, Simone Reichenbach und alle anderen in der Bundespolizeidirektion, die ihn gerne zum Narren hielten, ihnen allen würde bald klar werden, dass er niemals gewillt war, sich auch nur einem von ihnen zu beugen! Bisher hatte er sich damit begnügt, die Rolle des braven Beamten zu spielen, gehorsam die Befehle seiner Vorgesetzten auszuführen, die später den Lohn seiner harten Arbeit ernteten. Sein Fehler, gab er zu. Mit Schulterklopfen und Händeschütteln ließe er sich fortan nicht mehr abspeisen! Er hatte sich entschieden, sein Leben zu leben und erfolgreich zu werden. Es musste einen Weg geben, seine Widersacher von den Qualitäten zu überzeugen, die in ihm steckten.

Wenn er schon nicht klug genug war, um ihnen geistig Paroli zu bieten, so konnte er ein gesundes Maß an Menschenverstand und reichlich Erfahrung vorweisen, die er über viele Jahre in seinem Beruf gesammelt hatte. Wenn es ihm also gelänge, weniger impulsiv zu sein, länger nachzudenken und Situationen genauer zu analysieren, verfügte er über alle notwendigen Voraussetzungen, die ihm ein sicheres und respekteinflößendes Auftreten ermöglichten. Er musste nur den Mut aufbringen, seine Meinung zu vertreten und zu seinen Ansichten zu stehen, ohne Rücksichtnahme auf die Befindlichkeiten anderer! Und würde das keinen Eindruck hinterlassen, blieben ihm als letzter Ausweg immer noch seine Fäuste, um sich gegen die intellektuelle Mafia durchzusetzen, die es ja nicht anders wollte.

Doppler fühlte die Kraft in sich. Die Kraft eines neuen Anfangs, den er beschlossen hatte zu machen. Mit einer Dusche würde er den ersten Schritt setzen. Auch in diesem Punkt nahm er sich vor, Wesentliches zu verändern. Simone sollte keinen Anlass mehr für ihr lächerliches Schauspiel mit dem Raumspray haben.

Danach, fiel ihm ein, müsste er noch den Film, den er in der Videothek ausgeliehen hatte, durcharbeiten. Jeden Hinweis auf einen möglicherweise bevorstehenden dritten Mord würde er peinlichst genau dokumentieren und morgen Simone in Form einer ausführlichen schriftlichen Abhandlung überreichen.

Er hatte sich gerade von Kopf bis Fuß eingeseift, als es an der Tür läutete. Verärgert über den ungebetenen Gast kletterte er aus der Dusche und schlüpfte in seinen mottenzerfressenen Bademantel.

„Ja, ja", nörgelte er, als das Klingeln stürmischer wurde. „Ich komme schon!"

„Guten Abend, Doppler. Störe ich?" Simone kramte ihre freundlichste Tonlage hervor. „Mmh!", schnupperte sie. „Sind Sie frisch gewaschen?"

„Ja. Und, was gibt es? Um diese Zeit?" Wenigstens keine Ledermaske, stellte er erleichtert fest. Seine Vorgesetzte war ohne Zubehör gekommen.

„Ich möchte das Video sehen. Sie haben es doch besorgt?"

„Selbstverständlich!", knurrte Doppler unwirsch.

Er sah sich der Chance beraubt, das Beweismittel eigenständig zu analysieren. Wie er seine Vorgesetzte kannte, würde sie alle Erkenntnisse, zu denen sie gelangten, für sich beanspruchen. Und abgesehen davon, wer gab ihr überhaupt das Recht, ihn in seinen eigenen vier Wänden mit Bürokram zu belästigen? Seine Dienstzeit war längst zu Ende! Er erinnerte sich an seine Vorsätze: ein sicheres und respekteinflößendes Auftreten ...

„Ich möchte, dass Sie gehen", erklärte er bestimmt. „Ich habe etwas dagegen, dass Sie sich in mein Privatleben drängen."

Simone sah ihn erstaunt an. „Schon vergessen, Doppler? Wir sind Kriminalbeamte. *Polizisten*", zischte sie gefährlich. „Eine Tatsache, an die Sie sich längst gewöhnt haben sollten! Unsere Aufgabe ist es, Verbrechen aufzuklären und Menschenleben zu schützen. Wenn Sie auf geregelte Dienstzeiten Wert legen, hätten Sie einen anderen Beruf wählen sollen. Bei der Post zum Beispiel."

Der Bezirksinspektor geriet innerlich ins Schwanken, ließ sich jedoch nichts anmerken. „Auch ich habe ein Recht auf Freizeit! Schließlich werde ich nicht dafür bezahlt ..."

„Hören Sie!", erhob die Referatsleiterin ihre Stimme. „Wir haben es mit einem skrupellosen Mörder zu tun. Ist Ihnen das bewusst? Sollten Sie nicht bereit sein, ein paar zusätzliche Stunden zu opfern, nehme ich Ihre Kündigung sofort entgegen. Mit dieser Einstellung sind Sie im Kriminaldienst eindeutig fehl am Platz."

Doppler wurde heiß. „Ich wollte doch nur ...", stammelte er. Sein sicheres Auftreten war dahin. Respekteinflößend war es nie gewesen.

„Es interessiert mich schlicht und ergreifend nicht, was Sie wollen!" Simone durchbohrte ihn mit ihrem berüchtigten Blick. „Sie haben sich ohne Widerrede an meine Anweisungen zu halten! Mitarbeiter, die kein Engagement zeigen, kann ich nicht gebrauchen! Denn ich muss den Erfolg oder Misserfolg unseres Referats rechtfertigen! Erst heute hatte ich eine ausführliche Unterhaltung mit Dr. Feuersturm. Es ging um Ihre beschämende Panne in der U-Bahn ... Lassen Sie sich eines gesagt sein: Hätte ich mich nicht für Sie stark gemacht und Ihren bisherigen Arbeitseifer lobend erwähnt, stünden Sie bereits morgen in Uniform an einer Kreuzung und regelten den Verkehr. Genau das schlug Feuersturm nämlich vor. So sieht es aus, Doppler. Ich gebe Ihnen genau zehn Sekunden, um die Videokassette einzulegen. Im gegenteiligen Fall wäre Ihr Dienst unter meiner Leitung mit sofortiger Wirkung beendet."

Er benötigte keine sieben Sekunden, ehe der Vorspann über den Bildschirm flimmerte. Ein kleiner Rückschlag bei seiner Wandlung ließ sich schon verkraften, entschied er spontan. Es reichte, wenn seine Vorsätze am nächsten Tag in Kraft treten würden.

„Ich hol mir ein Bier", verkündete er. „Möchten Sie auch eines?"
„Haben Sie Tee?"
„Kaffee."
„Portwein?"

„Gin."

„Ein Glas Wasser bitte."

Ein bisschen tat er ihr schon leid, musste Simone zugeben, als sie ihn gebeugt aus dem Zimmer schleichen sah. Trotz aller Kritikpunkte machte er seinen Job grundsätzlich nicht schlecht und stellte eine wertvolle Stütze in ihrem Referat dar, auf die sie keineswegs verzichten wollte. Möglicherweise war ihre Zurechtweisung ein wenig zu scharf ausgefallen.

„Wie nennt sich dieses Meisterwerk eigentlich?", fragte sie, als Doppler zurückkehrte.

„Es ist nur ein Glas Wasser."

„Ich meine den Film."

„Ach so! *Hair Cut – Der Frisör aus der Hölle.*"

Simone hatte es bereits vermutet und ließ sich nichts anmerken. Auch dieses Video hatte sie bei ihrem Bruder entdeckt ...

Scheiße, Daniel!, fiel ihr plötzlich ein. Ach herrje! Ihn hatte sie völlig vergessen. Sie blickte auf die Uhr. Nein, jetzt war es schon zu spät, um noch hinzufahren. Das würde sie gleich morgen in der Früh nachholen. Bis dahin musste er ohne sie zurechtkommen.

Niemals zuvor war Simone mit einer solchen Flut an Abscheulichkeiten konfrontiert worden. Ungläubig glotzte sie auf den Bildschirm. Die unschönen Anblicke, mit denen sie es berufsbedingt regelmäßig zu tun bekam, erschienen ihr harmlos im Vergleich zu den perversen Einfällen, die der zweifellos psychisch hochgradig gestörte Regisseur hier filmisch umsetzte. Anders ließ sich die detailverliebte Inszenierung von Gewalttaten an blutjungen und halbnackten Mädchen nicht erklären. Künstliches Blut floss in Strömen. Im Fünfminutentakt gellten die schrillen Schreie angsterfüllter Opfer durch Dopplers Wohnzimmer. Das Brechmittel auf Magnetband auch noch zynisch „Hair Cut – Der Friseur aus der Hölle" zu nennen, zeigte deutlich, wie es um den Verstand des Filmemachers bestellt war.

Das letzte Mal hatte Simone so viel Abscheu empfunden, als sie im Alter von sieben Jahren im Türkenschanzpark einem Exhibitionisten in die Arme gelaufen war. Ein prägendes Ereignis. Der Gute war noch lange mit schmerzverzerrtem Gesichtsausdruck und den Händen zwischen seinen Beinen röchelnd in der Sandkiste gelegen.

„Wenn ich bedenke, wie sehr Sie diesen Humbug schätzen, muss ich mir um Ihr Seelenheil wohl größte Sorgen machen, Doppler", höhnte sie in seine Richtung. „Doppler?"

Fassungslos starrte sie ihren Mitarbeiter an, der sich gemütlich im Fauteuil zusammengerollt hatte und friedlich eingeschlafen war. Grob stieß sie ihn in die Rippen.

„Hm?", krächzte er und öffnete mühsam die Augen. „Ist der Film zu Ende?"

„Dem Himmel sei Lob und Dank! Ich hätte keine Minute länger durchgehalten, ohne mich zu übergeben! Und bei Ihnen, alles in Ordnung?"

„Ja, sicher." Er gähnte herzhaft.

„Welchen Aufschluss können wir nun aus diesem Juwel der Filmkunst ziehen?"

Doppler rieb seine Augen. „Die Nächste wird skalpiert und erdrosselt", murmelte er verschlafen.

„Sieh an, etwas ist doch hängengeblieben!" Sie nickte anerkennend. „Und damit hat es sich auch schon! Alles andere war bereits vorher klar, oder? Auf wen könnte es der Mörder Ihrer Meinung nach abgesehen haben?"

„Ich habe keine Meinung ..."

So kurz nach dem Erwachen bereitete ihm das Denken noch mehr Mühe als sonst. Es überraschte ihn auch, dass irgendetwas klar gewesen sein sollte, ohne dass er davon wusste.

„Hören Sie zu, Doppler! Wenn wir von einem roten Faden ausgehen, den der Täter verfolgt, wenn er quasi sich selbst treu bleibt, müssen wir sein nächstes Opfer ebenfalls beim Beinholtz-Verlag suchen."

„Hm? Wie?"

„Ich denke da an Sylvia Engert!"

Der Bezirksinspektor fuhr hoch. Jetzt war er munter! „Sylvia? Ich meine ... Engert? Wieso ausgerechnet sie?"

„Nun, sie ist die letzte verbleibende weibliche Angestellte des Verlags. Nennen wir es kriminalistischen Instinkt, aber ich sehe sie akut gefährdet. Unser Phantom wird wohl versuchen, ihr am Donnerstag die Kopfhaut abzuziehen."

„Nicht schlecht. Wirklich!" Es klang eine Spur zu euphorisch.

„Ich muss doch sehr bitten!"

„Nein, nein", wehrte Doppler hastig ab. „Ich meine Ihre Kombinationsgabe. Wirklich beeindruckend!"

„Selbstverständlich werden wir dafür sorgen, dass es nicht so weit kommt", fuhr Simone geschmeichelt fort. „Wussten Sie übrigens, dass die Engert vor kurzer Zeit Anzeige gegen Unbekannt erstattet hat? Wegen Vergewaltigung."

„So? Tatsächlich?"

„Allerdings. Ich stieß zufällig darauf. Nach ihrer Einvernahme holte ich ein paar Informationen über sie ein. Ich kann mir jedoch nicht vorstellen, dass es da einen Zusammenhang gibt. Das passt mir nicht ins Bild. Wie auch immer, Doppler. Sie werden die Dame rund um die Uhr beschatten!"

„Ab wann?", fragte er Böses ahnend.

„Ab sofort."

Entschlossen sprang Simone auf und griff nach ihrer Jacke. Jetzt galt es zu handeln! Die Mordfälle standen kurz vor der Aufklärung. Sie musste so rasch wie möglich in die Bundespolizeidirektion, um ein Team zusammenzustellen, das Doppler unterstützen sollte. Sie sah ihren Mitarbeiter an und überlegte kurz. Musste sie das wirklich? Noch in dieser Nacht? Wenn sie schon einmal hier war und Doppler tatsächlich geduscht hatte ... Es war nicht abzusehen, wann sich diese Gelegenheit jemals wieder bieten würde. Verführerisch ließ sie ihre Jacke fallen.

„Ab morgen", korrigierte sie sich mit einem schelmischen Grinsen. „Vorausgesetzt, du bevorzugst *meine* Gesellschaft."

10

Hinter dem Vorhang des Schlafzimmerfensters verborgen, bestens getarnt im olivgrünen Trachtenanzug, hielt Herr Wosczynski den Feldstecher an seine wachsamen Augen. Seit jenem unglückseligen Samstagmorgen hatte ihn, von kurzen Schlafpausen abgesehen, nichts anderes beschäftigt, als seinen verhassten Nachbarn und dessen Grundstück rund um die Uhr zu observieren. Um effektiv zurückzuschlagen, musste er alle erdenklichen Informationen über die Lebensgewohnheiten des Feindes zusammentragen. Keine leichte Aufgabe, denn zu seinem Leidwesen verlief Kollos' Tagesablauf nicht annähernd so geordnet, wie sein eigener, was es nahezu unmöglich machte, den Vandalen bei einer vorher bestimmbaren Gelegenheit kalt zu erwischen.

Wosczynski hatte festgestellt, dass der Boxer so gut wie nie das Haus verließ. Nur einmal war er kurz im Garten aufgetaucht, um den Müll hinauszutragen und die Zeitungen aus dem Briefkasten zu holen. Fast schien es, als wolle er jeden Kontakt zur Außenwelt meiden. Auch zwei Sportjournalisten, die vorbeigekommen waren, wohl um die Hintergründe des Eklats nach dem Europameisterschaftskampf zu durchleuchten, hatte er ohne lange Diskussion abgewiesen und war sofort wieder hinter den geschlossenen Jalousien verschwunden.

Trotz aller Hindernisse, an den Autoschänder heranzukommen, nahm der Racheplan langsam Gestalt an. Längst war es beschlossene Sache, den Saboteur einer drakonischen Strafe zuzuführen. Nach sachlichem Abwägen der Umstände war der Obmann der „Bürgerwehr gegen Drogen, Kriminalität und Kulturschande" zu einem klaren Urteil gekommen. Er hatte vor, ein Exempel zu statuieren, das andere subversive Elemente von ähnlichen Gräueltaten ein für alle Mal abschrecken sollte.

Herr Wosczynski legte den Feldstecher beiseite und verließ seinen Beobachtungsposten. Nach der Aufklärungsarbeit galt es nun Organisatorisches zu erledigen. Er griff zum Telefon und wählte die Nummer eines Freundes.

„Neue Nationale Sauberkeitspartei, Rossmann am Apparat", meldete sich eine schnarrende Stimme.

„Obmann Wosczynski hier. Obersekretariatsführer Friedrich, bitte!"

„Jawoll, ich verbinde." Es folgte ein Knacksen in der Leitung, dann ertönten ein paar Takte des Walkürenritts, ehe der Hörer abgenommen wurde.

„Friedrich!", bellte der NNSP-Mann.

„Grüß dich, Hermann! Hier Wosczynski. Wie ist die Lage an der Front?"

„Ausgezeichnet, Kamerad, ausgezeichnet! Der Feind gibt Fersengeld. Und bei dir? Lange nichts gehört. Hab von deiner Rede erfahren. Respekt. Hast es dem Gesindel ordentlich gezeigt. Die Bürgerwehr erstrahlt in ewiger Jugend, sozusagen. 35 Jahre ... gratuliere. Konnte leider nicht kommen. Verhindert, du verstehst. Hast wahrscheinlich von der Aktion am jüdischen Friedhof gehört."

„Ja, hab ich, Hermann. Hat eine Menge Staub aufgewirbelt. Beeindruckend."

„Was kann ich für dich tun, Kamerad?"

„Oh, nur eine Kleinigkeit, Hermann. Ich hab da ein hartnäckiges Problem mit einem Nachbarn. Ein Bolschewik."

„Verstehe. Keine Sorge! Wird ruckzuck erledigt. Soll ich einen Trupp vorbeischicken?", bot Friedrich freundlicherweise an.

„Nein, nein, mit dem roten Pack bin ich immer noch allein fertig geworden. Ich wollte lediglich wissen, ob es große Mühe bereiten würde, mir etwas von diesem vortrefflichen Plastiksprengstoff zukommen zu lassen?"

„Oh! Har, har, har! Radikale Maßnahmen, wie? Respekt! Räumst gehörig auf, mit den Volksverrätern, was?" In Friedrichs Stimme schwang dröhnend Begeisterung. „Ja, du hast Glück. Nach der Sache in dem türkischen Lokal ist etwas übrig geblieben."

„Sehr gut. Genau das Zeug meine ich." Wosczynski war erleichtert. Auf Hermann konnte man sich eben verlassen. „Könntest du eine Handvoll davon abzweigen? Selbstverständlich komme ich für alle Unkosten auf."

„Aber das kommt doch gar nicht in Frage", wehrte Friedrich ab.
„Unsereins muss zusammenhalten. Wo kämen wir denn hin, gäbe es keinen Kameradschaftsgeist mehr? Du kriegst, was du brauchst. Werde Kamerad Rossmann unverzüglich anweisen, die Knetmasse aus dem Lager zu holen. Wäre doch gelacht. Ich erwarte dich dann morgen in der Parteizentrale."

„Ich danke dir, Hermann! Ich stehe in deiner Schuld. Solltest du einmal Hilfe benötigen ..."

„Keine Ursache, ist doch selbstverständlich. Wahre Freundschaft ist eben hart wie Kruppstahl. Har, har, har!"

„Das ist sie, Hermann, ganz bestimmt. Vielleicht könnten wir uns wieder einmal bei einem gepflegten Bierchen zusammensetzen und über alte Zeiten plaudern, oder so ..."

„Machen wir, Kamerad! Kann mir nichts Schöneres vorstellen. Freue mich schon, Respekt! Bis Morgen dann, Heil!"

„Ja, äh ... Heil."

Wosczynski legte auf. Der gute alte Hermann hatte ihn nicht enttäuscht. Jetzt war das Schwein reif für die Schlachtbank. Ein Anruf war noch zu tätigen, ehe die Sache ins Rollen kam. Der Obmann griff erneut zum Hörer.

*

Ewald Kollos lag noch im Bett und hatte auch nicht vor, dieses so bald zu verlassen. Er hielt das Zimmer verdunkelt, denn er fühlte sich krank. Nein, nicht physisch krank. Sein Körper war austrainiert und topfit. Die Seele tat ihm weh. Melancholie lähmte seine Glieder. Gestern war sein Schicksal endgültig besiegelt worden. Der nationale Boxverband hatte ihm das Urteil der Weltorganisation zugestellt. Obwohl ihn die lebenslange Sperre nicht überraschte, stieß sie ihn in ein tiefes, schwarzes Loch. Viel tiefer und schwärzer, als jenes, das auf mysteriöse Weise in seinen Vorgarten gekommen war.

Die Zeitungen sparten nicht mit Berichten über seinen Niedergang. Mit hämischer Begeisterung schlachteten sie den Skandal bis ins Letzte aus, stempelten ihn in bösen, bissigen Kommentaren zum Buhmann der Nation. Dieselben Journalisten, die einst seine Triumphe enthusiastisch gefeiert hatten, als seien es ihre eigenen, luden nun ihre Mistkarren auf ihm ab.

Ewald Kollos seufzte. Dass er nie wieder boxen durfte, schmerzte ihn sehr. Er hatte den Sport seit seiner Jugend ausgeübt und konnte sich ein Leben ohne ihn einfach nicht mehr vorstellen. Doch die aus der Sperre resultierenden Folgen erschienen ihm weitaus beängstigender. Sämtliche Werbeverträge, die einen wesentlichen Anteil seines Einkommens darstellten, waren bereits aufgekündigt worden. Verständlich aus Sicht der Sponsoren, musste er zugeben. Welches Unternehmen wollte ihn jetzt noch in sein Schaufenster stellen? Auch von ehemaligen Freunden und Förderern durfte er keine Unterstützung erwarten. Sie kehrten ihm allesamt den Rücken. Kein einziger hatte es der Mühe Wert gefunden, sich nach dem Europameisterschaftskampf bei ihm zu melden. Es war nur eine Frage der Zeit, bis er das Haus verkaufen müsste, um in den nächsten Jahren einigermaßen über die Runden zu kommen. Und danach?

Der Rote Koloss zuckte zusammen, als das Telefon klingelte. Konnten ihn diese sensationsgeilen Reporter nicht endlich in Ruhe lassen? Entnervt griff er zum Hörer.

„Ja, verflucht, was gibt es?", fuhr er den unbekannten Anrufer an.

„Spreche ich mit Herrn Ewald Kollos?", fragte eine freundlich klingende Stimme am anderen Ende der Leitung.

„Was wollen Sie?"

„Mein Name ist Josef Zaruba", stellte sich der Anrufer vor. „Es geht um Folgendes: Herr Kollos, ich möchte Ihnen ein Angebot machen, das, wie ich meine, auf Ihr Interesse stoßen wird."

„Was für ein Angebot?", fragte der Rote Koloss skeptisch.

„Es geht um Ihre berufliche Zukunft ..."

„Haben Sie keine Zeitungen gelesen, verflucht noch einmal?", unterbrach er seinen Gesprächspartner empört. „Meine Karriere ist im Arsch! Kapieren Sie das? Ich werde nie wieder boxen."

„Das stimmt", pflichtete ihm Zaruba bei. „Aber das muss nicht das Ende Ihrer sportlichen Laufbahn bedeuten. Lassen wir den

Profiboxsport einmal beiseite ... Ich könnte Sie mir ausgezeichnet in einem anderen Bereich vorstellen. Eigentlich wären Sie, wenn ich mir das recht überlege, wie geschaffen dafür ... Sie müssten nur bereit sein, ein paar kleinere Veränderungen in Kauf zu nehmen ..."

Ewald Kollos wurde neugierig. Und ungeduldig. „Was meinen Sie?", drängte er. „Kommen Sie endlich zur Sache! Worüber sprechen wir?"

„Wrestling", klärte ihn Zaruba auf. „Ich manage bedeutende Veranstaltungen dieser Art in ganz Europa. Ich könnte Ihnen helfen, einen neuen Weg einzuschlagen. Mit allem, was dazu gehört. Preisgelder, Einkünfte aus Werbung und Promotion ... Der Verdienst ist zwar nicht ganz so hoch wie beim Boxen, aber ich bin sicher ..."

„Was soll ich?", brüllte Kollos aufgebracht. „Ich soll mit diesen lächerlichen Witzfiguren in den Ring steigen? Sind Sie noch bei Trost? Wofür halten Sie mich? Das sind doch alles fettleibige Showmaster. Mit Sport hat das nichts zu tun."

„Vielleicht sollten Sie Ihre Vorbehalte nochmals überdenken, Herr Kollos." Zaruba blieb ruhig und beharrlich. „Ich bin der Meinung, dass Sie die notwendigen Voraussetzungen mitbringen. Wenn ich an die Einlage am Ende Ihres letzten Kampfes denke, nun ... Nein, im Ernst, Herr Kollos, überlegen Sie sich das! Es könnte einen Neubeginn für Sie bedeuten. Und ein sorgenfreies Leben."

„Na ja", brummte Kollos zögernd. „Ich weiß nicht recht ..."

„Ich mache Ihnen einen Vorschlag: Sie kommen am Freitag um neun Uhr vormittags ins Café Landtmann, dann nehmen wir uns ausreichend Zeit und besprechen alle Einzelheiten. Ich garantiere Ihnen, Sie werden es nicht bereuen!"

Kollos musste zugeben, dass das recht vernünftig klang. Vielleicht hatte der Mann ja Recht. Und welche Alternativen blieben ihm?

„Na gut", seufzte er. „Ich werde da sein."

Je länger er über Zarubas Angebot nachdachte, desto mehr konnte er sich damit anfreunden. Die Vorstellung, sich mit kahl rasiertem Schädel und Leopardenkostüm im Ring von Seil zu Seil zu katapultieren, hatte etwas. Und wenn er bedachte, mit wem er es zu tun bekäme, mit plumpen Fettsäcken nämlich, konnte er vielleicht doch wieder hoffnungsvoll in die Zukunft sehen.

*

„Wollen Sie nicht endlich zur Wahrheit kommen, Herr Reichenbach? Ihr wirres Geschwätz zehrt gewaltig an meinen Nerven!"

Im Kriminalkommissariat Ottakring verlor Chefinspektor Fischer allmählich die Geduld. Seit fast zwei Stunden saß oder stand er wieder vor Daniel, ging hinter ihm auf und ab, stellte Fragen, manchmal freundlich, manchmal unwirsch, bot ihm Zigaretten an und nahm sie ihm wieder weg. Zu motivierenden Schlägen hatte er sich bislang noch nicht durchringen können. Er hielt sie als allerletztes Mittel bereit.

„Die Tatsache, dass Sie mich belogen haben, ist längst erwiesen. Seien Sie vernünftig und machen Sie das Beste aus Ihrer Situation!" Er stand auf und streckte schnaufend seine Wirbelsäule. Die Stühle im Vernehmungsraum waren unbequem. Drohend hob er den Zeigefinger „Und jetzt raus mit der Sprache! Sollten Sie weiterhin meine Zeit stehlen und nicht bald ein umfassendes Geständnis ablegen, wird das Ihre Situation noch einmal dramatisch verschlimmern. Verstehen Sie, was das bedeutet?" Fischer hatte da so seine Zweifel und damit nicht Unrecht.

Denn Daniel war völlig unklar, worauf der hartnäckige Beamte, der ihn seit gestern unaufhörlich mit denselben Fragen traktierte, hinauswollte. Soweit er sich erinnerte, hatte er ihm bereits alles erklärt und das mehrfach. Insgeheim sehnte er sich nach der Zelle, in die man ihn während der Verhörpausen verbannte. Die Stille dort hatte etwas Beruhigendes, und die Gitterstäbe vor dem Fenster gaben ihm ein Gefühl der Sicherheit. Fast schien es, als würden sie das Unheil fernhalten, das draußen auf ihn lauerte.

Daniel zitterte. Ihm war kalt. Man hatte ihm kein Hemd gegeben, und seine Hose war vom Sturz in den Teich immer noch feucht.

„Verflucht noch einmal!", brüllte Fischer und schlug wütend mit der Hand auf den Tisch. „Beantworten Sie meine Fragen, oder Sie werden diesen Raum nie wieder verlassen! Was denken Sie, wen Sie vor sich haben?"

„Ich weiß es wirklich nicht", flüsterte Daniel.

„Spiel hier nicht den Clown, verstehst du?" Der Chefinspektor hielt sich nur mit Mühe zurück. „Verarschen kannst du jemand anderen! Mach so weiter, und ich vergesse meine gute Erziehung, und du findest dich zwischen meinen Fäusten wieder!" Grob packte er Daniel am Oberarm. „Sieh mich an! Sehe ich aus, als würde ich scherzen?"

„Nein."

„Gut. Ich zähle jetzt bis drei, dann möchte ich die Wahrheit hören! Aus welchem Grund hast du den Einbruch vorgetäuscht? Ging es um die Versicherungssumme? Eins ... zwei ..."

„Drei", half Daniel dem Polizisten weiter, was das Fass zum Überlaufen brachte.

Fischer verlor die Kontrolle. Seine Aggressionen entluden sich. Hart schlug er Daniel ins Gesicht. Zweimal. Links und rechts. Just in diesem Moment flog die Tür des Vernehmungszimmers auf.

„Was geht hier vor?", kreischte Simone. „Sind Sie wahnsinnig geworden, Chefinspektor? Sie misshandeln meinen Bruder!" Schützend drängte sie sich zwischen Daniel und seinen Peiniger. „Zuerst erzählt man mir, Sie hätten ihn bereits gestern aus fadenscheinigen Gründen verhaftet, und dies ohne mich zu informieren, und nun muss ich mit ansehen, wie Sie gewalttätig werden. Wären Sie so freundlich, mir das zu erklären?" Simones Gesicht war rot angelaufen. Sie bebte vor Wut.

„Das will ich gerne", konterte Fischer. „Ihr werter Herr Bruder steht unter dem dringenden Verdacht, einen Einbruch in sein Haus vorgetäuscht zu haben. Ich gehe von einem versuchten Versicherungsbetrug aus. In seiner Sachverhaltsdarstellung ist einiges unklar."

„Aha!", schrie sie aufgebracht und stieß Fischer beiseite. „Ich kann es kaum fassen! *Ihnen* ist einiges unklar, was mich ja nicht wundert, und deshalb verhaften Sie unschuldige Menschen, sperren sie ein und prügeln sie bis zur Besinnungslosigkeit?" Bestürzt deutete sie auf Daniels nackten Oberkörper. „Wie ich sehe, verweigern Sie ihm sogar anständige Kleidung. Sagen Sie bloß, er sitzt seit 24 Stunden ohne Hemd hier! Ihr Vorgesetzter wird erfreut sein, wenn er davon Kenntnis erlangt."

„Ja, nun ..." Die Angelegenheit begann Fischer unangenehm zu werden. Mit seinem Chef hatte er die Festnahme Reichenbachs nicht in allen Einzelheiten abgesprochen. Gelegentlich nahm er sich die Freiheit, selbst Entscheidungen zu treffen. Das brachte ihn nun in eine prekäre Lage. So wie es aussah, war diese Furie dabei, den Spieß umzudrehen, den er im Interesse der gesamten Kriminaldirektion 1 auch gegen sie gerichtet hatte.

„Besinnungslosigkeit? Ich bitte Sie!" Der Chefinspektor hob abwehrend seine Hände. „Wir bewegen uns durchaus im Rahmen des Üblichen. Wie Sie wissen ..."

„Hören Sie, die Geschichte von dem Einbruch ist mir bekannt", unterbrach ihn Simone. „Meine Schwägerin berichtete mir ausführlich darüber. Wenn Sie nicht weiterwissen, helfe ich gerne aus. Wo liegen die Ungereimtheiten, Chefinspektor Fischer?"

„Äh, zum einen ... laut Kriminaltechnik konnten die Fingerabdrücke des angeblichen Einbrechers nur am Fensterbrett und im Schlafzimmer sichergestellt werden ..."

„Sieh an, Sie sprechen von einem Einbrecher!", brauste Simone dazwischen. „Zuvor behaupteten Sie, der Einbruch wäre lediglich eine Erfindung meines Bruders."

„Nun, ich habe gesagt, er steht unter dem Verdacht ... Ich meine, wir wissen noch nicht genau ... Es könnte sein ..."

„Lallen Sie mir nichts vor! Oder sind Sie ein grenzdebiler Kretin? Sprechen Sie in ganzen Sätzen!"

Fischer startete einen neuen Anlauf. „Ich wollte sagen, im Wohnzimmer, in dem es laut Herrn Reichenbach zu dem Kampf mit dem Eindringling gekommen war, fand sich kein einziger dieser Fingerabdrücke. Unserer Auffassung nach, hat der Einbrecher, sofern es einen gegeben hat, das Schlafzimmer nie verlassen. Wie es zu den Schäden im Wohnzimmer gekommen ist, liegt nach wie vor im Dunklen."

„Ich kann Sie beruhigen, das wird es nicht mehr lange! Doch fassen wir vorerst zusammen." Simone holte zum entscheidenden Schlag aus. „Sie geben zu, dass ein Einbruch stattgefunden haben könnte und entsprechende Spuren sichergestellt wurden?"

„Ja, das schon ..."

„Gut, das genügt mir, mehr will ich nicht wissen! Die Verwüstung im Wohnzimmer kann *ich* erklären! Mit dem Einbruch hat sie nichts zu tun. In diesem Punkt gebe ich Ihnen Recht. Was das anbelangt, war mein Bruder leider unaufrichtig." Sie sah Fischer durchdringend an. „Doch, ich frage Sie, Chefinspektor, ist das ein Grund, ihn hier unter menschenunwürdigen Bedingungen festzuhalten und ihm gegenüber handgreiflich zu werden?"

Fischer ächzte. Er hatte mit hohem Einsatz gespielt und verloren. Niedergeschlagen schüttelte er den Kopf.

„Ausgezeichnet!", sagte Simone befriedigt. „Damit hat sich jede weitere Einvernahme wohl erledigt!" Sie nahm Daniel, der seit ihrem Eintreten völlig teilnahmslos zum Fenster hinausgeglotzt hatte, an der Hand und führte ihn aus dem Vernehmungsraum. Dann wandte sie sich nochmals an Fischer. Ihre Stimme war so leise, dass er seine Ohren spitzen musste, um sie zu hören. „Selbstverständlich, Herr Chefinspektor, können Sie davon ausgehen, dass Ihre Vorgehensweise nicht ohne Folgen bleiben wird. Ich werde noch heute Dr. Feuersturm eine schriftliche Beschwerde über Ihr anmaßendes Verhalten zukommen lassen."

Ein triumphierendes Lächeln umspielte ihre Lippen, als sie die Tür hinter sich zuknallte und einen sehr nachdenklich gewordenen Chefinspektor, mittlerweile potentiellen Abteilungsinspektor, Fischer zurückließ.

*

Fröstelnd stand Bezirksinspektor Doppler unter der Linde, die ihm ein wenig Schutz vor dem unaufhörlich niederprasselnden Regen bot. Wie im Film, dachte er und sah mürrisch zum Himmel. In Filmen regnete es bei Begräbnissen auch immer. Egal, ob die Szene im hohen Norden, im sonnigen Süden, oder sonst wo spielte ...

Es schien sich um ein ungeschriebenes Gesetz der Produktionsfirmen in Hollywood zu handeln, dem traurigen Anlass mit der Inszenierung eines entsprechenden Sauwetters die passende Stimmung zu verleihen. Billige Effekthascherei war das. Aber manche Dinge änderten sich eben nie. Und schon gar nicht im Kino. So wie die Folgen eines Hustenanfalls, fiel ihm ein. In 95 Prozent aller Fälle konnte man als Zuseher davon ausgehen, dass Personen, die zu Beginn der Handlung husteten, spätestens an deren Ende an Tuberkulose, Lungenkrebs oder AIDS verreckten und natürlich, wie könnte es anders sein, bei Regenwetter beigesetzt wurden!

Womit sich der Kreis schloss und Doppler seine Aufmerksamkeit wieder auf die kleine Trauergemeinde am Zentralfriedhof richtete, die von Monika Strauch Abschied nahm.

Die alte Regel, dass der Mörder zur Beerdigung seines Opfers auftauchte, schien sich hingegen nicht zu bewahrheiten. Außer Monikas Mutter, ihrer Tante, ihrem Freund und Sylvia Engert war niemand gekommen. Auch im weiteren Umkreis, den der Bezirksinspektor ständig im Auge behielt, trieben sich keine verdächtigen Individuen herum, wenn man von den vier Galgenvögeln absah, die mit Schaufeln in den Händen und Zigaretten im Mund angelatscht kamen und sich daranmachten, das ausgehobene Erdreich in das Grab zurückzubefördern, kaum dass sich die Trauergäste abgewandt hatten. Dabei waren sie pietätlos genug, unverhohlen auf Sylvias Beine zu glotzen und schmutzige Witze zu reißen. Sie versuchten nicht einmal, ihre Stimmen zu dämpfen, was sogar Doppler für unangebracht hielt.

Er sah auf die Uhr. Noch eine Stunde musste er an der Verlagssekretärin dranbleiben, dann war seine Schicht zu Ende, und ein Kollege würde ihre Observierung übernehmen. Die Absurdität der Situation brachte ihn zum Schmunzeln. Gerade er, der Sylvia am liebsten mit einem Mühlstein um den Hals am Grund der Alten Donau gesehen hätte, war nun für ihre Sicherheit verantwortlich! Verrückt, aber witzig, fand er und folgte amüsiert der kleinen Gruppe, die am Kiesweg knirschend Richtung Friedhofstor schlenderte, um sich gegenüber im Gasthof „Zum Letzten Willen" auf den Leichenschmaus zu stürzen.

Doppler lief bei diesem Gedanken das Wasser im Mund zusammen. Sein Magen knurrte. Seit dem Frühstück hatte er nichts mehr gegessen. Es war ein besonderes Frühstück gewesen. Das erste seit unendlich langer Zeit, das er nicht alleine eingenommen hatte.

Zum x-ten Male rief er sich die vorangegangene Nacht in Erinnerung, und eine angenehme Wärme durchströmte ihn. Simone war ganz anders gewesen, als bei ihrem ersten Besuch. Zärtlicher, liebevoller. Keine Maske, kein Rohrstock ... Eine völlig neue Reichenbach hatte er kennengelernt, wofür es, wie ihm dämmerte, nur eine einzige Erklärung geben konnte: Sie empfand etwas für ihn! Unwillkürlich zeigte sich ein Leuchten in seinen Augen, denn längst war ihm bewusst geworden, dass auch er für sie etwas empfand. Und so gut, wie sich das anfühlte, musste es – es ließ sich nicht leugnen – *Liebe* sein!

Der Bezirksinspektor war verwirrt. Er hatte nicht damit gerechnet, dass ihm das noch einmal passieren würde. Doch dafür brauchte er sich nicht zu schämen. Vor der Liebe war auch der härteste Kerl nicht gefeit. So sagte man jedenfalls.

*

Simone Reichenbach konnte sich über das Riesenglück, in unmittelbarer Nähe des Verlagsgebäudes am Donaukanal eine Parklücke zu ergattern, nicht recht freuen. Daniel bereitete ihr Kopfzerbrechen. Sie bezweifelte, dass es richtig gewesen war, ihren Bruder allein zu lassen. Zugegeben, auf dem Weg vom Kriminalkommissariat West zu ihm in die Seemüllergasse hatte es keinerlei Komplikationen gegeben. Sie konnte jedoch die Tatsache nicht verhehlen, dass Daniels seelisches Gleichgewicht längst keines mehr war. Seine Eskapaden der letzten Tage sprachen eine zu deutliche Sprache. Oder wie ließ sich der Umstand, dass er sich halbnackt aus dem Haus gesperrt hatte, sonst interpretieren? Und dabei handelte es sich wahrscheinlich nur um das vorläufige Ende einer langen Reihe beängstigender Verhaltensmuster.

Kaum waren sie bei ihm angekommen, hatte sie ihn auf direktem Wege ins Bett befördert. Dort, so schien ihr, war er mit einer heißen Tasse Tee und seinen Medikamenten am besten aufgehoben. Ob die Welt morgen anders aussehen würde, wusste sie nicht. Wohl aber, dass *ihr* Aussehen den Strapazen des heutigen Tages entsprach, und so machte sie sich im Lift noch rasch zurecht, ehe sei beim Beinholtz-Verlag läutete.

„Guten Tag, Frau Doktor! Ich habe Sie bereits erwartet!" Direktor Beinholtz empfing sie persönlich und führte sie in sein komfortables Büro. „Ich bitte tausendmal um Vergebung, dass ich Ihnen letzte Woche nicht zur Verfügung stehen konnte, aber ich hatte einen unaufschiebbaren Termin im Ausland. Darf ich auf Ihr Verständnis hoffen?"

Simone nickte. Mit seiner offenherzigen Entschuldigung nahm er ihr gleich zu Beginn den Wind aus den Segeln. Eigentlich war es ihr ein Bedürfnis gewesen, ihren Unmut über seine plötzliche Abreise deutlich zum Ausdruck zu bringen. Sie probierte es trotzdem. „Ich denke, dass es im Sinn einer guten Zusammenarbeit gewesen wäre, uns im Vorhinein zu verständigen."

„Wie Recht Sie doch haben!" Beinholtz überging die Rüge. „Darf ich Ihnen etwas anbieten? Einen Portwein vielleicht?"

„Da sage ich nicht nein", lächelte Simone und betrachtete ihn wohlwollend, als er sich am Getränkewagen zu schaffen machte. Ein Mann im besten Alter, musste sie zugeben. Die Schläfen leicht angegraut, ein kleines Bäuchlein und doch insgesamt eine sehr sportliche Statur.

„So, Gnädigste", sagte der Verleger und nahm neben ihr auf der Ledercouch Platz. „Fragen Sie, was Ihr Herz begehrt! Soweit es mir möglich ist, werde ich Ihnen gerne behilflich sein."

Simone bemerkte seine schönen dunklen Augen. Ein jugendliches, schalkhaftes Leuchten blitzte in ihnen auf und nahm sie gefangen. Sie mochte seine Nähe, stellte sie fest. Und seinen Duft. „Nun, zuerst, verehrter Herr Direktor", flötete sie, „würde ich gerne wissen, ob Sie eine Erklärung für die schrecklichen Morde in Ihrem unmittelbaren Umfeld haben."

Beinholtz überlegte. „Jemand hatte ein nicht zu unterdrückendes Interesse an Gertrude Wildfangs und Monika Strauchs Tod?", riet er.

Verwirrt sah ihn Simone an. Erst, als er zu schmunzeln begann und zwar unwiderstehlich, wurde ihr bewusst, dass er sich einen Scherz erlaubt hatte. Aha, humorvoll war er auch! Ermutigt durch seinen Charme schenkte sie ihm ihr herzlichstes Lächeln. An ihre Krähenfüße dachte sie dabei nicht.

„Spaß beiseite!" Beinholtz senkte betrübt seinen Blick. „Ich habe leider nicht die geringste Ahnung, wer hinter diesen abscheulichen Verbrechen stecken könnte. Meine Liebe, Sie wissen genauso gut wie ich, welch sonderbare Abgründe die menschliche Seele birgt. Oft lassen rätselhafte Vorgänge vertraute Personen plötzlich fremd erscheinen."

„Ja, genau." Simone war schlicht beeindruckt von der Tiefsinnigkeit seiner Worte. Automatisch rückte sie ein Stück näher an ihn heran. Durfte sie einen so kultivierten und eloquenten Menschen mit ihren banalen Fragen überhaupt belästigen? Sie bezweifelte, auf diese Weise einen guten Eindruck zu hinterlassen. Aber genau das erschien ihr mit einem Mal wichtig.

„Sie können mir glauben, wie furchtbar die Auswirkungen dieser unerklärlichen Taten für den Verlag sind." Nachdenklich nahm Beinholtz einen Schluck vom Portwein. „Ganz zu schweigen von meiner persönlichen Betroffenheit natürlich. Beide Damen waren wertvolle Mitarbeiterinnen, liebe Menschen. Bedauerlicherweise fehlte mir die Zeit, sie über das Berufliche hinaus besser kennenzulernen. Oft nimmt man das, worauf es wirklich ankommt, erst wahr, wenn es zu spät ist ... Leider." Er seufzte leise. „Verzeihen Sie, wenn ich neugierig bin, aber wie entwickeln sich die Ermittlungen?"

„Ich bin guter Dinge, dass wir sie demnächst abschließen können. Wir verfolgen eine heiße Spur." Simone ärgerte sich sofort über diese lächerliche Phrase. *Heiße Spur*! Was sollte Direktor Beinholtz von ihr halten, wenn sie als Akademikerin sich dem peinlichen Beamtenniveau anpasste? „Ich meine," erklärte sie rasch, „die konsequente Ermittlungsarbeit sowie die logische Auswertung aller relevanten Parameter lieferten letztlich konkrete Ergebnisse, die uns zuversichtlich stimmen, in Bälde des Täters habhaft zu werden."

Der Verlagschef zeigte sich überrascht. „Verstehe ich Sie richtig? Sie kennen den Mörder bereits?"

„Tja ..." Simone verlor sich in der Sanftheit seiner Augen. Sie schlug ihre Beine übereinander und strich ihren Rock glatt.

„Weshalb nehmen Sie ihn nicht fest?" Beinholtz füllte ihr Glas nach und betrachtete sie gespannt. Bisher hatte er Polizisten für unerträglich beschränkte Zeitgenossen gehalten. Erst letzte Woche hatte das Auftreten dieses Bezirksinspektors seine Meinung aufs Neue bestätigt. Nun belehrte ihn Frau Dr. Reichenbach eines Besseren. Man merkte sofort, dass sie Akademikerin und somit eine Gesprächspartnerin war, mit der man sich auf gehobenem Niveau unterhalten konnte.

„Ich will mich keinesfalls in Ihre Arbeit einmengen", beteuerte er, da Simone eine Antwort schuldig geblieben war. „Ich bin überzeugt, Sie erledigen sie tadellos!"

„Ich bitte Sie! Ihre Besorgnis ist verständlich! Uns fehlen noch die entscheidenden Beweise."

Fast hätte sie den Faden verloren. Beinholtz verwirrte sie, legte ihr Denkvermögen lahm, als wäre sie ein kleines Schulmädchen. Sie befürchtete, ein einziger falscher Satz oder eine einzige ungeschickte Geste könnten sie dumm aussehen lassen und dem Verleger den Eindruck vermitteln, es mit einer oberflächlichen Kuh zu tun zu haben.

Und dann wurde ihr schlagartig klar, was hinter dieser Sorge steckte, was gerade passierte. So unglaublich es klang, sie fühlte sich wehrlos zu diesem Mann hingezogen. Nur er zählte. Alles andere verlor an Bedeutung.

Ihr ganzes Leben hatte sie die Geschichte von der Liebe auf den ersten Blick als Ammenmärchen abgetan. Das war vielleicht etwas für naive Teenager, aber mit Sicherheit nichts für eine vernunftbegabte Analytikerin, die für nahezu alle Vorgänge auf dieser Welt eine logische Erklärung parat hatte. Jetzt, mit 42 Jahren, musste sie erfahren, dass sie sich geirrt hatte. Und zwar gründlich! Das Verlangen nach Beinholtz ging weit über körperliche Anziehung hinaus und war so stark, dass ihr sonst so sicheres Auftreten arg ins Schleudern geriet. Die Vorstellung, das Feuer, das sich in ihr rasant ausbreitete, könnte nicht auf ihn überspringen, machte ihr regelrecht Angst.

„Ich finde es in meinem Büro zwar gemütlich, doch würde ich ein nettes Restaurant vorziehen, um unser erquickendes Gespräch zu vertiefen." Seine sonore Stimme versetzte ihren Unterleib in fast unerträgliche Schwingungen. „Wären Sie einverstanden, mit mir im Stadtpark, im *Steirereck* zu speisen, Frau Doktor? Ich habe dort einen Tisch reservieren lassen."

Simone wäre mit ganz anderen Aktivitäten einverstanden gewesen. Gleich hier, auf der Couch! Mit ihm zu Mittag zu essen war aber ein durchaus erfreulicher und ausbaufähiger Anfang. Und noch dazu im Steirereck! Sprachlos nickte sie und wischte heimlich die Tränen weg, die ihr vor Glück in die Augen getreten waren.

Als Beinholtz sie aus dem Büro geleitete, fiel ihr ein, dass sie bereits eine andere Verabredung getroffen hatte. Sie verdrängte den Gedanken so schnell sie konnte. Ihr Interesse galt im Moment einzig und allein diesem wunderbaren Mann, der ihr sanft seine Hand auf den Rücken legte.

*

Doppler wiederum interessierte, wo Simone so lange blieb! Ungeduldig blickte er auf seine Uhr. Sie hatte nur rasch Direktor Beinholtz einen Besuch abstatten und dann direkt in die Lugner City fahren wollen, um ihn dort zu treffen. Warum rief sie nicht an, wenn sie sich verspätete? Er begann, sich Sorgen zu machen. Ob ihr etwas zugestoßen war? Ein Unfall vielleicht? Oder noch schlimmer: Würde sie ihn tatsächlich versetzen? So kurz nachdem sie diese extremen Gefühle in ihm entfacht hatte? Er wollte das nicht glauben, war es doch *ihre* Idee gewesen, ihn neu einzukleiden! Sie hatte sogar mit Nachdruck darauf bestanden, für sämtliche Unkosten aufzukommen. Für ihren Lieblingsmitarbeiter sei ihr nichts zu teuer, hatte sie augenzwinkernd gemeint, immerhin gehe die Zerstörung seines alten Anzugs auf ihre Kappe!

Er sah ihre Großzügigkeit als Beweis für die tiefe Zuneigung, die sie für ihn empfand. Trotzdem hatte er das Angebot, das sein patriarchalisches Weltbild wieder einmal in heillose Unordnung zu bringen drohte, vorerst strikt abgelehnt. Wo käme man hin, wenn Frauen für Männer bezahlten? Er war schließlich kein kleines Kind mehr und durchaus fähig, selbst für sich zu sorgen. Simone hatte das nicht gelten lassen, und die Diskussion war ihm wie üblich bald über den Kopf gewachsen. Ob ihrer Hartnäckigkeit und der Tatsache, dass er im Moment in monetären Schwierigkeiten steckte, hatte er sich schließlich geschlagen gegeben.

Doppler versuchte, Simone am Handy zu erreichen und wurde prompt mit der Mobilbox verbunden. Na ja, beruhigte er sich, wahrscheinlich dauerte der Termin im Verlag länger als geplant. Aber Bescheid sagen könnte sie trotzdem, dachte er gekränkt und sah zum zehnten Mal auf die Uhr, bevor er zögerlich den Herrenmodensalon „Slub" betrat, vor dem sie sich verabredet hatten.

Als der Verkäufer auf ihn aufmerksam wurde, wandte er sich rasch ab. Er wollte in Ruhe auswählen und sich das irritierende Gequassel ersparen. Die Exklusivität des Angebots verunsicherte ihn ohnedies mehr als genug. Wohin er blickte, entdeckte er nur Markenware vom Feinsten ... Zu entsprechenden Preisen! Die Auswahl an sportlich-flotter Kleidung hielt sich zu seinem Bedauern in Grenzen.

„Darf ich Ihnen behilflich sein, mein Herr?", fragte der Verkäufer, der ihm zielstrebig gefolgt war. Er war klein und dick und sah aus wie ein Mops.

„Ja", hüstelte Doppler, obwohl er nein meinte. Er fühlte sich unwohl. In Modefragen kannte er sich nicht so gut aus. Der Lackaffe würde sicher versuchen, ihm etwas einzureden.

„Suchen Sie etwas Bestimmtes? Einen Anzug vielleicht?"

„Nun ..." Der Bezirksinspektor überlegte, wie er die Flucht antreten könnte, ohne dabei sein Gesicht zu verlieren.

„Wenn Sie mir bitte folgen wollen ... Nicht so schüchtern! Ich zeige Ihnen etwas *Besonderes*." Unbarmherzig schob ihn der Verkäufer vor sich her. „Hier bitte, sehen Sie!" Gezielt fischte er ein Sakko aus der unüberschaubaren Menge an Herrenjacketts. Er witterte die Chance, den Ladenhüter loszuwerden. „Was meinen

Sie? Der letzte Schrei sozusagen! Sportlich, elegant, passend zu jeder Gelegenheit! Unverkennbar italienischer Schnitt, nicht irgendeine Dutzendware aus Taiwan, mein Herr. Das wäre nicht Ihr Stil."

„Ich weiß nicht ..." Doppler setzte auf Verzögerungstaktik. Ohne Simone wollte er keine Entscheidung treffen.

„Am besten, Sie probieren es einfach an!"

Der Angestellte kannte keine Gnade. Hartnäckig drängte er sein Opfer in die nächste Umkleidekabine. Ahnungslose Kunden wie der waren für ihn ein gefundenes Fressen, eine Möglichkeit, auf einfache Art und Weise seine Provision zu verdienen und dabei noch Spaß zu haben.

„Der Tragekomfort wird Sie überzeugen. Die dazugehörige Hose bringe ich Ihnen sofort. Einen kleinen Augenblick!"

Widerwillig schlüpfte Doppler in das Sakko. Es spannte um die Schultern, auch die Ärmel schienen etwas kurz zu sein.

„Wie ich sehe, sitzt es ausgezeichnet! ... Nein, nein, Sie müssen es nicht zuknöpfen!", unterbrach der Mops Dopplers vergebliche Bemühungen. „Das trägt man jetzt offen ... Ja, genau! Na bitte, es steht Ihnen hervorragend. So, bitteschön, und hier noch die Hose ..."

„Trägt man die auch offen?", fragte Doppler außer Atem, als er aus der Kabine trat. Nur unter größter Kraftanstrengung war es ihm gelungen, den Reißverschluss hochzuziehen. Er konnte sich des Eindrucks nicht erwehren, ein klein wenig lächerlich zu wirken.

„Fantastisch!", jubilierte der Verkäufer. „Sitzt wie angegossen."

Das Gefühl hatte Doppler allerdings auch. Er befürchtete, der Anzug würde bei der nächsten schnellen Bewegung von seinem Körper gesprengt werden. Zweifelnd betrachtete er sich im Spiegel.

„Ich finde, dass alles ein bisschen zu eng ist."

„Zu eng?" Der Mops war entsetzt. „Ich bitte Sie! Das ist die neueste Linie! Einmal etwas Anderes! Topaktuell!" Er reduzierte seine Stimme auf ein Flüstern, als er verschwörerisch hinzufügte: „Unter uns gesagt, das ist bereits ein Modell für das kommende Frühjahr. Ich habe mir selbst eines beiseite gelegt."

„Aber die Hose ist zu kurz."

„Papperlapapp! Bei diesem Anzug wurden neuartige Materialien verwendet. Sie werden sehen, wenn Sie ihn erst einmal getragen haben, passt er sich Ihrem Körper optimal an. Die Makrofaser und jahrelange Forschungsarbeit machen das möglich."
Prüfend drehte sich Doppler vor dem Spiegel. Wahrscheinlich hatte der Mann Recht. Was er sagte, klang jedenfalls überzeugend. Außerdem mochte er die Farben. Sie hoben sich von jenen der anderen Kreationen wohltuend ab.
„Und das schicke Design", setzte der Verkäufer nach. „Ein solches Karomuster finden Sie kein zweites Mal." Dessen war er sich sicher. Der Großteil der Produktion dieses Stoffes war vor acht Jahren auf Grund mangelnder Nachfrage eingestampft worden.
„Was sagen Sie? Darf ich ihn einpacken?"
Der Bezirksinspektor schielte auf das Preisschild. Das Angebot schien ihm günstig zu sein. Eine Okkasion sozusagen, bei der Qualität ... Etwas Preiswerteres würde er kaum finden. Simone wäre bestimmt angenehm überrascht, wenn er ihr die Rechnung präsentierte.
„Na gut, ich nehme ihn", entschied er.
„Eine ausgezeichnete Wahl, mein Herr!" Der Angestellte rieb sich die Hände. „Man merkt sofort, Sie kennen sich aus. Vielleicht noch eine schicke Krawatte dazu?"

*

„Ist es wirklich notwendig, dass du diese Sekretärin ... umbringst?", fragte Maria stockend. „Ich meine, Daniel ist so gut wie erledigt."
Ihr Kopf lag auf Alexanders Bauch. Trotz des Anblicks seines stattlichen Glieds fühlte sie sich trostlos. Die unerträgliche Belastung raubte ihr die Vorfreude auf ein Leben ohne ihren abstoßenden Ehemann. Als schier endlos hatte sie die letzten anstrengenden Tage empfunden. Und heute war erst Mittwoch. Das Schlimmste stand ihr also noch bevor.
„Was ich begonnen habe, führe ich zu Ende. Du kennst mich." Alexander klang bestimmt. Sein Plan war zu gut, um vorzeitig ab-

gebrochen zu werden. „Wir müssen auf Nummer Sicher gehen. Seine Schwester wird ihn nach dem dritten Mord nicht länger schützen können. Die Beweise werden so erdrückend sein, dass sie handeln *muss*."

„Wann wirst du es tun?" Ihre eigene Aufgabe war nicht minder gefährlich, als jene ihres Liebsten. Sie spielte mit dem Feuer und ihr wurde zunehmend heißer. Möglicherweise war es ein Fehler gewesen, Alexander zu besuchen. Sie hatte Simone erzählt, in ein Hotel zu ziehen, bis Daniel wieder ansprechbar wäre. Was, wenn ihre Schwägerin sie beschatten ließe?

„Ich hab Angst", flüsterte sie.

„Keine Sorge, es wird alles glattgehen!" Alexander streichelte zärtlich ihr Haar.

„Morgen Abend ist Sylvia Engert tot, und übermorgen wird dein Mann verhaftet. Wahrscheinlich in einem Zustand größter Verwirrung."

Seufzend schmiegte sie sich noch enger an ihn. „Ich brauch dich. Bitte sei vorsichtig, ich möchte dich nicht verlieren."

Er lächelte. Er brauchte sie ebenfalls. Jedoch, die wahre Liebe war es nicht, die ihn mit ihr verband. Es war ihr Geld, das ihn hielt und das er benötigte, um seine Vorstellungen von einem Leben nach seinem Geschmack zu realisieren. Als er sie behutsam auf den Rücken drehte und seinen Körper auf den ihren wuchtete, wogte das Fettgewebe ihres Bauches in kreisförmigen Wellen auseinander.

Tag für Tag acht Stunden seines Daseins mit irgendeinem öden Job zu vergeuden, womöglich für einen Hungerlohn, erschien ihm regelrecht abartig. Was bewog einen Menschen im Vollbesitz seiner geistigen Kräfte dazu, sich auf Dauer auszuliefern und anderes zu tun als das, was ihm wirklich Spaß bereitete, was ihn erfüllte? Das Leben war eindeutig zu kurz, um sich unter seinem Wert zu verkaufen, womöglich an einen internationalen Großkonzern zum Mindestlohn. Aufstehen, arbeiten, heimkommen, fernsehen, schlafen und schon ging es wieder von vorne los.

Von Kindheit an hatte Alexander die stumpfsinnige Monotonie im Alltag der Leute um ihn herum nicht verstanden. Fast war es ihm vorgekommen, als ginge es ihnen ausschließlich darum, nicht aus ihrer Rolle zu fallen, ihre Aufgabe als winziges Rädchen in der Maschinerie verlässlich zu erfüllen. Wie Ameisen oder Bienen, angetrieben von ihren Genen. Ihr Sicherheitsdenken zwang sie dazu, nirgendwo anzuecken, um jeden Preis zu vermeiden, Unmut auf sich zu ziehen. Schier panisch scheuten die Unglückseligen davor zurück, offen ihre Meinung zu vertreten, oder wenigstens einmal *nein*! zu sagen.

Maria spreizte ihre kurzen, dicken Beine. Sie stöhnte, als er tief in sie eindrang.

Leben bedeutet Grenzen zu überschreiten, dachte Alexander. Und umgekehrt. Warum wollte das keiner wahrhaben? Die ahnungslosen Kreaturen legten sich selbst in Ketten, nahmen freiwillig an dem Spiel mit Macht und Finanzen teil. Sogar die Verlierer, weil sie gar nicht bemerkten, dass sie immerzu verloren. Die Gewinner waren nämlich klug genug, es nicht zu verraten. Alles habe schon seine Ordnung, bestätigten sie jedem, der es hören wollte. Eine kleine Verbesserung hier, ein tiefer Einschnitt da ...

Visionen oder allein der Funke einer Idee, dass es anders gehen könnte, erforderten eigenständiges Denken. Und eigenständiges Denken war noch nie die Stärke der Unterprivilegierten gewesen. Auch dafür sorgten die Mächtigen, indem sie Bildung auf die gleiche Weise verteilten, wie das Vermögen. Ungerecht! Die Antriebslosen saßen dann zufrieden vor ihren Fernsehapparaten, dröhnten sich mit närrischen Programmen privater Kabelsender zu und waren glücklich, wenn ihr Mobiltelefon über mehr als 20 verschiedene Klingeltöne verfügte. So einfach konnte es gehen! Man steckte den Idioten Taschengeld für ihre Dienste zu, natürlich nicht zu viel, und bekam es einen Tag später wieder, wenn sie im Teleshoppingkanal ein zwölfteiliges Messerset bestellten.

Maria keuchte unter ihm. Sie hielt ihn fest umklammert. Leidenschaftlich warf sie ihren Kopf hin und her.

Die wenigen Idealisten waren an den Fingern einer Hand abzuzählen. Jedenfalls waren es zu wenige, um nachhaltig etwas zu bewirken. Für mehr als ein paar gezielte Steinwürfe bei Demonstrationen reichte es nicht. Sobald die Wasserwerfer anrollten, schmolz der große Traum von der Revolution dahin, und die Hasenfüße zogen ihre Schwänze ein. Alexander hatte das längst kapiert und beschlossen, fortan einen anderen Weg einzuschlagen.

Er kam mit einem lauten Grunzen. Maria schrie kurz auf. Ihr Körper entspannte sich, ihr Atem ging schwer. Träge rollte er von ihr herunter. Nein, er liebte sie nicht, und ja, er brauchte sie, weil sie ihm ermöglichte, in Zukunft das zu tun, was er für richtig hielt. Nämlich nichts. Zumindest bis die Zeit reif wäre, eine neue gesellschaftliche Ära einzuläuten. Müde schob er seine Gedanken beiseite und betrachtete die Frau, die in seinen Armen eingeschlafen war. Sie war potthässlich.

*

Simone war von Dopplers Anblick immer noch restlos überwältigt. Fassungslos, entsetzt und belustigt zugleich. Er musste übergeschnappt sein, so einen Anzug zu kaufen. Hatte er jeden Bezug zur Realität verloren? Rot-orange kariert! Dass es so etwas überhaupt gab! Noch dazu um zwei Nummern zu klein. Wie der letzte Vollidiot sah er darin aus. Von der beigefarbenen Krawatte mit den grünen Punkten wollte sie gar nicht reden.

Als er ihr zaghaft die Rechnung zugeschoben hatte, felsenfest davon überzeugt, ein Vorreiter in Sachen Mode zu sein, war sie in schallendes Gelächter ausgebrochen. Er glaubte doch nicht im Ernst, dass sie für solche Scheußlichkeiten auch nur einen Cent bezahlen würde! Ohne Umschweife hatte sie ihm das klargemacht. Doppler war, passend zu seinem neuen Outfit, knallrot angelaufen und schwer beleidigt von dannen gezogen. Für den Rest des Tages hatte er sich der Überwachung Sylvia Engerts gewidmet und nicht mehr blicken lassen. Sie musste das unbedingt Rudolf erzählen. Der Gute hatte ja keinerlei Vorstellung, mit welchem Trottel sie ihr Büro teilte.

Sie erzählte es dann doch nicht. Doppler verlor rasch an Bedeutung, als Rudolf kleinlaut vor sie hintrat. Er sah so sexy aus in seiner Schuluniform! Die kurze Hose, der Matrosenkragen ... Sie konnte nicht umhin, sich sofort auf ihn zu stürzen. Er bettelte sie an, ihn nicht zu bestrafen, denn er sei artig gewesen, ein ganz braver Junge. Trotzdem, das freche Funkeln in seinen Augen verriet ihr sogleich, dass er schwindelte. Das durfte sie ihm nicht durchgehen lassen. Der Rohrstock musste her! Rudolf lechzte förmlich danach, diszipliniert zu werden, als er in der Ecke kniete, mit dem Gesicht zur Wand und leise wimmerte. Sie hielt sich nicht zurück, stellte unmissverständlich klar, wer die Herrin war. Danach tröstete sie ihn und hatte ihn ganz lieb.

Es war einfach wundervoll! Zwischen ihnen entwickelten sich die Dinge so unglaublich schnell, dass ihr vorkam, sie würde Rudolf bereits seit einer Ewigkeit kennen. Dermaßen vertraut gingen sie miteinander um. Dabei waren erst 30 Stunden vergangen, als er sie in seinem Büro in inneren Aufruhr versetzt hatte.

Gott, war sie glücklich! Sie schwebte förmlich auf Wolken. Ein Traum war in Erfüllung gegangen. Rudolf hatte alles, was ein Mann brauchte. Intelligenz, Humor, Selbstbewusstsein, ein gutes Aussehen, diese besondere sexuelle Veranlagung ... und eine atemberaubende Villa am Wilhelminenberg, von der aus man die ganze Stadt überblicken konnte. Am liebsten wäre sie hier nie wieder weggegangen. Aber ihr blieb keine Wahl. Sie benötigte all ihre Energie, um morgen wie erhofft den Fall abschließen und den Mörder aus dem Verkehr ziehen zu können. Danach, wenn alles überstanden wäre, würde sie Urlaub nehmen und sich mit Rudolf zwei Wochen lang in seinem Haus verkriechen.

Er begleitete sie noch an der Leine bis in den Garten, verrichtete sein Geschäft am Apfelbaum, dann ließ sie ihn laufen und fuhr nach Hause.

11

Drei Gründe veranlassten Bezirksinspektor Doppler, bis auf Weiteres nur das Allernotwendigste mit Simone zu sprechen. Erstens, der kränkende Lachkrampf, der sie am Vortag minutenlang geschüttelt hatte, als er mit seinem neuen Anzug im Büro erschienen war. Zweitens, ihre beharrliche Weigerung, für die aberwitzigen Kosten dieses Harlekinkostüms, wie sie es nannte, aufzukommen. Und drittens, ihre ausweichende Antwort auf die Frage, weshalb sie nicht wie vereinbart im Herrenmodengeschäft aufgetaucht war.

Sie habe zu tun gehabt, und schließlich gehe die Arbeit vor, war ihre unbefriedigende Auskunft gewesen. Mehr hatte sie nicht verraten wollen. Doppler war verärgert. Simone hatte ihn schwer enttäuscht. Seiner Meinung nach war es unumgänglich, in einer Beziehung offen und ehrlich miteinander umzugehen, einander zu vertrauen. Sobald es die Zeit erlaubte, wollte er dieses Thema ausführlich mit ihr besprechen. Er würde ihr klarmachen, dass es gewisse Spielregeln gäbe, an die sie sich zu halten hätte, legte sie auch weiterhin Wert darauf, mit ihm zusammen zu sein. Und davon ging er nach wie vor aus, trotz der immer wiederkehrenden Befürchtung, sie könnte ihre Liebschaft möglicherweise zu wenig ernst nehmen.

Zu seinen privaten Sorgen gesellte sich ein berufliches Ärgernis, das drohte, ihm diesen ohnehin nervenaufreibenden Tag ordentlich zu vermiesen. Dr. Scherz, der Polizeipräsident, hatte kurzfristig ein Meeting einberufen, zu dem auch er geladen war, was ausgesprochen selten vorkam und erfahrungsgemäß nichts Gutes bedeutete.

„Doppler, ich glaube, es wird Zeit." Simone deutete auf die Wanduhr. „Wir sollten die Kollegen nicht warten lassen."

„Auf zum Henker", murrte der Bezirksinspektor und folgte gebückt seiner Vorgesetzten in Richtung Konferenzraum.

Das Kichern zweier Exekutivbeamtinnen störte ihn nicht, na ja, vielleicht ein bisschen, als er, eingezwängt in sein orange-rotes

Unikat, an ihnen vorüberzappelte. Die dummen Gänse hatten ja keine Ahnung, was momentan angesagt war! Da berührte ihn das blöde Grinsen Fischers schon mehr, der mit seinem Vorgesetzten, Major Lembert, angeregt tuschelte, als er das Besprechungszimmer in der Bundespolizeidirektion betrat. Allmählich drängte sich Doppler der leise Verdacht auf, dass sein neues Styling bei der Kollegenschaft nicht jenen Eindruck hinterließ, den er sich erhofft hatte.

Dr. Scherz ergriff das Wort. „Da wir nun, wie mir scheint, vollzählig sind, denke ich, fangen wir am besten unverzüglich an, meine Anliegen hinter uns zu bringen, davon ausgehend, dass Kollegin Reichenbach und ihren Mitarbeitern ein anstrengender Tag ins Haus steht, weswegen wir möglichst wenig Zeit verlieren und die Sache raschest in Angriff nehmen sollten. Wollen Sie sich also bitte auf ihre Plätze begeben und es sich bequem machen?"

Ein geräuschvolles *Ratsch*, das das einsetzende Sesselrücken bei weitem übertönte, lenkte die Aufmerksamkeit aller Anwesenden auf Doppler, der sich verlegen räusperte und beschämt auf seine Hände blickte. Er bezweifelte, dass der verfluchte Verkäufer *das* gemeint hatte, als er beteuerte, der Anzug würde sich dem Körper des Trägers optimal anpassen. Die luftige Freiheit im Bereich seines Gesäßes ließ den Bezirksinspektor erahnen, dass von der Hosennaht kein Zentimeter übrig geblieben war.

„Der Grund, weswegen ich Sie heute zu mir gebeten habe, ist die Tatsache, dass sich unsere Arbeit, bedingt durch mir zu Ohren gekommene Unstimmigkeiten und Missverständnisse, aber auch durch, ich möchte es höflich ausdrücken, Anfälle höchst bedenklicher Unintelligenz in der Öffentlichkeit als eine solche darstellen könnte, die sie nicht ist, oder zumindest nicht sein sollte und darf!" Dr. Scherz öffnete eine Schreibmappe und zog die Schutzkappe seiner Füllfeder ab. „Ich möchte daher Ihre Meinungen zu den zur Debatte stehenden Themen aus erster Hand hören, um mir Klarheit zu verschaffen, wo die Wurzel des Übels zu suchen und alsbald auszureißen ist, im Interesse der Wiederherstellung unseres guten Rufs. Lassen Sie uns mit der absonderlichen und gleichermaßen tragischen wie komischen Begegnung Bezirksinspektor Dopplers im Untergrund beginnen."

Die eintretende Pause und die ungeduldigen Blicke der Diskussionsteilnehmer bestätigten Doppler, dass man von ihm erwartete, zu Dr. Scherz' Einleitung, von der er kein Wort, außer seinem Namen, verstanden hatte, Stellung zu beziehen. Verzweifelt linste er zu Simone, die er nun wieder als gut genug erachtete, um ihm einzusagen. Die Hilfe kam von anderer Seite.

„Erzählen Sie uns die Geschichte von dem Taschendieb in der U4 einfach nochmals", bat Dr. Feuersturm, der Leiter der Kriminaldirektion 1, geduldig.

Doppler ging ein Licht auf. Das war es also, dachte er. Man war hier zusammengekommen, um sich über ihn lustig zu machen! Erzürnt suchte er nach einer Möglichkeit, die öffentliche Bloßstellung möglichst elegant zu umschiffen. Hätte er gewusst, was ihm bevorstand, wäre es ihm möglich gewesen, seine Rechtfertigung besser vorzubereiten. Oder sich krank zu melden. So blieb ihm nichts anderes übrig, als das Märchen vom Diebstahl seiner Beamteninsignien vor versammelter Mannschaft erneut zum Besten zu geben. Zur allgemeinen Erheiterung des schadenfrohen Mobs, wie sich rasch herausstellte.

„Es fällt mir schwer, Ihnen zu glauben", stellte Dr. Scherz in ungewohnter Kürze fest. „Tollpatschigkeiten dieser Art sind wahrlich nicht dazu angetan, das ohnedies, wie vorhin erwähnt, angeschlagene Bild der Exekutive in der Öffentlichkeit zu revidieren. Nach gründlicher Überlegung bin ich allerdings unter Zudrückung beider Augen zu dem Schluss gekommen, diese peinliche Anekdote als einmaligen Ausrutscher zu bewerten, dessen Wiederholung ich nicht zu tolerieren beliebe. Im dringenden Interesse unserer Reputation, die mich mit größter Sorge erfüllt, ist dieser Eklat unbedingt von den Medien und deren Verbündeten fernzuhalten, das zu tun, ich Sie alle, meine Herren ... und Dame", fügte er hinzu und sah Simone über den Rand seiner Brille entschuldigend an, „das zu tun, ich Sie also hiermit nachdrücklich auffordere!" Der Polizeipräsident wandte sich an Doppler. „Zu erwähnen sei noch, Herr Bezirksinspektor, dass ich nur auf Grund intensiven Ersuchens Ihrer sehr geschätzten Vorgesetzten, Frau Dr. Reichenbach, von der Aufnahme eines internen Untersuchungsverfahrens und einer daraufhin zweifellos zwangsläufigen Versetzung Ihrer Person zögerlich, aber doch, Abstand genommen habe und es hiermit bei einer strengen Ermahnung belasse, was Sie, wie ich inständig hoffe, nicht zu weiteren Ungeschicklichkeiten herausfordert. Ich kann Ihnen versichern, dass ich ab sofort und bis auf Widerruf besonderes Augenmerk auf Ihre Person und Ihre Leistungen zu richten beliebe und Frau Dr. Reichenbach den offiziellen Auftrag erteile, mir freundlicherweise im Monatstakt detaillierte Dienstbeschreibungen, Ihre Arbeitsqualität und Ihr Verhalten betreffend, zukommen zu lassen."

„Ich kann nur wiederholen, dass ich mit Dopplers Arbeit rundum zufrieden bin", erklärte Simone kurz.

„Gut, dann betrachten wir dieses Thema, das einer gewissen Pikanterie nicht entbehrt, als abgeschlossen und machen uns hurtigst daran, den nächsten Punkt der Tagesordnung ausführlichst zu beleuchten!"

Dr. Scherz kramte in seinen Unterlagen. „Gestern", fuhr er fort, „wurde mir von Herrn Dr. Feuersturm eine wohl formulierte Beschwerde Frau Dr. Reichenbachs übermittelt – wobei ich an dieser Stelle gerne die Anmerkung einbringen möchte, dass in solchen Fällen das hierfür vorgesehene Formular A72/b Verwendung finden sollte – die unkonventionellen Vernehmungstechniken unseres Kollegen Chefinspektor Fischer betreffend . Wie ich dem ausführlichen Bericht entnehme, sollen Sie, Herr Chefinspektor, den Bruder der Beschwerdeführerin ohne Grund sowie – und dies setzte mich in besonderes Erstaunen – ohne Oberbekleidung nahezu 24 Stunden festgehalten und, man höre und staune, aufs Heftigste misshandelt haben! Bevor Sie nun versuchen, mir die näheren Umstände zu vergegenwärtigen, sei Ihnen mitgeteilt, dass mir die Akte Reichenbach in vollem Umfang vorliegt und mir die Vorgeschichte somit bekannt ist. Ich darf Sie daher ersuchen, sich auf eine kurze Replik zu den schwerwiegenden Vorwürfen zu beschränken und auf ausschweifende Reden, für die uns wahrlich die Zeit fehlt, zu verzichten!"

Genussvoll lehnte sich der Polizeipräsident zurück. Wie die Rechtfertigung Fischers aussehen würde, interessierte ihn nicht im Geringsten. Die Entscheidung über die Konsequenzen hatte er längst getroffen und sie war, wie er meinte, in Punkto Weisheit nicht zu übertreffen.

Fischer spielte die personifizierte Unschuld. „Das provokante Verhalten des Verdächtigen hat mich veranlasst, ihn mit Nachdruck zurechtzuweisen. Selbstverständlich im üblichen Rahmen. Von Misshandlungen, wie behauptet wird, kann keine Rede sein! Frau Dr. Reichenbach scheint diesbezüglich etwas zu übertreiben."

„Verzeihen Sie, bitte!", brauste Simone auf. „Sie wollen doch nicht abstreiten, meinen Bruder ins Gesicht geschlagen zu haben! Ich musste es mit eigenen Augen ansehen. Abgesehen davon: Weshalb ließen Sie Daniel ohne Oberbekleidung herumlaufen?"

„Er ist sehr wenig gelaufen. Die meiste Zeit ist er gesessen", korrigierte Fischer lapidar.

„Also jetzt reicht es mir!" Simone schlug auf den Tisch. „Was fällt Ihnen ein? Wollen Sie uns zum Narren halten?"

Beschwörend hob Dr. Feuersturm die Arme. „Na, na, beruhigen Sie sich bitte! Wir sind doch alle Kollegen und ziehen gemeinsam an einem Strang."

„Ja, die ziehen, und ich hänge!", keppelte sie und deutete auf die Beamten des Referats 2, Eigentumsdelikte. „Es weiß doch jeder, dass in diesem Haus mehr gegen mich, als gegen die Kriminalität gearbeitet wird. Typen wie Fischer und Lembert ergreifen jede erdenkliche Möglichkeit, um Intrigen zu spinnen."

„Wie kommen Sie nur auf solche Gedanken?" Dr. Feuersturm zeigte sich verwundert. „Ich bin sicher, Herr Major Lembert hatte nie Ähnliches im Sinn."

„Das ist völlig richtig", bestätigte Lembert. „Weshalb sollte ich auch? Ich habe absolut nichts gegen unsere allseits beliebte Kollegin und würde mich hüten, nur *ein* schlechtes Wort über sie zu verlieren! Auch wenn sie des Öfteren verspätet zum Dienst erscheint und ihre Inaktivität und ihr gemächliches Tempo bei den Ermittlungen zu gewissen Vermutungen Anlass geben, gerade was die aktuellen Mordfälle betrifft. Ich kann und möchte grundsätzlich nichts gegen sie vorbringen."

„Was erlauben Sie sich?", schrie Simone. „Ihr frauenfeindliches und faschistoides Denken ist weit und breit bekannt. Und wenn wir schon dabei sind, was bitte schön war damals ...?"

„Ruhe, meine Herrschaften, ich bitte Sie inständig um Ruhe!", mengte sich Dr. Scherz händeringend ein. „Ich darf Sie doch ersuchen, das Waschen schmutziger Wäsche rein auf die haushälterische Tätigkeit, in Ihren eigenen vier Wänden quasi, zu beschränken und im Sinne von Kollegialität und am Endziel orientierter Kooperation unverzüglich zur Vernunft zurückzukehren! Der strittige Punkt, um den es sich eigentlich, wie ich vermute, zu drehen scheint, ist es zum gegenwärtigen Zeitpunkt nicht wert, einer näheren Behandlung unterzogen zu werden, da sich unser geschätzter Dr. Feuersturm erst in fünf Jahren aus seinem aktiven Berufsleben, völlig verdient, wie ich hinzufügen möchte, zurückziehen wird, und alle Überlegungen, seine Nachfolge betreffend, bis zu diesem Zeitpunkt aufgeschoben werden. Der Herr Minister persönlich bestätigte mir erst letztens, dass keinerlei Diskussion über die Nachfolge Dr. Feuersturms anstehe, und geht in diesem Punkt mit mir zu 100 Prozent konform. Bitte, dies zur Kenntnis zu nehmen, Frau Dr. Reichenbach, Herr Lembert!"

Widerwillig verkniff sich Simone, den Gegenangriff fortzuführen. Obwohl zu der Bemerkung über ihre angebliche Inaktivität mit Sicherheit noch nicht das letzte Wort gesprochen war.

„In Hinterunsbringung des Nachfolgegeplänkels, darf ich nun ersuchen, die Konzentration auf die Sache selbst, den Kern sozusagen, zu richten und sich in Erinnerung zu rufen, wo wir stehengeblieben waren, bevor diese unschöne Szene unser produktives Zusammensein störte. Ich bin bereit, einerseits um den Vorwurf der Ungerechtigkeit hintan zu halten, andererseits weil in Bälde mein Mittagstisch ruft, im Falle Fischer wie im Falle Doppler die gleiche Nachsicht walten zu lassen, rate jedoch eindringlich zu Vorsicht, Übersicht zu bewahren und auf das Frönen von Übergriffen bei der Vernehmung Tatverdächtiger zu verzichten, denn auf lange Sicht droht unangebrachtes Verhalten der Exekutive im Ganzen verhältnismäßig mehr zu schaden, als dem einzelnen

Verhaltenden selbst. Ich hoffe meine Herrschaften, ich habe mich deutlich ausgedrückt!"

Stummes Nicken ringsum befriedigte den Polizeipräsidenten. Es war ihm wieder einmal gelungen, das schiefe Lot zurechtzurücken und alle Unstimmigkeiten zu beseitigen. Einfach war das nicht, bedachte man das haarsträubende Kauderwelsch, das manche Kollegen von sich gaben!

*

Sein Spiegelbild schockierte ihn. Die verzerrte Fratze eines Wahnsinnigen glotzte ihm entgegen. Aschgrau und knöchern. Leblose, blutunterlaufene Augen saßen tief in ihren Höhlen, als wollten sie sich vor dem verbergen, was sie mit ansehen mussten. Grobe Furchen hatten sich in seine Stirn gegraben, weitläufig zu einem Netzwerk verzweigt. Die Nase stand schief und schimmerte violett. Seine rechte Augenbraue tat, was sie wollte. Sie hüpfte nach Belieben auf und ab. Er hatte die Kontrolle über seine Mimik verloren. Mit zitternden Fingern befühlte er die Mundwinkel, die unaufhörlich zuckten. Er zog sie auseinander, um sie zu beruhigen. Dazwischen spannten sich unnatürlich weiße Lippen. Sie waren ausgetrocknet und von feinen, blutenden Rissen verunstaltet ... Das also war von ihm übrig geblieben! Eine bedauernswert abstoßende Kreatur! Er hasste, was er sah. Angeekelt wandte er sich ab.

Die ständig wechselnden Zustände von Panik, Apathie und Hoffnung hatten nicht nur Daniels Äußeres um zehn Jahre altern lassen, sie fraßen auch seinen Lebenswillen und hatten ihr Mahl weitgehend beendet. In diesem Augenblick konnte er klar genug denken, um seine Situation zu begreifen. Er war den kleinsten alltäglichen Herausforderungen nicht mehr gewachsen, schaffte es nur noch selten, morgens aufzustehen, sich zu waschen, oder einen Imbiss einzunehmen. Ohne Simone, die regelmäßig vorbeikam und ihn mit dem Nötigsten versorgte, wäre er längst in einen Zustand anhaltender geistiger Umnachtung gefallen und hilflos zugrunde gegangen. Es hatte keinen Sinn, länger zu leugnen, dass er auf dem besten Weg war, zu einem antriebslosen Zombie zu mutieren. Und es hatte noch weniger Sinn, es so weit kommen zu lassen. Der Verfall musste umgehend gestoppt, dem Elend ein Ende gesetzt werden! Es lag in seiner Hand und im Bereich seiner Möglichkeiten, wenn er die momentane Fähigkeit, klar zu denken und den letzten Funken Energie, der ihm geblieben war, zielstrebig nutzte. Eine zweite Chance würde er nicht bekommen.

Daniel war es nie gewohnt gewesen, Entscheidungen zu treffen. Das hatten immer andere für ihn getan. Seine Eltern, seine Schwester und später Maria. Sogar der Entschluss, Schriftsteller zu werden, war nur mit kräftiger Unterstützung Monika Strauchs umzusetzen gewesen. Wie jämmerlich!, musste er zurückblickend zugeben. Aber noch war es nicht zu spät, das zu ändern! Zum ersten Mal in seinem Leben würde er den entscheidenden Schritt von sich aus wagen. Dass es gleichzeitig sein letzter wäre, spielte dabei keine Rolle. Er hatte unwiderruflich beschlossen, mit den unerträglichen Qualen Schluss zu machen.

Zielstrebig begab er sich in die Garage. Eine Flasche Eristoff und das Päckchen Beruhigungstabletten trug er mit sich. Hier wollte er aus dieser bösartigen, feindlichen Welt scheiden. Kein würdiger Ort, für seine letzten Atemzüge, aber ein effektiver. Und der sicherste. Niemand sollte seinen Plan in letzter Sekunde vereiteln. Sorgsam versperrte er das Garagentor, sowie die Tür zum Keller. Die Schlüssel ließ er vorsichtshalber stecken. So konnte niemand eindringen, bevor er es hinter sich gebracht hatte. Dass die wenigen Tabletten nicht tödlich waren, spielte keine Rolle. Gemeinsam mit dem Wodka konnten sie ihn zumindest betäuben. Mehr brauchten sie nicht. Den Rest würden die Abgase besorgen.

Noch einmal atmete er kräftig durch, dann stieg er in Marias Golf und öffnete die Fenster. Es gab kein Zurück mehr, und das war gut so! Daniel hatte nicht vor, auch nur eine weitere Sekunde mit sinnlosen Was-Wäre-Wenn-Gedanken zu vergeuden. Entschlossen nahm er eine Hand voll von den ovalen, gelben Tabletten und spülte sie mit einigen großen Schlucken Wodka hinunter. Dann startete er den Motor. Das Geräusch und die Vibrationen entspannten ihn. Er lehnte sich zurück und wartete. Er verspürte keine Angst. Er hatte abgeschlossen. Eine unglaubliche Ruhe überkam ihn. Fast ein Glücksgefühl.

Bald drangen die ersten Rauchschwaden in das Wageninnere, und Daniel wurde müde. Ein letztes Mal überlegte er, ob er an alles gedacht hatte.

*

Vom Yppenplatz drang Kindergeschrei durch das geöffnete Fenster. Eine leichte Brise blähte den Vorhang wie ein Segel auf und ließ ihn hin- und herwogen. Alexander hatte Maria aus dem Haus geschickt. Bei seinen Vorbereitungen wollte er alleine sein. Ihre Unruhe lenkte ihn ab. Ein kleiner Bummel würde sie beruhigen, hatte er gemeint und es nicht erwarten können, bis sie endlich gegangen war. Erst dann gelang es ihm, seine mentalen Kräften zu sammeln und auf den bevorstehenden dritten und letzten Streich zu fokussieren.

Sylvia Engert arbeitete bis 18 Uhr. Um 18 Uhr 45 würde er sie in der Weihburggasse treffen. Das gab ihm noch reichlich Zeit. Er musste sich nicht beeilen. Seit 15 Minuten wetzte er mit äußerster Genauigkeit das Obstmesser. Er verwendete einen Schleifstein. Die Klinge sollte schartenfrei und scharf wie eine Rasierklinge sein. Mit der elektrischen Schleifmaschine würde ihm das nicht gelingen. Punkto Genauigkeit konnte es keine Küchenmaschine mit ihm aufnehmen. Alexander war gewohnt, mit Akribie an seine Aufgaben heranzugehen, und seine Opfer durften mit Recht nur das Beste erwarten. Vorsichtig blies er den Staub von der Klinge und polierte sie mit einem weichen Baumwolltuch, bis er sich in ihr spiegeln konnte. Dann packte er das Messer in ein Lederetui und verstaute es in der Innentasche seines Jacketts.

Alexander kannte keine Nervosität. Er wusste, dass ihm niemand das Wasser reichen konnte. Die Polizei war ahnungslos, und er ihr stets einen Schritt voraus. Die Reichenbach und ihre Konsorten stellten keine Bedrohung für ihn dar. Er würde den dritten Mord ebenso ohne Zwischenfälle hinter sich bringen, wie die beiden anderen.

*

Das Meeting hatte bei Simone einen bitteren Nachgeschmack hinterlassen. Ihr Stimmungsbarometer stand auf unter Null. Aggressiv überholte sie den verbeulten Peugeot, der auf der Alser Straße die längste Zeit träge vor ihr hergezottelt war. Ein Fahrer mit Hut, typisch!

„Alter Trottel!", schimpfte sie und stieg aufs Gas.

Zum ersten Mal war der Konflikt zwischen ihr und dem Rest der Kollegenschaft offen ausgebrochen. Bisher hatte man es vorgezogen, den jeweiligen Widersacher hinter dessen Rücken schlecht zu machen, und jede Gelegenheit genutzt, ihm aus sicherer Distanz eins auszuwischen. Damit war nun Schluss! Selbst der Polizeipräsident, der bis heute über die Zwistigkeiten bestenfalls aus dritter Hand informiert worden war, wusste nun, wie schlimm es um das Arbeitsklima in der Kriminaldirektion stand. Simone bezweifelte, dass sein Versuch, die Gegensätze aus dem Weg zu räumen, von Erfolg gekrönt wäre. Idioten wie Fischer und Lembert waren mit beschwichtigenden Worten nicht zur Vernunft zu bringen. Die dachten ausschließlich an ihre eigene Profilierung und waren bereit, dafür über Leichen zu gehen.

Sollte sie jemals an der Spitze der Kriminaldirektion 1 stehen, würde sie diese kindischen Gehässigkeiten unverzüglich unterbinden! Aber bis dahin galt es, einen langen holprigen Weg zu meistern. Bei Gelegenheit müsste sie sich die Zeit nehmen, um intensiv darüber nachzudenken, wie sich ihre Gegner am effektivsten ausbooten ließen.

Es war kurz vor vier, als sie den Elterleinplatz passierte. In zehn Minuten würde sie bei Daniel sein. Rechtzeitig, wie sie hoffte. Sollte er das Haus bereits verlassen haben, um Sylvia Engert in einen Hinterhalt zu locken, bliebe ihr nichts anderes übrig, als tatenlos abzuwarten und darauf zu vertrauen, dass die Überwachung der Verlagssekretärin das Schlimmste verhinderte. Jetzt, nachdem sie sich für Doppler stark gemacht hatte, würde er sie hoffentlich nicht enttäuschen.

Simone zwang sich, einen kühlen Kopf zu bewahren. „Was fällt dir eigentlich ein?", eröffnete sie eines ihrer Selbstgespräche. „Wie kommst du auf die Idee, unser Bruder könnte hinter den Morden stecken?"

„Na ja, bei den Indizien ...", rechtfertigte sie sich leise.

„Entschuldige bitte, aber ich kenne kaum einen Menschen, der harmloser ist, als er. Sieh es realistisch!"

„Hm ..."

„Wahrscheinlich ist er bloß Opfer einer Reihe eigenartiger Zufälle geworden, die ihn unbegründet verdächtig erscheinen lassen. So etwas soll vorkommen."

„Meinst du?"

„Ich bin mir absolut sicher", versuchte sie sich zu überzeugen.

Ganz gelang es ihr nicht. Nervös trommelten ihre Finger auf das Lenkrad, als sie in den Himmelmutterweg bog. Von der Großstadt war hier nicht viel zu bemerken, stellte sie zum x-ten Male fest. Als würde man in eine vollkommen andere Welt eindringen. In eine, der sie nichts abgewinnen konnte. Der *ländliche Charakter!*, dachte sie abfällig. Die Leute blieben daheim, kümmerten sich um ihre Gärten und erfreuten sich an ihrem ruhigen, ereignislosen Leben. Es war eine Welt voller Harmonie, Ordnung, Leichtigkeit und tödlicher Langeweile.

Sie sollte sich in allen Punkten täuschen. Die Lage spitzte sich dramatisch zu. Daniel öffnete nicht. Energisch drückte sie nochmals auf den Klingelknopf, trommelte mit beiden Fäusten gegen die Haustür. Sekunden verstrichen. Langsam, aber sie verstrichen.

Simone fluchte. Scheiße! Sie hatte es vermasselt. Ihr Bruder war bereits ausgeflogen. Gerade als sie zum Handy greifen und Doppler Bescheid geben wollte, fiel ihr ein komischer Geruch auf. Prüfend sah sie sich um.

„Oh, mein Gott!", entfuhr es ihr. Dünne Rauchschwaden trieben unter dem Garagentor ins Freie. Erst jetzt hörte sie das leise Surren des Motors. Hektisch suchte sie in ihrer Tasche nach dem Hausschlüssel. Es dauerte eine Ewigkeit, bis sie ihn fand. Sie hastete die Kellertreppe hinab, tastete sich durch die Dunkelheit und riss die

Tür zur Garage auf. Beißender Qualm drang ihr entgegen. Prompt füllten sich ihre Augen mit Tränen. Mit angehaltenem Atem zwängte sie sich an Marias Golf vorbei, um das Tor zu öffnen. Sie hatte Glück. Der Schlüssel steckte. Tief inhalierte sie die frische Luft. Zwei, drei Male. Dann kehrte sie mit vollen Lungen um. Wie eine Muscheltaucherin. Was um Himmels Willen hatte Daniel getan? Mit den Händen fuchtelnd trieb sie die Rauchschwaden auseinander und riss die Fahrertür auf.

„Daniel!", schrie sie. „Wo steckst du?"

*

Sylvia Engert packte ihre Sachen zusammen. Sie war erleichtert, diesen anstrengenden Arbeitstag hinter sich gebracht zu haben. Seit Monika und die Wildfang nicht mehr da waren, gab es für sie viel mehr zu tun, was sie ehrlich gesagt im höchsten Maße anwiderte. Sie fühlte sich überfordert! Die ständigen Überstunden waren ihr schon nach wenigen Tagen auf die Nerven gegangen, denn sie sah die Arbeit im Verlag nur als einen Job, mit dem sie ihr Geld verdiente und nicht als Erfüllung ihrer Kindheitsträume.

Schließlich hatte sie auch ein Privatleben, auf das sie nicht verzichten wollte. Und das kam gerade in Schwung! Letzten Sonntag, nach dem Treffen mit Doppler, hatte sie diesen wahnsinnig faszinierenden Mann im J-Wagen kennengelernt. Alex. Ein Augenschmaus der besonderen Art. Genau ihr Typ! Groß, gut gebaut, dunkle Locken und eine faszinierende Ausstrahlung, der sie nicht widerstehen konnte ... Und wollte!

Genau zum richtigen Zeitpunkt war er aufgetaucht. Die Morde an ihren Kolleginnen hatten ihr Angst gemacht, hatten ihrer Verunsicherung nach dem schrecklichen Missbrauchserlebnis neuen Nährboden gegeben. Zwar wusste niemand, welche Motive hinter diesen Gräueltaten steckten, doch wenn man eins und eins zusammenzählte, drängte sich die Vermutung auf, dass sie das nächste Opfer wäre.

Mit der Unterstützung der Polizei durfte sie nicht rechnen, auch wenn man ihr versprochen hatte, für ihre Sicherheit zu sorgen.

Auf Typen wie Doppler und diese bescheuerte Reichenbach wollte sie sich besser nicht verlassen. Mit Alex an ihrer Seite hingegen war das anders. Er bot ihr Schutz und – so komisch das klang – *Geborgenheit*. Er war keiner von den Kerlen, die darauf aus waren, sie schnell ins Bett zu kriegen, um dann auf Nimmerwiedersehen zu verschwinden. Alex strahlte eine Ruhe und Entschlossenheit aus, die ihr Mut machten. Ihm hatte sie von Anfang an vertraut. Sie war sicher: Auf ihn konnte sie sich blind verlassen!

Diesmal täuschte sie ihr Gefühl ganz bestimmt nicht. Genau deshalb hatte sie sich mit ihm für diesen Donnerstag verabredet. In seinem Beisein würde es der Mörder nicht wagen, ihr nach dem Leben zu trachten.

*

Doppler ließ Sylvia keine Sekunde aus den Augen. Wieder in Karottenjeans und dem Rentierpullover war er ihr, seit sie den Beinholtz-Verlag verlassen hatte, auf den Fersen. Keine leichte Aufgabe, wie er bald festgestellt hatte. Besonders hier im Gewühl der Innenstadt. Denn dummerweise war sie am Schwedenplatz auf ihn aufmerksam geworden, als sie sich einmal zu plötzlich umgedreht hatte. Seither versuchte sie ihn ohne Unterlass abzuschütteln. Ihre hartnäckigen Bemühungen brachten ihn zur Weißglut. Offenbar nahm dieses Miststück die drohende Gefahr nicht genügend ernst. Oder, und das machte ihn noch wütender, sie hatte eine diebische Freude daran, ihm eins auszuwischen. Doch das konnte sie vergessen, schwor er sich.

Die Rotenturmstraße hinauf, über den Stephansplatz, hinein in die Kärntner Straße ... er blieb dicht an ihr dran. Es würde ihr nie gelingen, einen alten Fuchs wie ihn abzuhängen! Er kannte alle Tricks ...

Doppler hielt inne. Wo zum Teufel war sie? Entsetzt schaute er sich um. Eine Horde italienischer Touristen versperrte ihm die Sicht. Da! Die kleine Schlampe verschwand gerade im „Steffl".

„Der Herr hier fragt sich sicher auch des Öfteren, weshalb beim Gurkenraspeln immer ein unappetitlicher, wässriger Brei entsteht, anstelle von saftigen, ganzen Stücken", sprach der Vertreter für Haushaltsgeräte, der vor dem Eingang seine Waren feilbot und den Bezirksinspektor beim Arm packte. „Für dieses Problem gibt es jetzt eine einfache Lösung!"

Doppler starrte den Mann entgeistert an. Er hatte noch nie in seinem Leben Gurken geraspelt und auch nicht vor, hier und heute damit zu beginnen. „Lassen Sie mich sofort los!", zischte er.

„Das ist doch etwas für Sie, mein Herr, der Kitchen Master KM24! Ein völlig neues Gerät, mit dem Sie nicht nur Gurken raspeln können, sondern auch Zwiebel schneiden, Knoblauch hacken und sogar Erbsen zählen! Har, har, har!" Amüsiert nickte er seinem Publikum zu. „Mit einfachen Handgriffen lässt es sich umbauen und schon übernimmt es die von Ihnen gewünschte Funktion. Sie werden staunen. Und das Beste daran: Das neuartige Protecting Cover bietet absolute Sicherheit und macht es unmöglich, sich zu verletzen. So ungeschickt können Sie sich gar nicht anstellen, mein Verehrtester! Har, har, har!" Auch die herumstehenden Hausfrauen lachten herzlich. Doppler nicht.

Als der Vertreter kurz darauf in der Kaufhaustoilette verwundert sein geraspeltes Gesicht betrachtete, musste er zugeben, dass der unwirsche Herr das letzte Argument unübersehbar widerlegt hatte. Er war erst seit ein paar Monaten im Geschäft, und es gab noch viel zu lernen. Die Entwicklung einer neuen Verkaufstaktik schien ihm durchaus angebracht. Außerdem wollte er bei der nächsten Mitarbeiterbesprechung eingehend auf die Verletzungsgefahren hinweisen, die der neue KM24 in sich barg.

Nicht weit davon entfernt kämpfte sich Doppler atemlos durch die unüberschaubare Menge an Kaufwütigen. Sylvia war verschwunden. Irgendwo zwischen den Papier- und Lederwaren hatte er sie verloren. Resignierend blieb er stehen. Wie sollte er sie in diesem Gedränge je wiederfinden? Er bezweifelte, dass es von großem Nutzen wäre, sie ausrufen zu lassen. Erfolgversprechender erschien es ihm, vor dem Eingang auf sie zu warten. Irgendwann musste sie wieder herauskommen. Spätestens wenn sie in einer halben Stunde sperrten.

Nervös bezog er auf der gegenüberliegenden Straßenseite Posten. Weshalb regte er sich eigentlich auf?, versuchte er sich zu beruhigen. Was sollte passieren? Es war ziemlich unwahrscheinlich, dass der Mörder ausgerechnet in der Unterwäsche- oder Kosmetikabteilung zuschlagen würde. Zu viele Zeugen ... So gefinkelt, wie der Täter bis jetzt vorgegangen war, traute ihm Doppler einen solchen Fehler nicht zu. Und wenn doch? Was, wenn Sylvia ihr tragisches Ende tatsächlich in einer Umkleidekabine oder hinter einem Wäscheständer fände? Doppler zuckte mit den Achseln. Er hatte alles Menschenmögliche unternommen, um die Sekretärin zu schützen. Keiner könnte ihm einen Vorwurf machen. Und *ihm* könnte nichts Besseres widerfahren! Die leidigen Erpressungen hätten damit ein Ende!

Fast war er enttäuscht, als Sylvia wohlbehalten aus dem Kaufhaus stolzierte. Überzeugt davon, ihren lästigen Schatten abgehängt zu haben, schlenderte sie zurück in Richtung Stephansplatz. Doppler folgte ihr mit einigen Metern Abstand. So wie er die Dinge sah, würde sie nun heimfahren und einen gemütlichen Abend vor dem Fernseher verbringen, während er sich draußen im Auto die Nacht um die Ohren schlagen und auf einen Mörder warten musste, von dem er nicht einmal wusste, wie er aussah. Wie Nonja, das Orang-Utan-Weibchen aus dem Zoo, oder doch so, wie der Garagenwächter den Verdächtigen beschrieben hatte? Langes, dunkles Haar, Jeans und T-Shirt ... Ein Typ, den es in tausendfacher Ausfertigung gab! Auch der junge Mann, der direkt vor ihm unterwegs war, sah so aus. Sollte er ihn vielleicht deshalb verhaften? Doppler lächelte grimmig über diesen absurden Gedanken. Ein Lächeln, das unverzüglich einfror, als Sylvia in die Weihburggasse bog und der Mann ihr folgte.

Rasch suchte Doppler hinter einem Lieferwagen Deckung. Die Verlagssekretärin war vor einer Boutique stehengeblieben und betrachtete das Schaufenster. Ihr Verfolger hatte ebenfalls angehalten. Als sie weiterging, setzte auch er sich in Bewegung. Doppler fühlte ein Kribbeln in seinem Bauch. Sein kriminalistischer Spürsinn meldete sich. Die Jagd war an einem entscheidenden Punkt angelangt. Jetzt hieß es handeln!

In diesem Augenblick trat der Unbekannte an Sylvia heran. Ein breites Lächeln zeigte sich auf ihrem Gesicht, als sie ihn umarmte. Der Bezirksinspektor traute seinen Augen nicht. Sie kannte ihren Mörder! Oder sollte er sagen, jenen Mann, der in der Lage war, ihm eine Menge Sorgen abzunehmen?

Er hatte eine Entscheidung zu treffen. Es lag nun in seinen Händen, ob Sylvia Engert ihn weiterhin terrorisierte oder morgen skalpiert zwischen den Mülltonnen in der Rötzergasse Nummer 32 läge. Einige Sekunden stand er unschlüssig da, dann griff er zu seinem Mobiltelefon.

*

„... und dann fiel mir ein, dass ich etwas Wichtiges vergessen hatte."

„Den Abschiedsbrief!", stieß Simone hervor. „Du hast den Abschiedsbrief vergessen!" Sie begann schallend zu lachen. Und gleichzeitig hemmungslos zu weinen. Die unendliche Erleichterung löste ihre innere Anspannung und befreite alle Emotionen.

Sie hatte ihren Bruder letztendlich im Arbeitszimmer vorgefunden. Von Müdigkeit übermannt war er dort friedlich neben seinem Laptop eingeschlafen. Simone schnäuzte sich. Ja, so war Daniel, dachte sie fröhlich. Ohne der Nachwelt ein paar bedeutende Zeilen zu hinterlassen, würde er niemals aus dieser Welt scheiden können. Sein Tod wäre unvollständig und unbefriedigend, so ganz ohne Pathos. Nicht sein Stil. Kichernd fuhr sie ihm durchs Haar.

Daniel glotzte sie verständnislos an. Er kapierte nicht, was sie an seinem tragischen Selbstmordversuch dermaßen amüsierte. Erkannte sie den Ernst der Lage nicht? Glaubte sie, er würde scherzen? Ihm war jedenfalls nicht danach zumute. Dass er sein Leben verpfuscht hatte, war offensichtlich. Und wenn es ihm schon versagt bliebe zu sterben, hätte er wenigstens gerne seinen durch Tabletten und Alkohol bedingten Dämmerzustand beibehalten. Nötigenfalls bis ans Ende der Zeit. Doch was er auch unternahm, seine aufdringliche, besserwisserische Schwester tauchte stets im unpassendsten Moment auf, mischte sich rücksichtslos in seine Angelegenheiten und vermasselte all seine Bemühungen.

Kaum war er aus seinem tiefen Schlaf erwacht, hatte sie unverzüglich Maßnahmen getroffen, um ihn in die unerträgliche Realität zurückzubefördern. Gemeinsam mit den Kreislauftabletten zeigten die fünf Tassen Kaffee langsam Wirkung. Das wohltuende Delirium schwand dahin.

Simone ließ ihn keine Sekunde aus den Augen. „Iss!", befahl sie und deutete auf den mitgebrachten Gemüsestrudel. „Du musst zu Kräften kommen!"

Daniel hasste Artischocken. Trotzdem würgte er tapfer Bissen für Bissen hinunter. Sie ließ ihm keine Wahl. Was er jetzt am wenigsten brauchte, war eine ihrer langatmigen Moralpredigten.

„Wo steckt eigentlich Vincent?", fragte sie beiläufig. „Ich habe ihn schon lange nicht mehr gesehen."

„Vielleicht draußen ..."

„Seit wann darf er in den Garten?"

Daniel schwieg.

„Du bist mir doch nicht mehr böse, wegen unserer Auseinandersetzung, letzte Woche?", erkundigte sie sich vorsichtig. „Du musst meine Situation verstehen. Auf mir lastet unglaublicher Erfolgsdruck."

Er konnte sich an keine Auseinandersetzung erinnern. Wann sollte das gewesen sein? Fragend sah er sie an. Ein Rülpser entkam ihm.

Simone reagierte verärgert. „Ist das alles, was du zu sagen hast?", fauchte sie. „Was ist bloß los mit dir? Seit geraumer Zeit wendest du dich mehr und mehr von mir ab. Früher konnten wir über alles sprechen. Wieso jetzt nicht mehr? Ich begreife das nicht! Verheimlichst du mir etwas?"

Er reagierte nicht. Regungslos saß er da und starrte Löcher in die Luft.

„Interessiert dich überhaupt noch etwas, außer Alkohol? Denkst du, du könntest auf diese Weise der Wirklichkeit entfliehen?"

Daniel schnaubte verächtlich. Was wusste sie schon von seiner Wirklichkeit? Ihre Welt war die der kleinkarierten Bürokraten. Zu seiner fehlte ihr jeder Bezug. Er war ein sensibler *Künstler*! Nur wer das berücksichtigte und zudem versucht hatte, menschliche Gliedmaßen aus der Toilette zu fischen, konnte seine Emotionen begreifen.

Seine Schwester ließ nicht locker. „Wenn du mir deine Probleme erläuterst, kann ich dir vielleicht helfen. Du musst dich aufrichten und deine Ängste überwinden! Komm, gib dir einen Ruck", versuchte sie es auf die liebevolle Art.

„Ich habe keine Ängste", knurrte er.

Simone atmete tief durch. Die Unnahbarkeit ihres Bruders brachte sie an den Rand der Verzweiflung. „Daniel, ich weiß doch Bescheid. Maria hat mir von deinen ... äh ... Entdeckungen erzählt. Die Leiche im Bad, die abgetrennte Hand in den Weinbergen ..." Damit traf sie genau seine wunde Stelle.

„Hör auf!", heulte er. Verzweifelt hielt er sich die Ohren zu. „Lass mich endlich zufrieden!"

„Ich denke nicht daran! Und weißt du weshalb? *Du* bildest dir die Toten ein, und *ich* habe sie wirklich. Und die Parallelen sind mehr als verblüffend. Verstehst du jetzt meine Neugier? Sprich mit mir darüber, verschaffe mir Klarheit! Es wird uns beiden helfen."

„Willst du wieder andeuten, dass ...? Glaubst du etwa wirklich, ich hätte ...?" Daniel schaffte es nicht, die Dinge beim Namen zu nennen. Er fühlte sich hundeelend und in die Enge getrieben.

„*Was* will ich andeuten? *Was* glaube ich wirklich?" Simone kannte kein Mitleid. „Dass du etwas mit den Morden an Monika Strauch und Gertrude Wildfang zu tun hast? Das glaube ich nicht nur, das weiß ich." Sie hatte lange zugewartet, um ihn damit zu konfrontieren. Nun konnte sie ihn nicht mehr schützen.

„Aber das stimmt nicht!", keuchte er.

„Doch, das stimmt! Du kanntest beide Frauen. Und, um es vorsichtig auszudrücken, du hattest kein besonders gutes Verhältnis zu ihnen. Hab ich Recht? Oder weshalb sonst hast du Monika Strauch diese schreckliche Szene im Türkenschanzpark gemacht?"

„Du bist verrückt!" Daniels Stimme überschlug sich. Er wich einen Schritt zurück. „Ich habe sie nicht umgebracht. Weder Monika, noch die andere." Er bebte am ganzen Körper. „Weißt du, was du bist? Eine Scheißsadistin!"

Obwohl dem kaum zu widersprechen war, wurde Simone zornig. So etwas brauchte sie sich nicht sagen zu lassen! „Hör mir gut zu!", fauchte sie. „Ich bin Polizistin, und du nichts weiter als ein x-beliebiger Verdächtiger. Und ich werde aus dir herauskriegen, was ich wissen will. So oder so. Ich rate dir ernsthaft zu kooperieren, sonst ziehe ich andere Saiten auf!" Drohend funkelte sie ihn an.

Daniel bekam Angst. Erinnerungen an seine Kindheit wurden wach. Zu oft war er Opfer ihrer teuflischen Spiele geworden. Einmal, als ihre Eltern nicht da waren, hatte sie ihn sogar mit den Füßen an den Kleiderhaken gefesselt und ihn dort eine geschlagene Stunde kopfüber hängen lassen, bis er schließlich bereit gewesen war, den Diebstahl ihres Spielzeugpanzers zuzugeben.

„Ich bin kein Mörder", flüsterte er. „Bitte glaub mir das!" Sein Blick war flehend. „Und den Panzer habe ich auch nicht gestohlen."

„Was? Wovon redest du?" Simone rang hilflos mit den Armen. „Egal ... Ich kann dir erst glauben, wenn du mich überzeugt hast ... Oder wenn Doppler anruft und mir mitteilt, dass er den Täter verhaften konnte."

Daniel zuckte heftig zusammen, als ihr Mobiltelefon fiepte. Simone prüfte das Display. Doppler. Gott sei Dank! Genau im richtigen Moment.

„Ja?", hauchte sie gespannt.

„Hallo, ich bin's, Doppler."

„Das weiß ich. Sag schon, was gibt es Neues?", drängte sie ungeduldig.

„Schlechte Neuigkeiten ... Ich hab sie verloren."

„Wie bitte?" Simone musste sich setzen. Das war nicht die Nachricht, die sie erhofft hatte. „Bist du wahnsinnig geworden?", krächzte sie. „Wer soll das verantworten? Ich jedenfalls nicht."

„Es war nicht meine Schuld", rechtfertigte sich der Bezirksinspektor. „Das Miststück hat alles versucht, um mich abzuhängen. Was soll ich jetzt tun?"

„Ganz einfach! Du wirst sie wiederfinden! Koste es, was es wolle und wenn du das gesamte Referat mobilisierst! Es geht um Kopf und Kragen ... ums Überleben."

„Vielleicht hat es der Mörder gar nicht auf sie abgesehen", versuchte Doppler seine Vorgesetzte zu beruhigen.

„Scheiß auf die Engert! Ich spreche von mir, du Idiot", brüllte Simone. „Es geht um *mein* Überleben! Meine Karriere, verstehst du? Unternimm etwas!" Wütend stellte sie das Handy ab. „Ich muss ins Büro", wandte sie sich an ihren Bruder. „Ich möchte, dass du mitkommst. Das ist für uns beide besser."

Daniel sah sie verständnislos an.

„Na los, worauf wartest du?"

„Du verhaftest mich?", würgte er hervor.

„Ja", antwortete Simone schroff. „Schau nicht so blöd! Soll ich dir deine Rechte vorlesen, oder was?"

12

Das lange Warten machte Doppler zunehmend mürbe. Es fiel ihm schwer stillzustehen. Unruhig tigerte er zwischen den Briefkästen und der Bassena hin und her, zählte die Steinplatten, auf denen er sich bewegte und vermied es – aus welchen Gründen auch immer – auf die kleinen, hellen zu treten. Bei jeder Kehrtwendung kontrollierte er seine Uhr. Wie ihm schien, waren die Zeiger während der letzten Dreiviertelstunde nur um lächerliche fünf Minuten weitergerückt, und die ganzen zwei Stunden, die er hier im Haus auf der Lauer lag, kamen ihm wie eine halbe Ewigkeit vor. Die Zeit tat alles, um seine Geduld auf die Probe zu stellen. Wie immer, wenn er sich kurz vor dem Ziel wähnte. Sie tat es mit Absicht!

Bisher war es im dunklen Treppenhaus ruhig geblieben, sah man von dem kleinen Zwischenfall ab, als er bei einem Rundgang auf eine verdächtige Person aufmerksam geworden war und sie mit der ganzen Forschheit eines amtshandelnden Polizisten gestellt hatte. Zu seinem Bedauern war es lediglich Frau Machek gewesen, die nächtens ein innerer Drang zur Toilette getrieben hatte und die von dem unerwarteten Auftreten Dopplers in einem Maße überrumpelt worden war, dass sich eine Fortsetzung ihres Weges von allein erledigt hatte.

Doppler gähnte herzhaft. Wenn nicht bald etwas passierte, würde er im Stehen einschlafen. Seine Konzentrationsfähigkeit bedurfte dringend einer Auffrischung, wollte er ein weiteres Debakel verhindern! Kurz entschlossen griff er zum Funkgerät. Der Rundruf brachte nichts Neues. Wie er befürchtet hatte, wurden von den in der Rötzergasse bis vor zum Elterleinplatz postierten Beamten keine besonderen Vorkommnisse gemeldet. Die meisten klangen bereits demotiviert und gelangweilt. Bei einigen Kollegen überkam ihn sogar der Verdacht, sie aus ihren Träumen gerissen zu haben.

Sollte er sich irren? Würde der Mörder seine Vorgehensweise diesmal ändern und die Leiche anderswo abladen? Keine erfreuliche Vorstellung. Denn für den Fall, dass ihm der Täter durch die Lappen ginge, hatte Dr. Feuersturm klar und deutlich Konsequenzen angekündigt. Doppler sah sich bereits am Schulweg Posten beziehen und Kinder über die Fahrbahn geleiten.

Daran hätte er früher denken müssen. Es war in seiner Macht gelegen, zum richtigen Zeitpunkt einzugreifen und den Verdächtigen zu überwältigen. Doch er hatte die andere Variante gewählt und wollte nicht länger darüber nachdenken, ob seine Entscheidung, die Verlagssekretärin zu opfern, die Richtige gewesen war. Auch wenn er noch so lange grübelte, er würde immer auf ein paar Kleinigkeiten stoßen, die gegen seinen Entschluss sprachen. Sylvia konnte er nicht mehr lebendig machen. Nun galt es, in die Zukunft zu blicken, die Sache positiv abzuschließen! Nur ein erfolgreiches Eingreifen könnte ihm aus dem Dilemma helfen. Der Mörder musste aus dem Verkehr gezogen werden und zwar von ihm persönlich. Das erschien ihm besonders wichtig. Doppler sah darin die einzige Chance, sich zu rehabilitieren. Keine Sekunde würde er diesmal zögern, der Presse klarzumachen, dass die Verhaftung des „Schrecklichen Schlächters" ausschließlich *seinem* beherzten Einschreiten zu verdanken sei. Noch bevor Simone dies tun konnte und sich wie sonst in den Mittelpunkt drängte.

Dopplers Funkgerät knackste. „Hier McClane. Terminator, bitte kommen!", krächzte es.

„Hier Terminator", raunte Doppler, der es sich nicht nehmen lassen hatte, die Codenamen selbst zu vergeben. „Was gibt es?"

„Herzlichen Glückwunsch! Sie dürften Recht behalten. Ein Wagen bleibt gerade vor dem Haustor stehen. Wie es scheint, ist es der Mann, auf den wir warten."

„Halten Sie sich zurück, McClane!", zischte der Bezirksinspektor aufgeregt. Endlich nahte sein großer Auftritt. Seine Müdigkeit war wie weggeblasen. „Nicht eingreifen! Ich wiederhole: nicht eingreifen! Lassen Sie ihn die Leiche ausladen und in den Hof schaffen! Er darf Sie auf keinen Fall bemerken. Das Schwein muss sich in Sicherheit wiegen, sonst könnte die ganze Aktion scheitern."

„Sollen wir dieses Risiko wirklich eingehen? Wäre es nicht besser, gleich hier ..."

„Auf keinen Fall!", betonte der Terminator eindringlich. „Das ist ein Befehl! Also nochmals: Bleiben Sie auf Ihren Posten und überlassen Sie den Rest mir. *Ich* werde die Verhaftung vornehmen. Ich allein. Ist das klar? ... Hallo?"

Das monotone Rauschen im Funkgerät war eine unbefriedigende Antwort.

„Was ist los, da draußen? McClane, hören Sie mich?"

„Äh ... ja." McClane klang etwas kleinlaut.

„Was tut sich bei Ihnen? Läuft alles nach Plan?"

„Nicht ganz ..." McClane druckste herum. „Ich fürchte, es wird leider nicht möglich sein, dass Sie die Festnahme persönlich durchführen ..."

„Nicht möglich? Was soll das heißen? Warum nicht, verflucht ...!" Dem Terminator versagte die Stimme.

„Nun, Kollege Sylvester hat das bereits erledigt", jammerte McClane.

„Wer?", quietschte der Terminator kläglich.

„Rambo, Rockys Partner. Die Leiche wurde sichergestellt, der Zugriff ist beendet. Es gab keine Probleme ... Hallo, Terminator? Bitte kommen!"

Doppler glitt das Walkie-Talkie aus der Hand. Er starrte ins Leere. Sein leises Wimmern verhallte im Stiegenhaus. Es gab Momente, in denen er sich so unsagbar erschöpft und ausgelaugt fühlte, in denen alles, was er plante oder tat, von irgendwelchen Dilettanten, die glaubten, es besser zu wissen, prompt zunichte gemacht wurde und in denen er trotz seiner knallharten Männlichkeit bitterlich weinen musste. Dies war ein solcher.

*

Die Bundespolizeidirektion am Schottenring, die tagsüber einem Ameisenhaufen nach einem Unwetter glich, wirkte in diesen frühen Morgenstunden wie ausgestorben. In den weitläufigen Gängen herrschte unheimliche Stille, die meisten Büros waren unbesetzt.

Dr. Simone Reichenbach, die als Leiterin des Referats 1, Kapitalverbrechen, genügend Einfluss auf organisatorische Belange besaß, um Nacht- oder Wochenenddienste gewöhnlich an sich vorübergehen zu lassen, fiel zum ersten Mal das Ticken der Wanduhr auf. Es überraschte sie, wie laut es war. Als sie heißes Wasser in die Teekanne goss, betrachtete sie Daniel, der auf Dopplers Platz hockte und schlief. Der Schlaf des Gerechten, hoffte sie. Der dampfende Kamillentee würde ihm guttun.

Die Nervosität trieb sie im Zimmer auf und ab. Das Hoffen und Bangen wurde unerträglich. Weshalb meldete sich Doppler nicht? Wo blieb er nur so lange? Sie traute dem Idioten durchaus zu, dass er wieder alles vergeigt hatte. Und was dann? Sie müssten ganz von vorne beginnen, und an Urlaub bräuchte sie in diesem Fall gar nicht zu denken.

Simone stöhnte leise. Die Ungewissheit bereitete ihr heftige Magenschmerzen. Sie beschloss, den Tee selbst zu trinken. Sie hatte ihn sich redlich verdient. Als die Tür aufflog, verschluckte sie sich beinahe.

„Guten Morgen! Oder soll ich besser gute Nacht sagen?", grüßte Dr. Feuersturm. „Ich habe eben Nachricht von ..." Er unterbrach sich und deutete auf den schlafenden Daniel. „Wer ist denn das?"

„Tja, also ... das ist mein Bruder", hustete sie.

„Aha. Und darf ich fragen, was er hier macht?"

„Ähm, natürlich ... Er ist Autor und bat mich, ihm Einblicke in die Polizeiarbeit zu gewähren. Recherchen für einen neuen Roman, an dem er arbeitet", log sie und sie war überzeugt, dass sie gut log. „Er möchte sich mit unseren Arbeitsabläufen vertraut machen."

„Schlafend? Wie seltsam!" Dr. Feuersturm zog verwundert die Augenbrauen hoch. „Na ja, wie auch immer ... Was ich sagen wollte: Ich habe soeben erfahren, dass der Gesuchte festgenommen wurde. Ein Grund, Ihnen zu Ihrer erfolgreichen Arbeit zu gratulieren!"

Simones Mund klappte auf. Was in diesem Augenblick von ihrem Herzen fiel, war mehr als ein Stein. „Wirklich? ... Ich bin so froh ...", stammelte sie.

„Leider wird der Erfolg etwas getrübt", fuhr der Leiter der Kriminaldirektion 1 fort. „Ein weiterer Mord konnte bedauerlicherweise nicht verhindert werden. Ein Umstand, der noch genauerer Aufklärung bedarf. Soviel mir bekannt ist, sollte diese Sylvia Engert rund um die Uhr beschattet werden ..." Er schnaubte missmutig und kratzte sich am Kopf. „Na gut, ich wollte Ihnen das so rasch wie möglich mitteilen. Die Einzelheiten besprechen wir später. Ich möchte, dass Sie unverzüglich mit der Vernehmung beginnen, sobald der Täter hierher gebracht wurde, und diese erst beenden, wenn ein umfassendes Geständnis vorliegt, und keine Sekunde eher."

„Ja. Selbstverständlich."

„Meine Anwesenheit wird wohl nicht länger von Nöten sein. Sollten dennoch irgendwelche Unklarheiten auftreten, in dringenden Fällen erreichen Sie mich zu Hause. Also, in diesem Sinne ..." Dr. Feuersturm musterte noch einmal Daniel und machte sich kopfschüttelnd auf den Heimweg.

Als er im Lift nach unten fuhr, dachte er, wie seltsam seine Mitarbeiterin auf die Neuigkeiten reagiert hatte. Nicht zum ersten

Mal kamen ihm Zweifel, ob er mit ihr die richtige Wahl für diese verantwortungsvolle Position getroffen hatte. Zugegebenermaßen war es erschütternd, dass ein drittes Opfer den Erfolg trübte, doch deswegen hätte sie nicht gleich in Tränen ausbrechen müssen.

Es waren Tränen des Glücks, die Simone vergoss. Ein heftiges Schluchzen schüttelte ihren ganzen Körper. Das ewige Auf und Ab ihrer Gefühle hatte sie geschwächt. Ihre Knie zitterten so sehr, dass sie sich am Schreibtisch festhalten musste.

„Was ist los?", murmelte Daniel schlaftrunken.

„Es ist vorbei", hauchte sie. „Es ist vorbei! Wir haben den Mörder!"

„Das bedeutet also ... ich war es nicht?"

„Genau!" Sie wankte zu ihrem Bruder und drückte ihn an sich. „Du warst es nicht. Daniel, du kannst dir nicht vorstellen, wie glücklich mich das macht! Ich dachte auch nie ernsthaft ..."

„Ach, halt den Mund!", unterbrach er sie schroff, fest entschlossen, sich nicht von ihrer Freude anstecken zu lassen. „Natürlich hast du mich verdächtigt."

Simone nickte. „Du hast Recht. Aber bitte versuch, mich zu verstehen! So vieles deutete auf dich hin. Deine Veränderung in den letzten Wochen, deine Kontakte zum Beinholtz-Verlag ... Ich machte mir einfach Sorgen um dein Wohlergehen ... und um deinen Verstand!"

Daniel befreite sich unwirsch aus ihrer Umklammerung. „Kann ich jetzt gehen?", fragte er tonlos.

„Selbstverständlich! Soll ich dich heimbringen?"

„Nein, nicht nötig. Ich werde den Weg auch so finden. So weit ist mein Verstand noch in Ordnung."

Simone hörte die Verbitterung in seiner Stimme. „Daniel, du kannst jetzt tun und lassen, was immer du willst!", rief sie ihm nach. „Versprich mir bitte nur eines: Begib dich in Therapie! Unternimm etwas gegen deine ... hm ... Probleme! Ohne professionelle Hilfe stehst du das nicht durch. Keiner würde das."

Daniel hielt kurz inne, drehte sich jedoch nicht um. Erneut überkam ihn dieses starke Schwindelgefühl.

„Du brauchst dir keine Sorgen um mich zu machen. Jetzt nicht mehr. Ich möchte, dass du dich nie wieder in mein Leben einmischst!", presste er hervor und taumelte davon.

„In Ordnung", murmelte Simone geistesabwesend. „Dann bis heute Nachmittag, wie gewohnt. Und schlaf dich aus! Ich werde Maria informieren."

Sie war in Gedanken bereits bei Rudolf und dem, was sie in der kommenden Nacht mit ihm anstellen würde. Es waren oft kleine Lichtblicke, an denen man sich in schweren Stunden aufrichten konnte.

*

Vielleicht war er einfältig und ungeschickt. Manche mochten ihn auch vertrottelt oder schwachsinnig nennen, doch sein guter Ruf als Vernehmungsspezialist eilte ihm voraus wie sein Geruch. Wuchtig trat Bezirksinspektor Doppler gegen Alexander Wosczynskis Schienbein. Nicht das erste Mal an diesem frühen Morgen.

„Dein blödes Geschwätz beginnt, mich zu langweilen", fuhr er ihn an. „Wir wollen wissen, weshalb du drei Morde begangen hast. Sing, Vögelchen, sing!"

„Idiot", stellte Alexander ungerührt fest, ehe ihn ein weiterer Tritt aufschreien ließ.

„Willst du mit dem Kopf gegen die Türklinke stürzen, dir die Hand an der Glühbirne verbrennen, oder was? Ungeschickten Menschen kann das schon passieren", bot Doppler Spezialitäten aus seinem gewaltigen Repertoire an Verhörtechniken an und hob drohend den Zeigefinger.

„Degeneriertes Bullenschwein!", zischte Alexander. Gepeinigt rieb er die wunde Stelle an seinem Bein.

Was degeneriert bedeutete, ahnte der Bezirksinspektor so ungefähr. Ganz sicher war er sich nicht. Aber Bullenschwein durfte niemand ungestraft zu ihm sagen. Er packte den schmierigen Scheißkerl am Genick und riss ihn mit einem Ruck zu Boden. „Ich werde dir lernen, welche Folgen es hat, mich zu beschimpfen!", brüllte er und boxte ihm in die rechte Niere.

„Lehren, es heißt lehren", mischte sich Simone ein. „Im Übrigen sollte der Häftling dem Untersuchungsrichter in einem Stück vorgeführt werden."

Widerwillig ließ Doppler von seinem Opfer ab und zerrte es wieder auf den Stuhl.

„Wosczynski, Sie sind kein unbeschriebenes Blatt", stellte die Referatsleiterin ruhig fest. Inzwischen hatte auch sie die Nase voll von seinem Gerede über den Klassenkampf und die Ausbeutung der Unterprivilegierten durch Kapitalistenschweine und ihre neoliberalen Schergen. Zu lange hatte er sie damit genervt. „Wenn ich mir Ihre Akte vom Verfassungsschutz ansehe ... ts, ts, ts ..." Vorwurfsvoll schüttelte sie ihren Kopf. „Radikale politische Ansichten, öffentliche Provokationen, aggressives Verhalten gegenüber Sicherheitsbeamten, Widerstand gegen die Staatsgewalt, Sachbeschädigung, Körperverletzung, ... Die Liste ist endlos!"

Sie stand auf und drehte gemächlich eine Runde im Vernehmungsraum. „Gut, das ist eine Sache", fuhr sie fort. „Aber wie kann sich ein Mensch zu dermaßen grauenhaften Morden hinreißen lassen? Noch dazu wenn die Betroffenen in keinem erkennbaren Verhältnis zu ihm stehen? Die üblichen Motive scheiden da aus. Ist Ihnen überhaupt bewusst, was Sie taten, als Sie Monika Strauch mit 28 Messerstichen massakrierten, Gertrude Wildfangs Hände abtrennten und Sylvia Engert skalpierten?"

„Das können Sie nicht verstehen." Alexander sah die Polizistin trotzig an. Was wusste sie als Handlangerin der Staatsmacht schon von den Beweggründen normaler Menschen?

„Da liegen Sie vermutlich richtig", bestätigte Simone, während sie Doppler zurückhielt, der Anstalten machte, erneut auf den Verhafteten loszugehen. „Im Laufe der Jahre bekam ich es mit unzähligen Gewalttaten zu tun, das können Sie mir glauben! Dabei blieben die wahren Hintergründe anfangs oft ein Rätsel. Doch ich bin eine wissbegierige Frau und lerne gerne dazu! Eine ausführliche Erklärung wird Ihnen folglich nicht erspart bleiben!"

Alexander sah das anders. „Ohne Anwalt sage ich kein Wort mehr", schmollte er. Demonstrativ biss er sich auf die Unterlippe und eine Sekunde später in sie hinein, als ein rechter Haken Dopplers auf seinem Kinn landete.

„Doppler, was habe ich gesagt?", tadelte Simone. „Wir sind doch nicht in Guantanamo!"

Der Bezirksinspektor knurrte. Er bedauerte außerordentlich, dass man hierzulande mit Verbrechern so zimperlich umging.

„Du musst lernen, ein Verhör unter Zuhilfenahme psychologischer Raffinessen zu führen", erklärte sie. „Ich zeige dir, was ich meine." Lächelnd wandte sie sich an den Häftling und reichte ihm ein Taschentuch. Blut lief aus seinem Mund. „Da Sie, soviel bekannt ist, keine persönlichen Animositäten gegen Ihre Opfer hegten, nehme ich an, Sie wurden von einem Hintermann engagiert, der die Verlagsmitarbeiterinnen loswerden wollte. Herr Wosczynski, es wäre äußerst unklug, Ihren Auftraggeber zu schützen. Sie wollen doch nicht, dass er ungeschoren davonkommt, während Sie den Rest Ihres Lebens hinter Gitter verbringen! Und darauf läuft es hinaus."

„Leck mich am Arsch!", brummte Alexander und betupfte seine Lippe.

„Denken Sie besser darüber nach! Es geht um Ihren Kopf!" Simone griff auf ihre schrecklichste Waffe zurück. Sie funkelte ihn wütend an. „Und jetzt will ich Namen hören! Wer steckt dahinter und in welcher Beziehung stand er zu den Frauen? Herr Wosczynski, ich warne Sie: Wenn Sie nicht mit der Sprache herausrücken, genehmige ich mir eine Pause und mein Kollege wird das Verhör alleine fortsetzen. Ohne Zeugen."

Doppler grinste. Ihm wurde klar, was Simone mit psychologischen Raffinessen gemeint hatte.

„Es gab keinen Auftraggeber", grunzte Alexander widerborstig. Allmählich begriff er, dass er sich im Interesse seiner Gesundheit ein wenig kooperativer zeigen sollte. „Es war meine Idee, mein Plan! Ich habe es nicht nötig, andere für mich denken zu lassen."

„Na gut, wie Sie wollen. Und welche Motive stecken hinter Ihren Taten? Erklären Sie mir bitte die Zusammenhänge zwischen den Morden an Strauch, Wildfang und Engert!"

„Sie waren Bauernopfer im gerechten Kampf gegen die Ausbeutung."

Simone ahnte Übles. „Was meinen Sie?", hakte sie nach. „Hat das etwas mit ihrem Arbeitgeber, Herrn Beinholtz, zu tun?" Auf keinen Fall würde sie dulden, dass man Rudolf in die Angelegenheit mit hineinzöge! „Soll er der böse Ausbeuter sein? Reden Sie Klartext und unterlassen Sie endlich diese pseudo-marxistische Phrasendrescherei!"

„Die Revolution fordert manchmal Verluste. Das ist bedauerlich, aber ..."

„Wenn du uns noch länger verarschst, reiße ich dir die Eier aus!", brüllte der Bezirksinspektor und schlug Alexander in den Magen.

„Hör auf, Doppler!" Simone ging entschlossen dazwischen, obwohl sie das mit den Eiern gerne selbst in die Hand genommen hätte. „Ich frage Sie zum letzten Mal: Was steckt wirklich dahinter? Und keine Ausflüchte mehr!"

„Ein persönlicher Kampf", stöhnte Alexander. Er rang nach Luft. „Jemand stand mir im Weg. Ich wollte ihn loswerden, ihn fertigmachen, ihm die Morde in die Schuhe schieben."

„Wer?", fauchte Doppler. „Wie heißt der Mann?"

Alexander richtete sich auf und blickte die Kriminalpolizistin herausfordernd an. „Reichenbach!"

„Reichenbach?" Der Bezirksinspektor reagierte überrascht. „Aber sie ist eine Frau und ..."

„Daniel Reichenbach?", fragte Simon scharf.

„Sie haben es erfasst!"

Doppler verlor den Überblick. „Wer ist Daniel Reichenbach?"

„Mein Bruder ..." Simone wirkte irritiert. „Sie wurden angestiftet, meinen Bruder in Misskredit zu bringen, um meine Position in der Bundespolizeidirektion zu erschüttern?" Sie hätte nie gedacht, dass ihre Feinde so weit gehen würden.

„Hören Sie mir eigentlich zu? Ich habe das schon einmal gesagt: Niemand hat mich angestiftet! Ihre Position ist mir scheißegal! Ich habe es getan, um seine Frau vor ihm zu schützen!"

„Maria?", fragte Simone verwirrt.

„Wie viele Frauen hat er denn?", schnauzte Alexander.

„Wer ist jetzt wieder Maria?", wollte Doppler wissen.

„Meine Schwägerin", erklärte Simone knapp.

In Dopplers Gehirn drohte die Flut an Erkenntnissen überzulaufen. Er versuchte, sie unter Kontrolle zu kriegen. Wenn er richtig verstand, war die Familie seiner Vorgesetzten in einem beunruhigenden Ausmaß in drei bestialische Mordfälle verwickelt.

„Vielleicht sollten wir Doktor Feuersturm informieren", schlug er vor und bewies damit unerwartet Vernunft.

„Arbeitest du auch schon gegen mich?", fuhr ihn Simone bissig an. „Nein, mein Lieber, das ist mein Fall und dabei bleibt es auch! Ich werde ihn restlos aufklären. Davon kannst du ausgehen!" Sie wandte sich wieder an Alexander. „Wie kommen Sie darauf, dass Maria Reichenbach Interesse hätte, ihren Mann zu verlassen? Die beiden führen eine glückliche Ehe. Maria ist eine anständige Frau und wäre entsetzt, würde sie von Ihren Machenschaften ..."

Die Worte blieben ihr in der Kehle stecken. Ihr wurde übel. Ein Bild schoss ihr durch den Kopf. Es war das Bild einer goldenen, halbmondförmigen Brosche, besetzt mit einem Brillanten. Monika Strauchs Brosche! Maria hatte sie letzten Samstag auf der Mariahilfer Straße getragen. Entsetzt sank Simone auf ihren Sessel. Ihre Schwägerin hatte sie belogen, ohne mit der Wimper zu zucken! Und sie hatte sich in die Irre führen lassen, wie eine blutige Anfängerin ... *Ein Geschenk von Daniel!* Wie absurd das aus jetziger Sicht klang. Wo war ihr Instinkt geblieben?

„Haben Sie Maria von Ihrer Absicht, meinen Bruder auszuschalten, erzählt?", hauchte sie.

Alexander lachte laut auf. „Was denken Sie? Natürlich! Sie wünscht sich seit Jahren nichts sehnlicher, als dass der schwachsinnige Schmarotzer aus ihrem Leben verschwindet." Die Polizistin am Boden zu sehen, war ihm eine Genugtuung. Genussvoll setzte er noch eins drauf. „Ich nehme an, sie ist eben dabei, die entscheidende Karte auszuspielen."

Wie von der Tarantel gestochen sprang Simone auf. Wie blöd war sie gewesen? Hatte sie wirklich gedacht, für Daniel wäre mit der Festnahme Wosczynskis alles erledigt? In ihrer grenzenlosen

Naivität hatte sie ihn nach Hause geschickt, wo seine Frau vermutlich mit einem langen Küchenmesser auf ihn wartete.
„Ich muss sofort weg", teilte sie Doppler mit. „Mach du weiter! Hol alle Einzelheiten aus dem Arschloch heraus! Wenn er nicht redet, weißt du, was du zu tun hast! Ich gebe dir freie Hand."
Noch ehe sie Hals über Kopf aus dem Vernehmungszimmer gestürzt war, hielt der Bezirksinspektor eine Beißzange in der Hand, die stets im hintersten Eck der Tischlade für besondere Anlässe bereitlag. „Okay", grinste er hämisch. „Wo waren wir stehengeblieben, du kleiner Drecksack?"

*

Während sein Sohn im wahrsten Sinne des Wortes in die Zange genommen wurde, fühlte sich Herr Wosczynski siegessicher, wie ein Feldherr nach dem entscheidenden Schachzug. Was getan werden musste, hatte er erledigt. Und wie es von ihm zu erwarten war, mit Geschick und äußerster Präzision. Nun konnte er es sich gemütlich machen und entspannt darauf warten, dass der Feind blindlings in die Falle tappte. Zu schade, dass er um Jahre zu spät geboren worden war, dachte er, sonst hätte der Krieg mit Hilfe seines genialen strategischen Geschicks möglicherweise noch gewonnen werden können!
Durch sein Schlafzimmerfenster kontrollierte er nochmals jene Stelle, an der Ewald Kollos, genannt der „Rote Koloss", sein spektakuläres Ende nehmen sollte. Herr Wosczynski gratulierte sich zu seiner exzellenten Arbeit. Der Hinterhalt war nicht zu erkennen, blieb dem ungeschulten Auge selbst aus der Nähe verborgen.
Es war ein Kinderspiel gewesen, dank der Unterstützung seines alten Kumpels Hermann. Bereits einen Tag nach dem Telefonat mit dem NNSP-Mann hatte ihm dieser den Sprengstoff bedenkenlos und ohne lästige Fragen ausgehändigt. Wieder einmal war bewiesen worden, wozu Kameradschaft und gegenseitiges Vertrauen in dieser üblen Welt von Nutzen war. Erst die Gemeinschaft machte das Volk stark und unbesiegbar! Einzelkämpfer hatten keine Chance, nachhaltig erfolgreich zu sein. Selbst wenn

sie Wosczynski hießen und über außergewöhnliche Intelligenz und grenzenlosen Ideenreichtum verfügten. Sie waren bloß Tropfen auf dem heißen Stein, konnten den Gegner irritieren, nicht aber vernichten.

Ein Spezialagent war an ihm verloren gegangen, erkannte er stolz. So wie er mitten in der Nacht, schwarz gekleidet, das Gesicht mit Ruß beschmiert, eine schmale Rinne parallel zum Gartentor seines Nachbarn in den Kiesweg gegraben, sie mit dem Sprengstoff gefüllt und sorgfältig wieder verschlossen hatte, könnte man meinen, er hätte Zeit seines Lebens nichts anderes getan, als Attentate zu verüben. Da Hermann offensichtlich der Meinung gewesen war, er wolle ein ganzes Haus dem Erdboden gleichmachen, war ihm eine beträchtliche Menge der Plastikmasse übrig geblieben. Kurz entschlossen hatte er sie in das Astloch der alten Eiche gepackt, die neben der Garteneinfahrt des Exboxers erhaben in den Himmel ragte. Eigentlich schade, um den ehrwürdigen Baum, harrte dieser doch bereits seit Hunderten von Jahren als Symbol des eisernen Durchhaltevermögens im Kampf gegen Verräter und fremdländische Aggressoren unerschütterlich an dieser Stelle aus. Andererseits, und das erschien Wosczynski nicht unbedeutend, stellte die explodierende Eiche mit Sicherheit eine willkommene Bereicherung für den Videomitschnitt dar. Als beeindruckender Spezialeffekt, sozusagen.

Es war kurz vor halb sieben. Wenn er richtig gerechnet hatte, müsste sich Ewald Kollos in etwa zwei Stunden auf den Weg ins Café Landtmann machen, um diesen Zaruba zu treffen. Wosczynski grinste breit. Es war leichter als erwartet gewesen, den Saboteur aus dem Haus zu locken. Nun, weit sollte das Schwein nicht kommen. Sobald es das Gartentor öffnete, würde der magnetische Kontaktzünder, den er nahezu unsichtbar zwischen Tor und Zarge montiert hatte, den folgenschweren Impuls senden und den Konflikt mit Ewald Kollos ein für alle Mal bereinigen.

Eine Gestalt in der Seemüllergasse weckte Wosczynskis Aufmerksamkeit. Rasch griff er nach dem Feldstecher. Es war bloß dieser Reichenbach, der wohl wie so oft nach einer durchzechten Nacht heimwärts wankte. Komisch, dachte der Obmann der

„Bürgerwehr gegen Drogen, Kriminalität und Kulturschande", erst vor 40 Minuten war seine attraktive Frau vorbeigekommen.

*

Es war mehr instinktiver Orientierung als gezielter Wegplanung zu verdanken, dass Daniel die Siedlung in Dornbach doch noch erreichte. Die Umgebung zerrann vor seinen müden, brennenden Augen, driftete auseinander und blähte sich auf. Schemenhaft und psychedelisch. Ein ständiges Brummen dröhnte in seinem Schädel. Wie automatisiert setzte er einen Fuß vor den anderen. Schritt für Schritt. Taumelig aber unaufhaltsam heimwärts. Längst war er in einem tranceartigen Zustand angelangt, jenseits von Erschöpfung und Schmerz.

Die Haustür war unverschlossen. Seltsam fand er das schon im ersten Moment, doch das Warnlämpchen tief in seinem Unterbewusstsein blinkte zu schwach, um ihn zu alarmieren und seinen Selbsterhaltungstrieb wachzurufen. Im Vorraum herrschte Dunkelheit und Totenstille. Er hörte sein Herz schlagen. Es pulsierte in den Ohren, pochte immer lauter und unerträglicher. Wie ein Blitz schlugen die Kopfschmerzen ein. Stechend und hämmernd zugleich. Daniel krümmte sich zusammen, presste die Handballen an seine Stirn. Er bekam kaum Luft. Von allen Seiten wuchsen dünne, ausgemergelte Arme aus den Wänden und griffen nach ihm, versuchten, ihn zu packen. Mit einem Mal war der Boden übersät von tausenden kleinen, schwarzen Käfern. Sie hatten lange Fühler. Kreuz und quer krabbelten sie um ihn herum. *Ticktikkticktickticktick*. Er schlug auf sie ein, trat nach ihnen, bis ihm die Kraft ausging und er keuchend zusammensackte. Dann waren sie weg. So plötzlich wie sie gekommen waren. Spurlos verschwunden, als ob sie nie existiert hätten.

Daniel sah auf. Erst jetzt nahm er den schwachen Lichtschein wahr, der aus dem Badezimmer schimmerte. Sofort ergriff ihn die Angst. Wie ein bleiernes Gewicht breitete sie sich über ihn. Simone hatte ihn belogen. Er verfluchte sie! Das Grauen war unausweichlich und längst nicht ausgestanden. Es rief ihn förmlich zu sich.

Auf allen Vieren setzte er sich in Bewegung, kroch ungelenk dem Licht entgegen. Er wollte es hinter sich bringen.

*

Mit Höllentempo überfuhr Simone bereits die vierte rote Ampel. Das Chaos, das sie hinter sich zurückließ, tangierte sie wenig. Sie befand sich in einem seelischen Ausnahmezustand, der keine Rücksichtnahme auf andere zuließ. Das musste auch der Rauhaardackel zur Kenntnis nehmen, der mitten auf der Hernalser Hauptstraße sein Geschäft verrichtete.

Bei Gott, sollte sie es schaffen, rechtzeitig an Ort und Stelle einzutreffen, würde Maria wenig Gelegenheit haben, ihre Untaten zu bereuen! Sie zu Kleinholz zu verarbeiten, war eine Verharmlosung dessen, was Simone mit ihrer miesen, fetten Schwägerin vorhatte. Es würden die Fetzen fliegen. Von Marias hässlichem Körper sollte nicht viel übrig bleiben.

Als die Referatsleiterin mit beiden Füßen auf die Bremse latschte, um die beiden Straßenarbeiter, die an einer Baustelle unter der Vorortelinie Bier trinkend die Zeit verstreichen ließen, nicht über den Haufen zu fahren, ahnte sie nicht, dass es bald darauf ganz anders kommen würde. Und doch, in einer gewissen Weise auch so, wie sie es sich vorgestellt hatte.

*

Das widerliche Schauspiel drehte Maria beinahe den Magen um. Sie schaffte es dennoch nicht, den Blick abzuwenden. Was sich ihren Augen darbot, verschaffte ihr trotz aller Entsetzlichkeiten einen Hauch von Genugtuung. Zappelnd, wie ein hilfloses Insekt lag Daniel am Rücken. Unbeherrscht zuckten seine Gliedmaßen in alle Richtungen. Gurgelnde Laute drangen aus seiner Kehle. Sie erstickten in Sylvia Engerts Haarpracht, in die er sich krampfartig verbissen hatte.

Ein furchtbares Ende einer furchtbaren Beziehung!, dachte Maria, weit entfernt davon, Mitleid zu empfinden. Was sie fühlte, war Hass. Es geschah ihm völlig recht! Er hatte es verdient! Für die vielen Jahre, die er ihr gestohlen hatte. Für die vielen Jahre emotionaler Kälte, für seine distanzierte Überheblichkeit, für sein Desinteresse an ihren Visionen und Ideen, für seine Sturheit, für seine Egozentrik, für seine Inaktivität und Antriebslosigkeit, die auch sie gebremst hatten ... Gut, dass Alexander nicht müde geworden war, sie immer wieder darauf hinzuweisen. Von sich aus hätte sie diesen Missstand vermutlich nie erkannt oder den Mut besessen, ihn auszumerzen. Doch damit war nun Schluss! Ein für alle Mal. Bald wäre ihr Ehemann nichts weiter, als ein hässlicher, aber rasch verblassender Schatten in ihrer Vergangenheit. Das halbe Leben lag vor ihr, und sie war fest entschlossen, es fortan nach ihrem Geschmack zu gestalten. An der Seite Alexanders.

Als sie die Badezimmertür hinter sich schloss, dämpfte die Sorge um den verschwundenen Vincent ihr neu gewonnenes Freiheitsgefühl. In der Futterschale klebten die vertrockneten Reste seiner letzten Mahlzeit. Tage mussten seither vergangen sein. Das Katzenklo war unbenützt. Nichts deutete auf seine Anwesenheit hin. Nie und nimmer hätte sie ihren Liebling den Launen dieses Irren aussetzen dürfen! Er konnte das Tier nicht leiden, hatte es stets vernachlässigt, auf die gleiche Weise, wie er sie stets vernachlässigt hatte. Was hatte er Vincent angetan?

Maria zwang sich, einen kühlen Kopf zu bewahren. Es gab noch Wichtiges zu tun, und sie wollte schleunigst von hier verschwinden. Sie kramte in ihrer Tasche nach der Videokassette, die ihr Alexander gegeben hatte und legte sie zu den anderen. Die Hand, auf die Daniel in den Weinbergen gestoßen war, deponierte sie in einem Kochtopf, den sie unübersehbar auf dem Herd platzierte. Das Jagdgewehr und das Messer würde sie später vorbeibringen. Prüfend blickte sie sich um. Das müsste genügen! Simone würde die Flut an Beweisen nicht mehr ignorieren können. Der Plan ging auf.

Auch wenn sie immer wieder in Zweifel geraten war, Alexander hatte an alles gedacht. Monika Strauch ins Haus zu schaffen und hier zu ermorden, Daniel später durch das Entfernen der Leiche an Halluzinationen glauben zu lassen, war an Genialität nicht zu überbieten. Und sie hatte ebenfalls ihren Teil zum Gelingen beigetragen, den Mistkerl auf den Kahlenberg geführt, um ihn Gertrude Wildfangs Hand finden zu lassen, die zweite Hand im Apothekenschrank versteckt und erst letzte Nacht Sylvia Engerts Kopfhaut dekorativ vor dem Waschbecken ausgebreitet.

Maria fuhr ihren Wagen aus der Garage und ließ die beklemmenden Bilder hinter sich. Es zog sie zu Alexander. Sie war müde und sehnte sich danach, in seinen starken Armen einzuschlafen. Sie musste Kräfte sammeln, ehe sie ein letztes Mal hierher zurückkehrte, ihren bedauernswerten Ehemann inmitten der belastenden Beweisstücke vorfände und die Polizei verständigte. Das Warnlicht der Tankuhr blinkte auf. Maria blieb ruhig. Bis zur Tankstelle in der Alszeile würde sie es noch schaffen.

Ein Schatten, der knapp vor ihr über die Fahrbahn huschte, riss sie aus ihren Gedanken. „Vincent!", rief sie. Die Reifen quietschten, als sie abrupt bremste und nach rechts lenkte. Sie war zu schnell. Es ging sich nicht mehr aus. Ihr Golf krachte in den am Straßenrand geparkten Opel von Herrn Wosczynski.

Geschockt schnappte sie nach Luft. Verdammt, sie war unaufmerksam gewesen! Nur einen kurzen Augenblick lang und schon gefährdete sie das ganze Unternehmen, brachte alles durcheinander. Nun blieb ihr nichts anderes übrig, als zu improvisieren! Wosczynski würde sie später verständigen, entschied sie spontan. Für Formalitäten fehlte es ihr an Zeit. Vincent war noch am Leben, und er ging vor!

Hastig löste sie den Sicherheitsgurt und sprang aus dem Wagen. Aufgeregt sah sie sich um. Da war er, keine fünf Meter von ihr entfernt! Verschreckt hockte er vor dem Garten dieses Boxers und zitterte am ganzen Leib.

„Komm, Vincent, komm her!", flötete sie, während sie sich vorsichtig näherte. „Hier ist dein Frauchen! Kennst du mich nicht mehr? Sei mein lieber Schnurlibuh und lauf nicht weg!"

Vincent saß der Schreck tief in den Knochen. Er hatte dem Tod ins Angesicht gesehen und befand sich in äußerster Alarmbereitschaft. Sein Vertrauen in den Menschen war dahin. Er ließ Maria keinen Schritt näher kommen. Mit gesträubten Haaren sprang er über den Gartenzaun hinweg und kletterte verblüffend flink den Stamm der alten Eiche hinauf.

„Vincent!", brüllte sie händeringend. „Nicht! Bleib hier! Bitte! Frauchen hat es eilig! Komm herunter! Du kriegst auch ein gutes Fressilein."

Erwartungsvoll sah sie zu dem Tier empor. Misstrauisch blickte Vincent zu ihr herab. Hoch über ihrem Kopf saß er in einer Astgabel und dachte nicht daran, seinen Posten aufzugeben.

Maria überlegte kurz, dann traf sie eine Entscheidung. Das Zusammenspiel der Schwerkraft mit der Trägheit ihrer Masse missachtend, beschloss sie, Vincent höchstpersönlich und notfalls mit Gewalt zu bergen.

„Bleib wo du bist! Alles wird gut", versuchte sie, den Kater zu beschwichtigen. „Frauchen wird dich holen!"

*

Nur für wenige Minuten war er eingenickt, da riss ihn das Quietschen der Reifen auch schon wieder aus seinen Träumen. Erschrocken blickte Herr Wosczynski hinunter zur Straße und sah gerade noch, wie ein Wagen in seinen Opel schlitterte. Benommen von der Müdigkeit rätselte er, wie es Kollos gelungen war, sein Grundstück zu verlassen, ohne dabei in tausend Stücke gerissen zu werden, und was diesen Mistkerl ständig dazu veranlasste, auf das arme Auto loszugehen. Dann erkannte er Maria Reichenbach und erschrak. Ein scheußlicher Verdacht beschlich ihn. Vielleicht war es doch nicht sein Nachbar, der hinter den Vandalenakten steckte. Klare Beweise gab es schließlich keine.

Dem Obmann der „Bürgerwehr gegen Drogen, Kriminalität und Kulturschande" kamen ernsthafte Bedenken ... Konnte gut sein, dass er mit der Installation der Sprengfalle zu weit gegangen war, dämmerte ihm. Denn für den Fall, dass Kollos tatsächlich nichts mit den Provokationen zu tun hätte, müsste er als Unschuldiger für die Taten anderer büßen ...

Herr Wosczynski war ein Mann der Ehre. Und als solcher war es seine Pflicht, es nicht so weit kommen zu lassen. Es lag nun an ihm, das Schlimmste zu verhindern. Dazu blieben ihm genau zwei Möglichkeiten, analysierte er. Entweder die Bombe zu entschärfen, oder Kollos anzurufen, um ihn zu warnen.

Er tat nichts von beidem. Wie angewurzelt starrte er aus dem Fenster. Das Geschehen auf der Straße ließ ihn nicht los. Frau Reichenbach näherte sich dem Nachbargarten und redete eindringlich auf etwas ein, das sich vor dem Zaun aufzuhalten schien. Was zum Teufel ging da vor? Er konnte es sich nicht erklären, aber ganz langsam realisierte er, dass die Dinge da unten in Kürze eine dramatische Eigendynamik entwickeln würden. Seiner Kontrolle hatten sie sich jedenfalls längst entzogen.

Gelähmt vor Entsetzen sah er eine Katze über das Tor springen und auf die alte Eiche klettern. Frau Reichenbach rief ihr aufgeregt nach. Er konnte nicht verstehen, was sie schrie, doch ihre hektische Gestik sprach eine deutliche Sprache. Um Himmels Willen! Sie beabsichtigte tatsächlich, das Tier einzufangen! Unter keinen Umständen durfte sie das Gartentor öffnen, sonst ...

Als Maria losstürzte, riss er das Fenster auf. Der Warnschrei, mit dem er die Katastrophe abwenden wollte, wurde von der ohrenbetäubenden Detonation übertönt. Eine riesige Rauchwolke stieg auf. Die Druckwelle erschütterte die ganze Umgebung, Fensterscheiben barsten. Herrn Wosczynski wurde quer durch das Schlafzimmer geschleudert und krachte hart gegen das Bücherregal. Er nahm noch wahr, wie etwas durch das große Loch in der Außenmauer geflogen kam, das eine verblüffende Ähnlichkeit mit einem kurzen fetten Bein aufwies. Dann verlor er das Bewusstsein.

*

Kaum ein Wölkchen trübte das satte Blau des Himmels an diesem strahlenden Sommermorgen. Und doch kam es Simone Reichenbach vor, als hätte sie fernes Donnergrollen vernommen. Obwohl sie dieses Phänomen in keinen Zusammenhang mit der Tragödie bringen konnte, die sich um ihren Bruder abspielte, nahm ihre Besorgnis auf unerklärliche Weise zu. Automatisch verschärfte sie ihr ohnehin wahnwitziges Tempo. Jede Sekunde zählte!

Als sie wenig später den Himmelmutterweg erreichte, stockte ihr der Atem. Sie erkannte sofort, dass etwas Furchtbares passiert sein musste. Menschen liefen schreiend durch die Siedlung, Alarmanlagen heulten. Ein Schleier aus Ruß hing über den Gärten. Die Straßen waren von Staub und Gesteinsbrocken bedeckt. Überall lagen Trümmer, die sie zwangen, den Fuß vom Gaspedal zu nehmen. Gedanken an ein Erdbeben oder eine atomare Katastrophe streiften sie nur kurz. Immer mehr drängte sich die furchtbare Gewissheit auf, dass Maria in der Wahl ihrer Mittel nicht zimperlich gewesen war.

Abrupt hielt sie an. Ein mächtiger Baumstamm versperrte ihr den Weg, machte ein Weiterfahren unmöglich. Simone sah sich bestürzt um. Vor ihr, zu ihrer Linken, gähnte ein tiefer Krater. Eine Wasserfontäne schoss aus einem geborstenen Rohr. Vom angrenzenden Garten war lediglich eine leblose, qualmende Mondlandschaft übrig geblieben. Die straßenseitige Mauer des Einfamilienhauses wies schwere Schäden auf. Ein tiefer, handbreiter Riss zog sich vom Fundament bis unter den Giebel. Ohne Zweifel bestand höchste Einsturzgefahr. Das Ausmaß der Verwüstung nahm Simone gefangen. Ihre Hände klammerten sich fest an das Lenkrad. „Maria, diesmal bist du zu weit gegangen", flüsterte sie, und in einer gewissen Weise hatte sie völlig Recht.

Sie ließ ihren Wagen stehen und rannte los. So schnell es ihre hohen Absätze und der enge Rock erlaubten, hastete sie die Seemüllergasse entlang, auf das Grundstück ihres Bruders zu. Staub drang in ihre Poren, in ihren Mund, in ihre Augen. Ihr rechter Fuß stieß gegen etwas, das oberflächlich betrachtet, wie eine große Kokosnuss aussah. Dunkelbraun und haarig. Simone kam ins Stolpern, kippte vornüber und schlug hart am Asphalt auf. Sie rappelte sich auf. Ihre Knie bluteten. Das würde Maria den Kopf kosten, schwor sie sich. Ein Schwur, der sich als gegenstandslos herausgestellt hätte, wäre ihr genügend Zeit geblieben, das Ding, das sie zu Fall gebracht hatte, näher zu untersuchen.

Daniels Haus schien das Unglück einigermaßen unbeschadet überstanden zu haben. Auf den ersten Blick zumindest. Zwei kaputte Fensterscheiben, ein paar herabgefallene Dachziegel. Sonst nichts. In Simone keimte ein leiser Hoffnungsschimmer. Vielleicht war er auf wundersame Weise ungeschoren davongekommen, malte sie sich aus. Vielleicht saß er das Chaos ignorierend in der Küche beim Frühstück und las die Zeitung, vielleicht ...

Als sie außer Atem in den Vorraum trat, wusste sie sofort, wie unangebracht ihr Optimismus war. Mit Mühe unterdrückte sie ihr Keuchen, um das gurgelnde Gekicher zu lokalisieren. Dann tastete sie sich hustend weiter. Ihre Lungen schmerzten.

Daniel lebte. Doch sein Zustand war alles andere als ermutigend. Er hockte im Badezimmer und nagte hingebungsvoll an Sylvia Engerts Kopfhaut, wobei er immer wieder grunzende Laute ausstieß. Als er sie bemerkte, riss er die Augen auf und verzerrte seinen Mund zu einem schauderhaften Grinsen. Simone würgte. Mit einem Mal fühlte sie sich unsagbar schwach.

„Daniel ...", hauchte sie.

Mehr fiel ihr nicht ein. Für das Bild, das sich auf ewig in ihr Gehirn einbrannte, fand sie keine passenden Worte. Er war komplett ... übergeschnappt, durchgeknallt, hatte sich endgültig aus der Realität verabschiedet! Zögernd streckte sie ihm ihre Hand entgegen. Sofort wich er zurück und verbarg den Skalp hinter seinem Rücken. Ängstlich sah er sie an.

„Daniel ...", wiederholte sie leise. „Ich bin es." Ihre Stimme bebte. Tränen liefen über ihre schmutzigen Wangen und hinterließen weiße Spuren.

Plötzlich brach er in schallendes Gelächter aus. Wie aus dem Nichts. Von grenzenloser Heiterkeit übermannt, sackte er zusammen und wälzte sich gackernd auf den Fliesen.

Simone hatte einiges erwartet, aber das? Was, um Himmels willen, war aus ihm geworden? Die Kreatur, die sich da vor ihr jauchzend am Boden krümmte, war nicht ihr Daniel, den sie seit 38 Jahren kannte! Der beharrlich seine Gefühle unterdrückte, anderen die kalte Schulter zeigte und hohe Schutzmauern um sich errichtete. Diese Kreatur war ganz anders. Sie war ausgelassen und ... fröhlich!

Simone wischte ihre Tränen beiseite. Sie wollte es positiv sehen. Vielleicht war gerade das ein gutes Zeichen.

ENDE